村上春樹にとって
比喩とは何か

はんざわかんいち

ひつじ書房

# はじめに

　小著は、村上春樹作品における比喩表現に関する論考をひとまとめにしたものである。

　対象とする作品は、デビュー作の「風の歌を聴け」から「騎士団長殺し」までの小説が主であるが、村上の翻訳作品集『恋しくて』やノンフィクションの「アンダーグラウンド」も取り上げ、さらに比較のために、他の作家の作品や村上比喩を集めた事典も扱っている。

　小著は凡そ作品単位に、その発表順に配列しているとはいえ、テーマによってはその限りではない。また、個々の作品による異なり、あるいは経年的な表現の変化を論じることが主要な目的ではない。全体を通して、「村上春樹にとって比喩とは何か」ということを探ろうとしたものである。

　その中核にあるのが、「比喩もどき」という捉え方である。「もどき」であるから、比喩のようであって、比喩ではない表現のことである。詳細は本論に委ねるが、村上が作品によって、それを意図したり意図しなかったりしているように見えるのはなぜかという問題を考えてみたことになる。

　村上春樹の比喩表現に対する従来の捉え方の傾向は、大きく2つに分けられよう。1つは、作品全体の寓喩という捉え方、もう1つは、個々の表現としての直喩という捉え方である。それぞれに関する議論の有効性自体を否定するつもりはないが、ここで問題にしたいのは、どちらにせよ、それが比喩であることが自明の前提にされてしまっているように見受けられることである。

比喩の本質は、伝達目的としての鮮明性や分明性とは一見矛盾するような、その不確実性にある。比喩として理解できてしまうというのは、その不確実性を捨象することを意味する。それに対し、「比喩もどき」は、その不確実性を極限化してみせるものである。

　村上は、デビュー以前から、アメリカ現代文学などの影響を受けて、比喩表現というものに強いこだわりを持っていたに違いない。それは同時に、表現としての比喩の功罪を否応なく意識させることにもなったはずである。彼の、そのようなこだわりや意識がとくに露わなのは、初期作品である。比喩と文学、コミュニケーションなどを結び付ける、小説を書くにあたっての実験的な試みとして、村上流の「比喩もどき」が生み出されたのである。

　もう1つ指摘しておきたいのは、村上の比喩と言えば、寓喩であれ隠喩であれ直喩であれ、類似性を根拠とする表現しか、ほとんど取り上げられていないということである。しかし、比喩には他に、換喩や提喩という、根拠を異にする比喩もあるのであり、しかも、村上作品にはそれらも多面的・複合的に用いられているのである。それが端的に現れているのが、作品のタイトルとテクストとの関係においてである。

　その他に、村上小説の比喩表現に関する重要な問題として、翻訳や文体という観点も逸することができない。彼の翻訳と文体は密接に関わり合うものであり、両者をつなぐポイントの1つが比喩表現だからである。その根底には日本語による表現という問題が横たわっている。

　小著は、これらすべてにわたって論じきったとは言えないが、それぞれの射程範囲は押さええたのではないかと考える。あとは、ご批判を待つばかりである。

目 次

はじめに　　　　　　　　　　　　　　　　　　　　　　　　　i

初期作品1
　　比喩をなぜ用いるのか ……………………………… 1

初期作品2
　　比喩をどのように表現するか ……………………… 21

「羊をめぐる冒険」
　　比喩をどのように理解するか ……………………… 33

「世界の終りとハードボイルド・ワンダーランド」
　　比喩はどのような世界を描くか …………………… 55

『ノルウェイの森』
　　リアリズムにとって比喩とは何か ………………… 95

「スプートニクの恋人」
　　文体にとって比喩とは何か ………………………… 111

「赤頭巾ちゃん気をつけて」
　　庄司薫の比喩とどこが違うのか ............... 129

『神の子どもたちはみな踊る』
　　比喩はどのように成り立つか ............... 143

『中国行きのスロウ・ボート』
　　なぜタイトルは比喩になるのか ............... 155

「騎士団長殺し」
　　比喩とは何か ............... 179

「1973年のピンボール」
　　比喩を英訳するとどうなるか ............... 207

『恋しくて』
　　比喩を和訳するとどうなるか ............... 223

「アンダーグラウンド」
　　比喩するとはどういうことか ............... 241

『村上春樹　読める比喩事典』
　　比喩に何を用いるか ............... 265

　参照文献一覧　297
　おわりに　299

初期作品 1

# 比喩をなぜ用いるのか

## 1

「実用的な遊び」という表現は、「女にもてない色男」、「行動する知識人」、「金のかからぬ選挙」などと同様のオクシモロン（撞着語法）であろうか。

遊びが本来それ自体を楽しむことを目的とする、自律的、自己完結的な行為であるとするならば、遊びがそれ以外の何かに役立てるための手段となるのは矛盾である。たとえば、金をもうけるための遊び、頭や身体を鍛えるための遊びというのは、遊び以外のことが目的となっているという点で、本来の遊びとは言えまい。

しかし、それほど明確な目的意識を持たなくても、遊びを仕事と対比して考えるとき、一般に、仕事を主とし、その息抜きとして遊びを捉える意識が潜んでいるように思われる。その場合、遊びは実用的でないからこそ、実用的に手段化されていることになる。こんな風に考えてみると、「実用的な遊び」という言い方は必ずしも単純に矛盾しているわけではない。

# 2

「実用的な比喩」、これは文字通りの表現であろう。実際、長い修辞学の歴史において、比喩はまさにこの実用性ゆえに大いにもてはやされてきた。そしてまた、それが否定されることで忌み嫌われたりもした。

比喩の実用性というのは、おおまかに言えば、情報伝達の効率性にある。何かを分かりやすく、あるいは美しく、あるいは面白く伝えようとするとき、比喩はそれらを効率的に表現するための、きわめて有効な手段であり、最近ではさらに、新しい情報（意味）を生産するための手段としても考えられている。

しかし、比喩にはこのような、あくまで手段としての実用的な、前向きな、そしてひたむきなあり方しかないのであろうか。また、このような見方が比喩のただ1つの正しい捉え方であろうか。

この疑問は、いわゆる言葉遊びというものに用いられる比喩の存在によって解かれる性質のものではない。その場合も、比喩は遊びのための手段として用いられるのであって、比喩自体を目的として楽しむというのではないのだから。

平賀正子「メタファーにみられる言語の遊戯性について」（『言語の社会性と習得』）は、次のように説く。

> 比喩は遊びと非常に似通った性質、たとえば、非日常性、虚構性、自由性、面白さ、意外性、緊張感などをもつが、ただ実用性という点で決定的に異なると言われる。

つまり、比喩は実用的であり、遊びは非実用的であるということ

であり、換言すれば、比喩は手段であり、遊びは目的である。

　従来、比喩と遊びとの関係はこのように考えられてきたのではないかと思う。けれども、遊びがそれ自体を楽しむことを目的とする如く、比喩もそれ自体を楽しむことを目的とするものとみなし、そしてその意味で比喩を遊びと関係付けることはできないであろうか。

　このとき、比喩は遊びとまったく重なることになる。もし、その比喩に実用性が関与するとすれば、それはレベルの異なる実用性となろう、たとえば、矛盾しない、実用的な遊びのように。

## 3

　一般的かつ実用的な比喩の解釈の仕方について触れておきたい。
　比喩は、通常の字義的な解釈では無意味な表現を、そこにいわゆる言外の意味を見出すことで、有意味な表現として解釈するところに成り立つ。つまり、無意味を有意味に変えるのが比喩である。

　しかし、比喩としての解釈を試みてもなお、意味のある表現として理解できないような場合はどうするか。すぐに「バカも休み休み言え」という感じで、理解するのを諦めてしまうだろうか。

　人間は解釈する動物だと言われる。すべて表現されたものは意味あるものとして理解しようとする習性をもっている。その表現単独で分からなければ、前後の文脈、場面、表現者の性格、意図などもろもろ考慮・勘案し、それでもダメなときは表現者を呪いつつ、一方で自分の解釈が間違っているからではないかと疑い恐れ、しかしなおそう簡単には無意味だとうっちゃってしまわない、否、しまえないのである。

　で、どうするか。

とりあえず、そっとしておく。解釈の断念・放棄ではなく、中止・保留である。もう少し全体の状況がつかめれば、分かるようになるのかもしれないのだから、と未練げに残しておくのである(そして、たいていそのまま忘れてしまう?)。

そんな、無意味とも有意味とも言えない、ひょっとしたら比喩として解釈できるかもしれないという期待と不安の入り混じった、なんとも中途半端な表現を、ここでは仮に「比喩もどき」と命名しておこう。比喩もどきの表現は、無意味と有意味の境界を漂いさまよう、面妖で、それゆえに魅力にあふれる存在である。

そして、村上の小説とくに初期作品においては、この、分かるようで分からない、または分からないようで分かるかもしれないという比喩もどきと、自信をもって分かると言えそうな、ありきたりな比喩とがくんづほぐれつ、はげしく入り乱れているのである。

## 4

村上春樹は、今や押しも押されもせぬ、世界的な作家であるが、彼の小説の文体の個性の強さやその特徴の1つである比喩のユニークさについては、デビュー当初からすでに指摘されていた。

また、村上自身も当初から、比喩に対する関心の強さをこんな風に言っている(村上龍vs村上春樹『ウォーク・ドント・ラン』)。

**春樹** (略)それから比喩は、考えると面白いんですよね。何々のようなビールグラスと。で、「何何のような」って、考えるのやっぱり大変なんですよね。でも、すごく好きなんです。

ついでに、この発言に対する、ねじめ正一による、ねじめいたコ

メントも紹介しておこう(「かくれ抒情が濡れる時」『HAPPY JACK　鼠の心』)。

> 「何々のようなビールグラス」といった類の比喩は、屁を洩らすようにチョロッと出てきてしまうところに良さがあるはずなのに、この人はどうも一所懸命頭で考えてつくっているのである。この人の小説を読んでうんざりするのは、やたらと出てくるこの手の比喩につき合わされるたびに、この人の一所懸命さを感じてしまうというところに七〇％位があるのではないかと思う。「どう、カッコイイ比喩でしょ？」と念を押されているような気がする。

　たしかに、村上春樹の比喩は他の現代小説家のそれと比較しても、質量ともにかなり特徴的である。
　が、それはそれとして、表現する側の比喩のつもりの表現がそのまま受け手にすんなりと比喩として解釈され、理解されるとは限らない。また、逆に「これは比喩ですよ」というフリを見せつつも、じつは本来の比喩らしからざる表現を意図することもあるかもしれない。それらが、比喩もどきとなる。
　「村上春樹の比喩は」とのみ力強く言い切ってしまっている人達に、はたして彼の、比喩に対するたくらみとしての比喩もどきのもつ意味が感じとられているか、とても疑わしい。なぜ彼が「屁を洩らすようにチョロッと」ではなく、「一所懸命頭で考えて」つくらねばならなかったかには、それなりの理由がなければならないはずである。
　そこに、「遊び」という問題が関わってくる。

村上は、比喩や、それ以上に比喩もどきヲ（あるいは「デ」、あるいは「ト」）本気で遊ぶために、好きこのんで頭を捻りまくっているのである。

## 5

村上春樹の小説そのものもまったく難解というのではなく、分かったようで分からない、つまりはなんとなく分かりづらいという印象が一般的にあるようである。それは作品のテーマとの関わりもあるかもしれないけれど、より直接的にはその表現の仕方に一因があると思われる。中でも、比喩もどきがそのもっとも大きな要素になっていることは簡単に想像できる。

ためしにと、女子大学生120名ほど（ほとんど村上春樹を知らず、かつ読んだことがない）に、彼の小説から任意に抜き出した、比喩らしく感じられる表現を示し、その意味なりイメージなりがともかく分かるかという、まことに大雑把な質問をしてみたことがある。

結果：平均理解率、60％！

はたして、村上の比喩は、分かりやすい、あるいは分かりづらいと言えるか。

ちなみに、全例の紹介は省くが、もっとも理解率が高かったのは「店に出入りする学生たちが彼女に本を貸し与え、彼女はそれをとうもろこしでも齧るみたいに片っ端から読んだ」（93.3％）、平均的だったのは「雲ひとつない空はまるで瞼を切りとられた巨大な眼だった」、最低は「今、雪が降っている。他人の脳みたいな雪だ。そして他人の脳味噌みたいにどんどん積っていく」（14.2％）であった。このような理解率のギャップは何に起因するのか。

そもそも、ある表現がどのくらいの人に理解されれば比喩だとかそうでないとか、判断されるものではないだろうし、理解の程度・内容もかならずしも一様ではないはずである。比喩が「不可欠で、本質的な部分として」、「手探り的な不確定特性ともいうべき性質」（安井稔『言外の意味』）を持っているとしたら、なおさらである。

　しかし今、この大雑把な結果にもとづき、さらに大雑把な見解を述べるならば、60％という割合は、分かるか分からないかという、2項対立の回答に対する過酷な葛藤の末に導き出された結果であって、それが単なる偶然の50％をちょっと越えているところに、学生たちの、分かろうとする意欲あるいは強迫観念が現れていると感じるのである。とすれば、この理解率は、まるごとの明快な分かりやすさを示すものでは決してない。

　じつは、この結果は当たり前なのである。取り上げた村上の表現は、もどき度の差こそあれ、比喩っぽく見えていながらも、その解釈にためらいととまどいとあてどなさの感じられるものをあえて示したのだから。その意味では、このような結果が出たことは、村上春樹の表現に対する、何となく分かりづらいという感触のあり方の一般性を示唆するものと考えられる。しかし、問題はそこにあるわけではない。

## 6

　最低の理解率を誇る表現例は、その提示の仕方がきわめてアンフェアであった。前後を含め、紹介しなおす。

　　今ひどく寒く、手がかじかんでいる。まるで僕の手じゃないみたいだ。僕の脳味噌も、僕の脳味噌じゃないみたいだ。今、雪

が降っている。他人の脳味噌みたいな雪だ。そして他人の脳味噌みたいにどんどん積っていく。(意味のない文章だ)〔羊をめぐる冒険〕

　前の部分を読めば、当該表現の意味が連想的に、おぼろげにでも、うなずけるかもしれない。そのうえで、ひっかかるのは、最後の「(意味のない文章だ)」が、いったい何のためにあるのか、である。

　比喩もどきを、明確に意味するものとしての比喩にしようと頭の中で悪戦苦闘したあげくに、これ、である。書き手自身が「意味がない」とそっけなく言い放っている表現に、読み手はどう対処すればいいのだろうか。

　もっと極端な例。

　僕はいつもおかしいことを思いついていて一人で笑い転げたりするのですが、いざ口に出して誰かに聞かせてみると、これがちっともぴくりとも面白くないんです。まるでエジプトの砂男になってしまったような気分です。〔カンガルー通信〕

「エジプトの砂男」なんて見たことも聞いたこともない。普通、たとえる部分がそもそも何だか分からなければ、想像も理解もしようがない。ハテ、何だろうと首を捻っていると、次に「うーん、つまりね」と7行に及ぶ、その男についての説明がある。それで、なるほどと感心・納得して終れば一安心なのだが、さらにこんなふうに続いてしまう。

これが砂男の話。聞いたことありますか？　ないでしょう？　だってこれ、僕が勝手に作った話なんだから。ははは。

　こちらも一緒に鷹揚に笑えればいいけれど、何かはぐらかされた感じ、へたするとおちょくられ、馬鹿にされたという印象さえ抱きかねない。
　そのように見ると、村上春樹の会話文は、すべての問答がはぐらかしと言えなくもない。たとえば、次のような会話のやりとり。

「ところでなぜ羊の話だってわかったんだ？」と相棒は言った。（略）
「縁の下で名もない小人が紡ぎ車をまわしているんだよ。」
「もう少しわかりやすく言ってくれないか？」
「第六感だよ。」

「でも、我々ってことばは好きよ。なんだか氷河時代みたいな感じがしない？」
「氷河時代？」
「たとえば、我々は南に移るべし、とか、我々はマンモスを獲るべし、とかね」
「なるほど」と僕は言った。〔羊をめぐる冒険〕

　最初の例が「縁の下」云々の表現だけだったならば、宙ぶらりんな、比喩もどきのままに読み続けなければならなかっただろう。なにせ、読み手としてはその都度いちいち「もう少しわかりやすく言ってくれないか？」という質問を期待するわけにはいかないのだ

から。

　こういう、読み手のまっとうな解釈の苦労と緊張を水の泡にしてしまうような表現方法が、村上作品には随所に見られるのである。これは、とりわけ比喩に関して言えば、比喩に対する一般的な考え方・理解の仕方そのものに対するはぐらかしととることができる。そして、もしこういうはぐらかしがパラノ的に追求されているのだとすると、それには個々の表現レベルの比喩を越えた比喩と言わざるをえない。

　それは、相似的に、作品全体が何か（たとえばテーマ）の比喩であるというのとは、ちょっと違う。個々の表現を通して行なわれるコミュニケーションレベルと、そこでの解釈の仕方を規定するメタ・コミュニケーションレベルとの関係における比喩である。彼の遊び心は、勿論個別の表現にも認めうるが、より基本的にはこのメタ・レベルとの関係に現れていると考えられる。実はそこにおいて、「比喩もどき」が一気に反転して「普通の比喩」に変わることになるのである。

## 7

　比喩において一般に期待される関係に対するはぐらかしとしての、関係の相対化あるいは無化という問題について、3つの観点から具体例を示し論じよう。
　〔その1〕たとえる方とたとえられる方との関係の相対化。

　「誰もいないプールって好きよ。静かで、何もかもが止まっていて、どことなく無機質で……あなたは？」（略）
　「そうですね。でも僕にはなんだか死人みたいに見える。目の

光のせいかもしれないけど」
「死体って、見たことある？」
「ええ、あります。水死体だけれど」
「どんな感じ？」
「人気のないプールみたいだ」〔土の中の彼女の小さな犬〕

　ここでは、比喩における、いわゆる主意（tenor＝たとえられる方）と媒体（vehicle＝たとえる方）（I・A・リチャーズ、石橋幸太郎訳『新修辞学原論』）との関係が逆転し、相対化されている。この相対化によって、はじめの「誰もいないプール」を「死人」にたとえている（と予想される）表現から想像され解釈されるはずのイメージや意味があっけなく収束してしまう。つまり主意に対して、その説明としての媒体のもつ意味やイメージの広がりや重要性を相対的に無化しているということである。
　〔その２〕たとえる方の選択の相対化。

　　ことばは風のように、あるいは透明な弾道のように、日曜日の昼下がりの中に吸い込まれていた。〔貧乏な叔母さんの話〕

「でも車は工場で作られたものだよ」と僕。
「しかし誰が作ろうと、神の意志というのは万物の中に入りこんでいるのです」
「耳だ	みたいに？」と彼女。
「空気のようにです」と運転手は訂正した。〔羊をめぐる冒険〕

　比喩は論理学で言う真偽値をもたない。嘘も本当もない。あるの

は、こうも言える、ああも見えるといった物事の新しい見方、捉え方である（佐藤信夫『レトリック感覚』）。そして、それは表現する側の、たとえに用いる素材に対する恣意的な選択によってなされる。しかし、この恣意的な選択も、その人にとっては、新しい見方の提示という意図にもとづく唯一決定的な選択になるはずである。

　それが、上記２例のように並列化された場合、その見方を相補的に補完し、補強するということもあるが、また見方そのものを自らの中で相対化してしまっているととることもできる。つまり、これだ！と断定的な形で自分の見方を明示することを回避していることになる。

　後者の例の場合、表現の提示者が別であるから問題はないとも考えられるけれど、この場合はそれゆえにこそ「耳だに」を「空気」と訂正することによって、すなわちそのように見方を言い換えることによって、なにほどの違いが生じるのかという、比喩によって提示される見方の新しさそのものに対する、書き手自身の疑問や不信、そしてはぐらかしを感じさせる。

〔その３〕目的と方法の相対化。

　それはなんというか、おそろしく孤独な建物だった。例えばここにひとつの概念がある。そしてそこにはもちろんちょっとした例外がある。しかし時が経つにつれてその例外がしみみたいに広がり、そしてついにはひとつの別の概念になってしまう。そしてそこにはまたちょっとした例外が生まれる──ひとことで言ってしまえば、そんな感じの建物だった。〔羊をめぐる冒険〕

比喩の目的が強意であろうと記述であろうと、何かを分かりやすく、鮮明に説明・描写することにあるというとき、その効果をあげるための方法の1つとして、より身近な、具体的な素材をたとえに用いる。単純に典型化すれば、抽象を具体によってたとえる場合、一般的にはその比喩がその目的・効果をはたす蓋然性が高い。

　村上がこのことを知らなかったはずがない。にもかかわらず、先の例は2つの点で比喩の目的と方法の関係を逆転あるいは相対化している。1つは、「建物」という具体物を「概念」という抽象物にたとえている点、もう1つは、しかも説明の主題である「建物」よりも、説明の方法手段であるはずの「概念」の方が表現において大きな比重を占め、あたかも主客が転倒して、方法それ自体が目的となっているかのように受け取れる点で（「ひとことで言ってしまえば」？？）。

　このような比喩及びその表現の根幹にかかわる諸関係の相対化あるいは無化は、もとより村上が「一所懸命頭の中で考えて」意図的に試みたものであろう。そして、その試みのどれもが、これまでの比喩に対する考え方をくつがえし、はぐらかすことを意図していると受け取ることができる。

　この企ては単にそれのみにとどまるのではなく、それによって新たな遊びのあり方をめざしているとみなすとき、改めて彼の遊びとしての比喩もどきがクローズアップされることになる。

## 8

　一旦は見事に廃れたレトリックが20世紀に入ると、ふたたび脚光を浴びることになった。一種のパラダイム・シフトである。中でも比喩は「言語活動の根本原理の一つ」として、1つの表現技法と

しての域を越え、言語表現そのものという捉え方さえなされるに至った。そのうえ、比喩は人間と現実との関係を規定し、あるいは革新するというぐあいに認識論や存在論に新しい観点を導くものと捉えられるようになり（たとえば、P・リクール『生きた隠喩』や、G・レイコフ、M・ジョンソン『レトリックと人生』など）、以来とみにその重要性が高まりつつある。

このようないちじるしい傾向の背後には、比喩の表わす意味に対する特定の志向性のあることが強く感じとれる。別に言えば、このような志向や期待が支えとなって、近年の比喩論のめざましい発展があるのではないかということである。

また、比喩による新しい意味の創造は、それが表現を通して解釈され理解されることを前提として、つまり意味が伝達されることによって意味を持つものである。そうでなければ、比喩は実用的に機能しえない。新しい意味の創造及びその効果的な伝達が、比喩の重大かつ中心的な任務であると考えれば、比喩はそれを十全に果たすことが志向され期待されるがゆえに、その重要性を強調されることになったのである。

ところが、村上春樹の表現には、このような風潮に反する彼の考え方・態度がしっかりと見てとれる。

とびいりのイルカが「私はメタファーとしてのあしかです」なんて言って会場を混乱させることもない。あしかはあしかなのである。〔ラーク『夢で会いましょう』〕

サーモスタットが故障した冷蔵庫みたいに、パンを載せたトレイは彼女の手の中でカタカタと揺れた。もちろん本当に揺れた

わけではない。あくまで比喩的に——揺れたのだ。カタカタ。〔パン『同上』〕

二十五歳……、少しは考えてもいい歳だ。十二歳の男の子が二人寄った歳だぜ、お前にそれだけの値打があるかい？　ないね、一人分だってない。ピックルスの空瓶につめこまれた蟻の巣ほどの値打もない。……よせよ、下らないメタフォルはもう沢山だ、役にも立たない。〔1973年のピンボール〕

　これらのような「比喩はあくまで比喩だ」という考え方は、比喩を積極果敢に実際的・実用的な価値のあるものとして捉えているとは、到底思われない。むしろ、逆に比喩なんてたいしたもんじゃない、特別役に立つわけでもないし、大騒ぎするほどのものではない、といった非常にクールでシニカルな感じが強い。
　それにもかかわらず、彼は比喩をふんだんに用いている。しかも、次のような、死んだ比喩の意味の再生という、比喩に対する前向きな？取り組みを感じさせる例すらある。

「ここはなんという名の土地ですか？」と訊ねてみた。「こんなケツの穴みたいな土地に名前なんてあるわけないじゃないか」と彼らは答えた。（略）土地は約六十度の角度に開いたふたつの山にはさみこまれ、そのまんなかを川が深い谷となって貫いていた。たしかに「ケツの穴」のような光景だった。〔羊をめぐる冒険〕

　この例は、ちっぽけな価値のないものという、ほとんど字義的・

慣用的な意味を表わすだけの「ケツの穴」という（元）比喩表現に対して、そのような概念的・固定観念的な意味を改めて実体的・知覚的なものにすることによって、新たな比喩として再生させている表現と受け取ることができる。

とはいえ、この対比はいかにもわざとらしく、これ見よがし的にむりやり作り出した感じがしなくもない。そして、このようなわざとらしさは、裏を返せば、彼の「比喩はあくまで比喩だ」という基本的な認識の現れであり、最近の比喩論、とくにその事々しい実用性重視の風潮に対するはぐらかしの意図の現れであると見ることもできる。

この斜めな態度がより尖鋭化、あるいは過激化したものが比喩もどきの表現となって現れるのである。これは、予想・期待されるレベルでの明快な分かりやすい意味を志向しない、その意味で逆説的な比喩であると言えよう。

## 9

村上春樹が、こんな発言をしている（『ウォーク・ドント・ラン』）。

> **春樹** 僕の場合、たしかに生な部分での共感を拒絶するという傾向があると思うんです。そんなの、いらないよ、と思う。だから個人的にはよく冷たいんだと言われるし、たしかにそうなんだ。（略）そのぶんを、たとえばメタファーにぶちこむ。そのメタファーについて何かを感じてもらえばありがたいと思う。でもそれがいったいどれだけの人にわかってもらえるかと思うと、これはもちろん僕自身の作家としての未熟さでもあるんだ

けど、悲しいですよね。

　このような村上の発言から、彼の小説あるいは読者への対し方として確かめておきたい点が、3つある。
　⑴　彼は生な共感を拒絶し、しかも共感自体に悲観的である。
　⑵　だが、伝達しようという意図はある。
　⑶　その意図がメタファーにおいて試みられている。
　比喩もどきは、その表現者の意図と受け手の解釈との両方のあり方によって生み出されるものである。はじめから表現者が伝達の意図を放棄・無視している場合、あるいは、受け手が解釈を断念・放棄した場合、比喩は勿論、比喩もどきもありえない。

　表現者としての村上はその点、⑴ではあるけれど、⑵であるわけだから、表現を自己満足で済ましているのでは決してない。しかし、⑶は当然のことながら、⑴によって規制されている。したがって、それは生な、ストレートな形で表現されるはずがないと推測される。ゆえに、それは⑶の方法となって表わされることになる。

　その端的な顕在化が、比喩もどきなのである。

　比喩における意味はたとえられるものとたとえるものとの、すなわち主意と媒体との、それぞれとしての表現の意味の相互作用によって統合され、それが言外の意味として解釈され理解される。そのとき、「言外」であるがゆえに不可避的に曖昧さが伴うが、実用的な比喩にあっては、その曖昧さをできるだけそぎ落とし、あるいは無視することによって、凝縮化・集約化した意味、つまり明快な分かりやすい意味、意味ある意味が求められ、見出される。

　村上春樹の「比喩」（と言ってしまったら、すでにその通りなのだが）も、たしかにそのような意味を表わしている。が、「比喩」

ならぬ「比喩もどき」は、主意と媒体との関係の相対化あるいは無化によって、両者のそれぞれの役割分担を曖昧化し、目的的な統合化・集約化を拒否する、あるいははぐらかすのである。

このことが、「〈喩〉の解体に達するまでに無意味、無価値を表出し得た作家」(月村敏行「洞窟の中のメルヘン」『HAPPY JACK 鼠の心』)と評されたこともあるが、単なる「無意味、無価値を表出し」ただけということではなく、肝心なことは、それを通して彼が何かを伝えようとしていることなのである。そして、彼自身が「メタファー」と言っているものは、もちろん、普通の比喩も含まれるかもしれないけれど、より直接的にはこの比喩もどきのことではないかと思われるのである。

急いで付け加えれば、これは表現者としての村上だけが比喩としての明快な意味が分かっているということを意味するものではない。彼もまた、もしくは彼こそ、曖昧さの只中にあると言える可能性もあるのだから。

それにしても、彼は何を、どんな意味を伝えようと意図したのであろうか。

## 10

そもそも、意味が分かるということがどういうことなのかという根本的な問題があることはある。それを曖昧にしたまま、ここまでやたらと用いてきてしまったけれど、そしてそれについて半分は不本意であるけれど、あと半分は実は本意である。とはいえ、村上春樹にならって、いたずらに話をはぐらかそうとするつもりはない。ただ、意味・イメージ及び理解の定義や分類に関する様々な議論に対して、単純明快な立場はとりえないというだけである。

しかしたとえば、同一のコミュニケーション・レベルにおける、意味が分かる、分からないというデジタルな区別が、たとえその意味が概念的、知的、外延的、ラング的、指示表出的であろうと、感覚的、感情的、内包的、パロール的、自己表出的であろうと、その両方であろうと、ともかく個々の表現に対する解釈行為の完了の仕方の違い（円満解決か放棄・断念かという違い、そして、比喩かナンセンスかという違い）に対応するものだという風には一応考えておきたい。

　ところが、比喩もどきは「何となく」この区別をなしくずしにし、しかもおそらくその目的的・習性的意欲さえもなしくずしにするような、開きっぱなしの解釈行為の過程・状態そのものに、しいて言えば、意味を見出そうとするものである。その意味とはもちろん、先に述べた意味とは異なるし、ひょっとすると何かがそれ以外の何かを表示するという最広義での「意味」とも違うかもしれない。村上の口癖を借りれば、「つまり、そういうことだ」と。

　だからと言って、いきなり空虚なる意味とするわけにはいかない。彼の比喩もどきが完了としての比喩をめざしたものではないという前提条件付きで、ここでは、これまでの論の行きがかり上、それを分かるとも分からないとも言える、何となく中途半端で曖昧模糊とした雰囲気的な意味、ととりあえず呼んでおこう。そしてこの、略して「雰囲気的意味」が、比喩もどきの表現に即して村上春樹が伝えようと意図した意味と考えておく。

　実用的、目的的な仕事としての表現と対比させて、このような彼の表現に斬新さや遊びを認めるのは容易なことである。この対比のレベルで言えば、彼の比喩もどきは、遊びのもつ諸性質、非日常性、虚構性、自由性、面白さ、意外性、緊張感などを、比喩にもた

れつつも背きながら、比喩以上にはっきりと見せているのである。

　しかし、何よりもこの比喩もどきの表現が遊びであることを示すもっとも大きな特徴は、それによって村上春樹が受け手＝読者に対して、「コレハ遊ビデスヨ」というメッセージをメタ・コミュニケーションのレベルでたえず送り続けているということである（G・ベイトソン、佐伯泰樹訳「遊びとファンタジーの理論」）。

　このメッセージは、何故「一所懸命考え」られた比喩もどきが「うんざりする」ほど用いられているのか、何故それらがいずれもどうしようもなく中途半端で曖昧模糊とした意味であるのか、そして何故それらを通して、くどいほどはぐらかしが繰り返されているのかなどという疑問に対する答えとして、逆説的に解き明かされるものである。

　つまり、このような比喩もどきにおける労力や曖昧さやはぐらかしの過剰性は、その過剰性（しかも、それを意味なしとする）ゆえにそれ自体を目的として楽しむこと、すなわち、遊びであることを表わしているのではないかということである。

　このレベルを異にするメッセージと表現との関係が、また他ならぬ比喩もどきの関係にあると考えられる。そして、このようなメッセージを了解する受け手＝読者のみが、彼の比喩もどきの解釈にイライラしたりせず、分かるような分からないような雰囲気的意味をそのままに楽しみ、面白がり、表現者、村上春樹とともに遊ぶことができるという仕掛けになっているのである。

初期作品 2

# 比喩をどのように表現するか

## 1

　村上春樹の初期作品（糸井重里との共著である、異色の『夢で会いましょう』も含めて）に見られる比喩表現（正しくは、比喩もどき表現）には、実際にどんな面白さ、楽しさ、遊びがあるのか、実例を見てみよう。

　まずは、たとえに用いる素材自体である。

　村上の、とくに初期作品のたとえには、じつにめまぐるしいほど多様で、面白く、愉快な（ときには暗い）素材が用いられている。たとえの素材の選択には、表現者自身の人となりが直接的に表われるとよく言われるのであるが、その考えからすれば、村上の場合は、ほとんど人格的に統合されていないと評されかねないくらいである。

　その傾向を分野別に示してみれば、たとえば、動物シリーズ、メルヘンシリーズ、文房具シリーズ、食物シリーズ、映画・ジャズシリーズ、井戸シリーズ、そして何故か墓シリーズなどなど。

中でも動物シリーズが群を抜いている（村上春樹の異常なまでの動物好きについては、『五人十色』という対談集の中で、自ら語っている）。

　初期作品の比喩表現のたとえに限って、そこに登場する動物をざっと挙げてみるだけでも、次のように、とりどりである。

　　イヌ、イルカ、ウサギ、ウシ、ウマ、オットセイ、カワウソ、
　　キリン、クマ、サル、シマウマ、セイウチ、ゾウ、ニワトリ、
　　ネコ、ヒツジ、ヤギ、ロバ
　　カエル、カメレオン、トカゲ、ヘビ
　　サケ、サメ、ニシン、ブリ、マス、深海魚、貝、サンゴ
　　アリ、ガ、カタツムリ、クツワムシ、クモ、チョウ、
　　ナメクジ、ハエ、ハチ、ミズスマシ、ミミズ

これらが、物語の文脈とは無関係に、とっかえひっかえ登場するのである。次に何が飛び出すのか、それを想像するだけで十分に面白い。

## 2

　次には、たとえの素材のありように関する描写である。たとえば、次のような動物たちの描写は、どうであろうか。

　　最初のセックスは悪くはないけれどまあまあ、というところだった。なんというか、隣りの部屋で年金生活をしているライオンががさごそと歯を磨いているような感じといえなくもない。〔オニオン・スープ『夢で会いましょう』〕

　　新月の夜は盲のいるかみたいにそっとやってきた。〔図書館奇

譚『カンガルー日和』〕

僕はそんな具合に二十一の冬から二十二の春までを<u>びっこの</u>
<u>おっとせい</u>みたいに手紙のハーレムの中で過ごした。〔バー
ト・バカラックはお好き？『同上』〕

エレベーターは<u>肺病を病んだ大型犬</u>みたいにカタカタと揺れ
た。〔羊をめぐる冒険〕

僕が時折時間潰しに読んでいる本を、彼はいつもまるで<u>蠅が蠅</u>
<u>叩きを眺めるように</u>物珍しそうにのぞきこんだ。〔風の歌を聴
け〕

彼は幾つかの会社を持っていて、そのひとつひとつの会社に
——まるで<u>嫉妬深い多足動物</u>みたいな形に——しっかりと結び
ついていた。〔インディアン『夢で会いましょう』〕

　たとえの素材動物に対する描写・形容の仕方として、波線部分は
通常はありえないものばかりである。ここには動物素材の例のみ示
したが、他の素材についてもこのような奇妙不可思議でユーモラス
な描写・形容がしばしば見られる。これらにはその部分だけから
（というより、それゆえに）、勝手に楽しい想像の輪がどんどん広
がっていってしまうという、村上比喩ならではの独特の面白さがあ
る。
　なお、やや趣きが異なり、明るく楽しい感じばかりではないが、
「井戸」という同じ素材の取り上げ方のバラエティという点で、次

のような、興味をそそられる表現もある。

　ストーブを消したせいで、部屋は冷えびえとしていた。僕は毛布にくるまって、ぼんやりと闇の奥を眺めた。深い井戸の底にうずくまっているような気がした。〔羊をめぐる冒険〕

　彼らはまるで枯れた井戸に石でも放り込むように僕に向って実に様々な話を語り、そして語り終えると一様に満足して帰っていった。〔1973年のピンボール〕

　時折布団を叩くばたばたという音がした。枯れた井戸の底から聴こえてくるような奇妙な距離感のない音だった。〔バート・バカラックはお好き？『カンガルー日和』〕

「あなたもとうとう自前の貧乏な叔母さんが持てたらしいね」
「らしいね」
「どう、どんな気分？」
「井戸の底に落ちた西瓜の気分だよ」〔貧乏な叔母さんの話『中国行きのスロウ・ボート』〕

## 3

　今度は、たとえられる側とたとえる側の素材同士の対比の面白さである。
　比喩において対比される両素材の間に心理的に距離が感じられれば感じられるほど、その比喩の効果は上がる。その効果とは対比の意外性がもたらす新鮮さであり、面白さである。

村上春樹がたとえに用いる素材自体の多様性やその描写の面白さだけでなく、それはそのまま対比の意外性による面白さにもつながっている。
　たとえば。

> 私はポンコツ潜水艦のパルブみたいに疲れて、そして腹を減らしたくつわむしのように不機嫌だった。〔フィリップ・マーロウ　その2『夢で会いましょう』〕

> 週に一度、インク消しのような顔をした会計士がやってきてパタパタと計算機を叩き、細いボールペンで数字を書き込み、見事な折れ線グラフを書きあげて彼に営業成績の説明をした。〔インディアン『同上』〕

> まあいいや。そして僕は不親切な公認会計士みたいな味のするパンを口の中に放り込んだ。〔シーズン・オフ『同上』〕

> いちばん巨大で、いちばん物静かなのが父親カンガルーだ。彼は才能が枯れ尽くしてしまった作曲家のような顔つきで餌箱の中の緑の葉をじっと眺めている。〔カンガルー日和『カンガルー日和』〕

> 札幌の街にあっては雪はそれほどロマンティックなものではない。どちらかというと、それは評判の悪い親戚みたいに見える。〔彼女の町と、彼女の緬羊『同上』〕

「耳を出さない時のセックスってどんなものなの？」
「とても義務的なものよ。まるで新聞紙をかじってるみたいに何も感じないの」〔羊をめぐる冒険〕

　面白がって取り上げていくとキリがないのでこの辺でやめておくが、この対比の面白さは比喩の中でもとくに直喩形式をとったものにいちじるしく認められる。
　村上春樹の比喩や比喩もどきには、この直喩形式がきわめて多い。その形式のおかげで、彼の作品では、対比の面白さがめいっぱい、思う存分楽しめるという仕掛けになっている。

## 4

　対比の中でも、比喩関係にある素材に対する価値観の落差がある場合には、面白さがいや増すことになる。「笑いの質量は、へだたりの大きさに比例する」と言う井上ひさしの言葉（『パロディ志願』）にならえば、「比喩の面白さの質量は、価値の落差の大きさに比例する」。
　落差の示し方には２種類ある。まず１つは、深刻で生真面目で大事なことを、軽く当たり前で些細なことにする、上から下への落差。

「男はその羊こそが先生の意志の原型を成していると思うんだ」
「動物クッキーみたいな話ですね」と僕は言った。
男は笑わなかった。〔羊をめぐる冒険〕

「地獄はもっと暑い」（略）

「サウナ風呂ね、まるで」〔風の歌を聴け〕

　僕のまわりでは、友人たちやかつての友人たちが次々に死んでいった。まるで日照りの夏のとうもろこし畑みたいな眺めだった。〔ニューヨーク炭坑の悲劇『中国行きのスロウボート』〕

　もう１つは、この逆の、下から上への落差。

　チャーリー・マニエルは
　地雷原のまんなかに落ちてきた
　手榴弾
　を取るように
　ライト・
　フライを取った。〔チャーリー・マニエル『夢で会いましょう』〕

「好きになってくれたらパンを食べさせてあげよう」
　まるで暗黒大陸の宣教師みたいな話だったけれど、我々はすぐにそれに乗った。〔パン『同上』〕

　さらには、これでもかというくらいに、大袈裟にしてしまっている例を２つ紹介しよう。

　そんな年に生まれた女の子とデートをすることになろうなんて、その頃にはもちろん思いもよらなかった。今だってどうも不思議な気がする。月の裏側までいって煙草をふかしているよ

うな気分だ。〔32歳のデイトリッパー『カンガルー日和』〕

とにかく我々は腹を減らせていた。いや、腹を減らせていたなんてものじゃない。まるで宇宙の空白をそのまま呑み込んでしまったような気分だった。はじめは本当に小さな、ドーナツの穴みたいに小さな空白だったのだけれど、日を経るにしたがってそれは我々の体の中でどんどん増殖し、遂には底知れぬ虚無となった。荘重なBGMつきの空腹の金字塔である。〔パン『夢で会いましょう』〕

## 5

ここで念のために断っておかなければならないのは、村上作品の中には、ちゃんと真面目な実用の比喩も存在するということである。しかも、次に示すような、ちょっとどうして？という感じの、信じられないくらい陳腐な比喩もあることはあるのである。

僕はあきらめて入口まで歩き、氷のように冷ややかな鉄の扉を押した。〔1973年のピンボール〕

しかしそれと同時に僕のまわりから一人また一人と、まるで櫛の歯が抜けるように友人たちが去っていった。〔ニューヨーク炭坑の悲劇『中国行きのスロウボート』〕

羊博士の髪は長く、雪のように真白だった。〔羊をめぐる冒険〕

これら、波線を付した表現の類いは手抜きか、さもなければわざ

とらしく用いたもののようにも受け取れる。しかし、そのようにみなそうというのではないし、これらの存在によって遊びが相殺されてしまうというのでもない。むしろこのような表現はいわば地、背景となって文脈を支え、遊びとしての比喩もどきを浮き立たせ、目立たせる役割を果たしているのである。

　たとえば、「雪のように真白」という例は国語辞典の用例にもなりそうな、面白くも何ともない表現であるが、これが当たり前のように、布石としてあることによって、それに続く、次の表現が俄然生き生きと遊びらしくなってくる。

　　眉も白く、それがつららのように目にふりかかっていた。身長は一六五センチばかりで、体はしゃんとしている。骨格は太く、鼻筋は顔のまんなかからスキーのジャンプ台のような角度で挑戦的に前につきだしている。〔羊をめぐる冒険〕

## 6

　以上の比喩（あるいは比喩もどき）に関して、少々解説しておきたいことがある。それは、先にも述べたように、直喩形式のものがきわめて多いという点である。このことが面白さにだけでなく、比喩やとくに比喩もどきの遊びにどのように関わっているのか。

　直喩というのは表現形式として、一般的には、それが比喩である（かもしれない）ことを示す言葉が用いられているものを言う。たとえば、日本語における、その代表的な語として、「ようだ」「みたいだ」「ごとし」のような助動詞や、「あたかも」「まるで」などの副詞の類がある。これらにより当該の表現の、比喩としての意味の詮索に先立って、あるいはその確認として、比喩である（かもしれ

ない）ことが分かる。

　この点における直喩の分かりやすさは、他の種類の比喩にはない特徴である。そしてこの分かりやすさが村上春樹の場合もそうであるように、比喩としての意味の分かりづらさを、巧みにぼかしごまかして、表現に付き合おうという気にさせてくれるのである。

　さらに、直喩表現には、必ずというわけではないけれど、比喩としての意味の基盤となる特性領域（これを類似性または共通性と呼んでいる）が示されることもある。この表現があれば、最小限の解釈が文脈的に保障される。たとえば、先に示した1例「私はポンコツ潜水艦のバルブみたいに疲れて、そして腹を減らしたくつわむしのように不機嫌だった」では、「私」に関して「疲れている」「不機嫌だ」という状態の説明がなされていることだけは通常の字義的解釈によって理解されるわけである。そのうえで、「ポンコツ潜水艦のバルブ」やら「腹を減らしたくつわむし」やらがどのような「疲れ」や「不機嫌」を表わそうとしたものなのかについて、あてどなく気ままに想像すればよいということになる。

　村上春樹の遊びとしての比喩もどきは、このように、これ以外のしっかりした、目立たない表現や、分かるかもしれないという希望をいだかせる表現形式などの支えの上に成り立っているのである。これらがあるからこそ、分かるような分からないような、曖昧模糊とした雰囲気的な意味の世界をさまよいながら心おきなく遊ぶことができるのである。

## 7

　最後に、2つほど付け加えておきたい。
　1つは、比喩そのものの表現価値についてである。

柄谷行人『隠喩としての建築』は、こう述べている。

> 創造性ということが価値であり、またそれが価値を生みだすかぎりにおいて、メタファーが特権的なものとなり且つ基礎的なものとみなされるようになったということを、忘れてはならない。メタファーを言述のレベルでの「意味生産」(リクール)とみる見方は、実は、暗黙のうちに、「価値生産」(マルクス)と結びついている。われわれは、いつも、近代資本主義の「結果」を「原因」とみなす、すなわち言語や人間の"本質的な"条件とみなす転倒に注意していなければならない。

 I・A・リチャーズに始まる、現代における比喩の再評価が、手段としての有効性の点からのみなされているのではないかという印象があって、それについてはたしかに納得するところもあるのだけれど、一方で、きわめて限定的に比喩を捉えることになっているような気もするのである。

 その意味で、村上春樹の比喩もどきとは、そのような手段としての価値の束縛から解き放たれた、いわば遊びとしての表現をめざそうとしたものだったのではあるまいか。

 もう1つは、村上春樹の文学世界との関係についてである。

 村上春樹文学を称して、いちはやく「気分の文学」と評したのは、評論家の川本三郎であった。この気分というものを感じさせる大きな要因の1つにこれまで繰り返し述べてきた、遊びとしての比喩もどきがあることは、まず間違いあるまい。

 なお確認すれば、この比喩もどきの表現は意味やイメージを凝縮・深化させるのではなく、それらを平面的に拡散・膨張させて一

種の雰囲気を生み出すものであった。これが全体として作品に何らかの気分を醸し出すということになるのであろう。そして、その全体としての気分は、個々の表現から感じる楽しさや面白さという良い気分とは違って、何故かそうせざるをえなかったような、苦さや哀しさの気分にさせられてしまうように感じられるのである。

　もし、この気分の感触が確かだとするなら、それはへたすると「気分象徴」とかいう、日本文学の歴史を語るときに欠かすことのできない、きわめて重要な表現方法と結び付けられかねない（岡崎義恵『日本詩歌の象徴精神』）。しかし、ここでは、あくまでも「もどき」という遊び、というところで、とどめておきたい。

　なお、余談ではあるが、数多く用例を引いた、糸井重里との共著『夢で会いましょう』に収録された村上の作品は、その後いっさい取り上げられることも再録されることもない。それは村上自身の意思によるものであろうが、彼のその後の文学世界としてはとても容認されないほどの、突き抜けた遊び＝比喩もどきの試みがあったせいかもしれない。

「羊をめぐる冒険」

# 比喩をどのように理解するか

## 1

　村上春樹の比喩は、読み手にどの程度、どのように理解されるか、それを効率的かつ客観的に知るためのアンケート調査を試みた。

　その調査方法は、子安増生「メタファの心理学的研究」が示す、心理学における言語的メタファ研究の6種類の方法（(1)観察法、(2)パラフレーズ法、(3)選択法、(4)完成法、(5)再生法、(6)評定法）のうちの(3)選択法の1つで、「メタファの媒体（またはトピック）の部分を空所にした文を呈示し、その部分に入る語句として最も適切なものを選択肢の中から選ばせる形式」である。

　「メタファの媒体」つまりたとえとして「最も適切なものを選択肢の中から選」ぶとは、所与の例文の文脈から、比喩としてもっとも受け入れやすいたとえを選ぶということである。その受け入れやすさの基準は個人個人によって違うとしても、その前提となる、たとえられるものとの関係や比喩の基盤を成す共通性との関係は、例

文の表現としての条件が同じであるから、ある程度まではステレオタイプのたとえが回答されると見込まれる。

アンケートの例文として、村上春樹最初の長編小説「羊をめぐる冒険」における比喩表現を取り上げるのは、読み手にとって、比喩として、分かるような分からないような表現、いわゆる「比喩もどき」がふんだんに認められるからに他ならない。もしその通りならば、調査結果の予想としては、村上の用いたたとえとは異なるもののほうが多く選ばれるのではないか。

なお、以下に示すように、調査にあたっては、その出典を明示しているので、語句の選択にそれが作用すること、つまり村上春樹の比喩ならばという配慮が回答に含まれうることも否定できない。

## 2

アンケートに用いた設問・例文は、次の通りである。

〔設問〕以下の各例は村上春樹『羊をめぐる冒険』から引用したものです。それぞれの空欄に最も適切と思う語句を下から選んで記号で答えてください。

1　何本かのどぶ川が流れ、ごてごてとした通りが（　）みたいに地表にしがみついていた。
2　（　）のような眼鏡をかけて骨ばった手をしていたが、彼女にはどことなく親しめるところがあった。
3　体が（　）のようにアルコールを吸い込んでいるのだ。
4　受話器が（　）のように冷たくなった。
5　迎えの車は予告どおり四時にやってきた。（　）みたいに正

確だった。

6　道の両側には糸杉と水銀灯が（　）みたいに等間隔に並んでいる。

7　品のよい廊下が（　）みたいにまっすぐ続いている。

8　道のまわりは湿地帯だから、地表そのものが（　）みたいに凍りついてしまうんだ。

9　洗面所の彼女の歯ブラシは（　）みたいに乾いてひからびていた。

10　海は何年か前にすっかり埋めたてられ、そのあとには（　）のような高層ビルがぎっしりと建ち並んでいた。

11　三日まえのパンをトースターに入れた。パンは（　）のような味がした。

12　柔らかな午後の光が、（　）のように彼女の体をそっと包んでいた。

13　我々の前方の席では中年の男が（　）のようなもの哀しいいびきをかきつづけていた。

14　応接セットの長椅子には頭の禿げかかった中年男が（　）みたいな格好で寝転んでいた。

15　僕はカーテンを閉めてベッドに戻り、（　）みたいに固く糊づけされたシーツに寝転んで別れた妻について考えた。

16　太陽はのっぺりとした大地の片方から上り、（　）のように天空に弧を描いて片方に沈んだ。

17　沈黙が（　）のように長いあいだ部屋に漂っていた。

18　彼らは（　）のように生い繁った熊笹をわけ、背丈よりも高い草原を半日がかりで横切った。

19　シートのけばは殆ど消え失せ、クッションは（　）みたい

だった。

20 年は40代後半で、短く切った固い髪はまるで（　）のように まっすぐだった。

21 羊の額は（　）みたいに固くて、中が空洞になっているんだよ。

22 道はひどく荒れていて、車は（　）みたいに上下に揺れた。

23 それから30分ばかりで我々はその奇妙な円錐形の山を完全に離れ、（　）のようにのっぺりとした広い台地に出た。

24 ノブは（　）のようにぐらぐらしていたが、ドアは開かなかった。

25 重くるしい感情の光が（　）のように崩れた。

26 電灯の黄色い光が（　）のように空中を漂っていた。

27 登山靴には（　）みたいに泥が固くこびりついていた。

28 ぶ厚い雲が（　）のようにところどころにちぎれ、そこから差し込む陽光が壮大な光の柱となって草原のあちこちを移動した。

29 外に出てみると、地面にはぱらぱらとした固い雪が（　）のように一面に散らばっていた。

30 みぞを辿っていくとやがて（　）のような切り立った道に出た。

31 羊は（　）のように押し黙った。

32 暗闇が（　）のように僕の耳からしのびこんできた。

33 （　）のように静止した空間の中で、闇だけが動いていた。

34 波の音が聞こえた。冬の重い海だ。鉛色の海と（　）のような白い波。

〔選択語句〕
（ア）油　（イ）一ケ月前のパン　（ウ）馬の背　（エ）鉛筆たて
（オ）古い静物画　（カ）化石　（キ）鉄　（ク）菓子パンの皮
（ケ）アスファルト道路　（コ）地震計の針　（サ）シャーベット
（シ）歯列矯正器　（ス）水銀　（セ）花粉　（ソ）壁土　（タ）海
（チ）小さな砂糖菓子　（ツ）乾いた砂　（テ）テーブル
（ト）鳩時計　（ナ）乾燥魚　（ニ）粒子　（ヌ）襟首　（ネ）粘土
（ノ）貝　（ハ）綿　（ヒ）氷河　（フ）古い奥歯
（ヘ）ヘア・ブラシ　（ホ）ボウリング・レーン　（マ）墓石
（ミ）砲丸　（ム）霧笛　（メ）メロンのしわ

## 3

調査の実施に関わる事項について、いくつか注記しておく。

回答者は筆者の元勤務先の1、2年次の女子大学生であり、2度にわたって調査を行った。最初が1984年7月で120名、2度めが1987年7月で87名、延べ207名である。なお、事前に村上春樹の当該作品を読んだことがあるかないかの確認はしていない。

アンケートに用いた例文はすべて、「ようだ」や「みたいだ」などの指標を伴う、いわゆる直喩表現である。その単位は、1文の場合も、それ以上の場合もあるが、できるだけ短くて文脈が完結しているものを選び、それ以外の条件（たとえば比喩関係や構文関係の統制）は付けなかった。

結果的に、例文が34例になったことにとくに理由はなく、配列はほぼテクストの出現順である。選択語句は原文にあるたとえの34例のみとし、配列は例文と重ならないようにした。

調査にあたって、被験者には「設問」に示した以外の注意や示唆

は、例文が直喩であることや重複回答の可否なども含め、いっさいしていない。回答時間に制限は設けなかったが、全員の回答が終わるまで、長くても1時間程度だった。

## 4

はじめに、調査結果全体の概要を示す。

総回答数は、34 × 207 = 7,038 となるが、無回答が291あるので、実質回答数は、6,747 である。

まず、各例文に対する選択肢の回答分布を見てみる。

各例文に対する回答の種類は、選択肢34のうち、最高で27、最低で7、平均が約20となる（無回答は除く）。いっぽう、同一例文に対して、同一選択肢の回答がもっとも集中した最高値は162（各総回答数207に対して78.3％）、最低値が26（12.6％）、全体平均は約80（38.6％）である。

各回答の平均種類数が全34のうちの過半の20もあり、最高値の平均回答数が207のうち約4割の80しかないという結果は、全体として、例文そのものが村上オリジナルのたとえも含めて、一律の回答が導きだされるような文脈にはなっていないということを示していよう。

ここでとくに問題にしたいのは、村上のオリジナルのたとえとの関係である。

オリジナルと一致する回答の最高値は全体の最高値と同じ例文であるのに対して、最低値は回答数わずか4（1.9％）である。一致する分だけの回答率の平均は約59（28.4％）であって、全体平均より10％も低い。これによれば、村上オリジナルのたとえの多くが読み手の想定を下回る、つまりは同定しにくいことを裏付けてい

ることになるはずである。

　ところが、各例文の最高値に関して、
　Ａ：それが村上オリジナルと一致する
　Ｂ：一致はしないがそれほど離れていない
　Ｃ：大きくかけ離れている
の３種類に分けると、Ａには16例、Ｂに10例、Ｃに８例が相当する。Ａだけで全体の半分近く、それにＢを合わせると、全体の４分の３以上は、村上オリジナルと同じたとえがもっとも、あるいはそれ近く選ばれていることになるのである。

　選ばれたたとえが村上オリジナルと一致する率が高いということは、限られた選択肢の範囲内であり、程度差があるとはいえ、その回答者は例文の比喩関係を村上と同様の発想によって理解したということを意味する。これによれば、例文による程度差はあれ、村上の比喩は分かりやすいということになってしまう。

## 5

　比喩理解のための表現上の手掛かりとなるものとして、その構文関係がある。

　比喩表現を成す１文において、たとえとなる部分が、構文的に、「ように」などを下接して連用修飾句となる場合と、「ような」などを下接して連体修飾句となる場合と、「ようだ」などを下接して述句となる場合の３種類がある。

　当該34の例文においては、たとえの部分が連用修飾句を構成するのが26例、連体修飾句を構成するのが７例、そして述句を構成するのが１例ある。このような例数のアンバランスは、調査意図によるものではなく、「羊をめぐる冒険」における用例の全体的なあ

りようをほぼ反映したものであって、村上作品では連用修飾句から成る比喩表現が好んで用いられているということである。

このうち、連用修飾句の場合、その被修飾句の多くが比喩の基盤をなす共通性を表わすに対して、連体修飾句や述語の場合は、それとして示されることはない。当然ながら、共通性が明示されているほうが比喩理解がしやすくなるし、たとえが何かの見当も付けやすい。とすれば、先のAやBには、連用修飾句が多いことが予想される。

分類の結果は、次の通りである。

A　連用：13、連体：3、述語：0
B　連用：　7、連体：2、述語：1
C　連用：　6、連体：2、述語：0

どれも内訳の分布の仕方に大きな違いがない。ということは、構文的な条件に影響された結果ではないことになる。

## 6

以下、ABCのそれぞれに該当する例文に即して、それぞれの比喩理解のありようを検討してみよう。

まずは、村上のたとえが何か、もっとも分かりづらいことになるはずのCについて。該当する8例すべてを、落差の多い順に並べ直して、再掲する（カッコ内には、最高値の回答数と語句／村上オリジナルの回答数と語句を示す）。

33　（107古い静物画／4水銀）のように静止した空間の中で、闇だけが動いていた。〔落差：103〕
27　登山靴には（106粘土／7菓子パンの皮）みたいに泥が固く

こびりついていた。〔落差：99〕
11　三日まえのパンをトースターに入れた。パンは（72 一ケ月前のパン／6 壁土）のような味がした。〔落差：66〕
6　道の両側には糸杉と水銀灯が（76 歯列矯正器／13 鉛筆たて）みたいに等間隔に並んでいる。〔落差：63〕
18　彼らは（75 ヘア・ブラシ／16 海）のように生い繁った熊笹をわけ、背丈よりも高い草原を半日がかりで横切った。〔落差：59〕
12　柔らかな午後の光が、（62 綿／6 古い静物画）のように彼女の体をそっと包んでいた。〔落差：56〕
34　波の音が聞こえた。冬の重い海だ。鉛色の海と（53 水銀／9 襟首）のような白い波。〔落差：44〕
9　洗面所の彼女の歯ブラシは（57 乾燥魚／15 化石）みたいに乾いてひからびていた。〔落差：42〕

# 7

　もっとも回答数の落差が大きいのは100前後の例文33と例文27、もっとも小さいのが40台の例文34と例文9である。この落差の大小は、最高値の如何にもよるが、村上オリジナルと一致する回答がすべて20以下であり、回答全体の1割にもなっていないことにもよる。

　これらに、村上オリジナルとは異なるたとえのほうがはるかに多く選ばれることになった要因として考えられるのは、まさに当該文脈、とくに比喩の共通性を表わす表現である。

　たとえば、例文6の「歯列矯正器」は「等間隔に並んでいる」、例文9の「乾燥魚」は「乾いてひからびていた」、例文12の「綿」

は「体をそっと包んでいた」、例文18の「ヘア・ブラシ」は「生い繁った」、例文33の「古い静物画」は「静止した空間」という表現に、それぞれもっともふさわしいと判断されたからであろう。

逆に言えば、例文6の「鉛筆たて」、例文9の「化石」、例文12の「古い静物画」、例文18の「海」、例文33の「水銀」という、村上オリジナルのたとえは、それぞれの表現からすぐには連想されにくい。つまり、その文脈にはなじまないとみなされたということである。

また、例文11の「一ケ月前のパン」は「三日まえのパン」、例文27の「粘土」は「泥」という、たとえられるものとの関連性の強さからの、その意味では、比喩というより比較・例示に近い連想によるものであろう。例文34の「水銀」は、並列される「鉛色」との関連性によるものかもしれない。

これらに比べれば、村上オリジナルの、例文11に「壁土」、例文27に「菓子パンの皮」、そしてとくに例文34に、白さという点で「襟首」を、それぞれ引き出すのは容易ではあるまい。

つまり、Cに属する例文のたとえとして、村上オリジナルではなく他のもののほうが多く選ばれたのは、それぞれの物に対する常識的・一般的なイメージに拠ったというだけでなく、当該表現そのものの文脈によりふさわしいと判断されたからであると考えられる。その裏返しとして、これらの村上オリジナルのたとえには意外性があると言えば言える。適切性の如何はともかくとして。

# 8

次に、Bに含まれる10例を、C同様の形で示す。

8　道のまわりは湿地帯だから、地表そのものが（94 **氷河**／62 シャーベット）みたいに凍りついてしまうんだ。〔落差：32〕

4　受話器が（62 シャーベット／32 **氷河**）のように冷たくなった。〔落差：30〕

28　ぶ厚い雲が（37 **綿**／10 粘土）のようにところどころにちぎれ、そこから差し込む陽光が壮大な光の柱となって草原のあちこちを移動した。〔落差：27〕

19　シートのけばは殆ど消え失せ、クッションは（42 菓子パンの皮／16 一ヶ月前のパン）みたいだった。〔落差：26〕

30　みぞを辿っていくとやがて（26 **壁土**／10 馬の背）のような切り立った道に出た。〔落差：16〕

15　僕はカーテンを閉めてベッドに戻り、（49 **襟首**／34 アスファルト道路）みたいに固く糊づけされたシーツに寝転んで別れた妻について考えた。〔落差：15〕

17　沈黙が（39 **古い静物画**／25 粒子）のように長いあいだ部屋に漂っていた。〔落差：14〕

10　海は何年か前にすっかり埋めたてられ、そのあとには（81 **鉛筆たて**／70 墓石）のような高層ビルがぎっしりと建ち並んでいた。〔落差：11〕

25　重くるしい感情の光が（58 **壁土**／50 乾いた砂）のように崩れた。〔落差：8〕

3　体が（74 **乾いた砂**／70 綿）のようにアルコールを吸い込んでいるのだ。〔落差：4〕

## 9

このグループで最初に指摘しておきたいのは、全体的に最高値が

低いということである。例文8の94、例文10の81、例文3の74がもっとも多い部類であり、それでも回答数全体の半分に届かない。他は、すべて50台以下である。

Bは最高値と村上オリジナルとのたとえの回答数の差がそれほどないグループとして分類したが、各例文の落差数を見れば、先のCとの差は連続的である。ただし最高値だけを見る限りでは、大方はそれほど抜きん出た回答数とは言えない、つまり、たとえとしての確定性・唯一性が低い表現ということであり、その分だけ当該文脈の比喩理解に可能性の幅があるということである。

その中にあって全回答数をほぼ2分する、例文3の「乾いた砂」と「綿」、例文8の「氷河」と「シャーベット」、例文10の「鉛筆たて」と「墓石」は、それぞれの後続表現、すなわち例文3の「アルコールを吸い込んでいる」、例文8の「凍りついて」、例文10の「高層ビルがぎっしりと建ち並んでいた」に照らしてみると、どちらが一般的とも独自的とも言いがたい。

あえて村上オリジナル寄りに違いを指摘すれば、例文3では「乾いた砂」にはない、「体」と「綿」の外形的な類似、例文10では「鉛筆たて」にはない、「墓石」のもつ暗いニュアンスに重点があるということになろうか。

注目したいのは、例文8と例文4における回答結果が逆になっていることである。冷たさや凍るという点をふまえたうえで、それぞれのたとえられるもののスケールに見合うのは、「受話器」には「シャーベット」、「地表」には「氷河」であろうが、村上オリジナルはあえてたとえとして反対に用いることにより、落差のある比喩にしようとしたことがうかがえる。

例文15以降については、最高値自体が低く、村上オリジナルの

回答数との差が小さい。どちらも選ばれるだけの、それなりの根拠はあるにせよ、あくまでも相対的な結果にすぎず、村上オリジナルのほうが際立つということにならない。

　例文15の「襟首」は、後続の「固く糊付けされた」という表現からの連想で、ワイシャツの襟と（おそらくは誤って）結び付けられたのであろう回答であるのに対して、村上の「アスファルト道路」は「固く」としか結び付かないものの、明示されていない平面的な広がりのイメージにおいては、「シーツ」とつながる。

　例文17は、「漂っていた」という表現からは、「古い静物画」よりも村上オリジナルの「粒子」のほうが選ばれやすそうであるが、「古い静物画」は、たとえられる「沈黙」との関係が配慮されたせいとも考えられる。

　例文19は、どちらのたとえにも「パン」が含まれているが、それとの共通性の示されない述句の位置にあるため、何をそのポイントとみなすかによって、回答が割れたのであろう。つまり、たとえられる「クッション」の様態そのもののたとえなら「菓子パンの皮」、固さなら「一ヶ月前のパン」ということである。

　例文25は、「崩れ」るのがポイントであり、その点では「壁土」も「乾いた砂」もたとえとして成り立ちうる。ただ、たとえられる「感情の光」がまとまった形を持たないという点に重きを置けば、「壁土」よりも「乾いた砂」のほうが選ばれそうである。

　例文28の「ところどころちぎれる」のは「綿」でも「粘土」でもありうる。違いがあるとすれば、たとえられる「ぶ厚い雲」から喚起される重量感であり、それに見合うのは「粘土」のほうであろう。「綿」には「綿雲」のような語の連想が働いたと見られる。

　例文30は、たとえの語句が連体修飾句を構成するが、続く「切

り立った」が共通性に関わるとすれば、「馬の背」は「切り立つ」という語と慣用的な結び付きがある。それを知っていれば「馬の背」、知らなければ「壁土」が選ばれえよう。ただし、「切り立つ」のは普通、「崖」であって「道」そのものではない。

## 10

最後に、回答数の最高値が村上オリジナルのたとえと同じであるAの例文である。回答数の多い順に掲げる。

5　迎えの車は予告どおり四時にやってきた。（162 **鳩時計**）みたいに正確だった。

24　ノブは（149 **古い奥歯**）のようにぐらぐらしていたが、ドアは開かなかった。

13　我々の前方の席では中年の男が（139 **霧笛**）のようなもの哀しいいびきをかきつづけていた。

7　品のよい廊下が（138 **ボーリング・レーン**）みたいにまっすぐ続いている。

22　道はひどく荒れていて、車は（114 **地震計の針**）みたいに上下に揺れた。

26　電灯の黄色い光が（113 **花粉**）のように空中を漂っていた。

16　太陽はのっぺりとした大地の片方から上り、（98 **砲丸**）のように天空に弧を描いて片方に沈んだ。

31　羊は（91 **貝**）のように押し黙った。

14　応接セットの長椅子には頭の禿げかかった中年男が（87 **乾燥魚**）みたいな格好で寝転んでいた。

21　羊の額は（76 **鉄**）みたいに固くて、中が空洞になっている

んだよ。

1　何本かのどぶ川が流れ、ごてごてとした通りが（75メロンのしわ）みたいに地表にしがみついていた。

20　年は40代後半で、短く切った固い髪はまるで（75ヘア・ブラシ）のようにまっすぐだった。

23　それから30分ばかりで我々はその奇妙な円錐形の山を完全に離れ、（75テーブル）のようにのっぺりとした広い台地に出た。

29　外に出てみると、地面にはぱらぱらとした固い雪が（74小さな砂糖菓子）のように一面に散らばっていた。

2　（49歯列矯正器）のような眼鏡をかけて骨ばった手をしていたが、彼女にはどことなく親しめるところがあった。

32　暗闇が（35油）のように僕の耳からしのびこんできた。

## 11

　末尾の例文2と例文32の2つを除けば、CやBに比べて、最高値が総じて高めである。これは、村上オリジナルか否かを問う前に、それぞれの当該文脈に適ったたとえの選択がかなりしぼられたものであることを示している。その中にあって、最高値の低い、例文2の「眼鏡」、例文32の「僕の耳からしのびこ」む、という文脈だけからでは、「歯列矯正器」や「油」がたとえに選ばれることは難しい。回答の種類数が22、23に及んでいることも、それを裏付ける。

　これら以外の例文におけるたとえ選択の理由は、それぞれの文脈から比較的容易に説明できる。

　例文5の「鳩時計」は、時間的な「正確」さという点で、他に選

択の余地はなく、例文13の「霧笛」も、後続の「もの哀しいいびき」という聴覚に関わるという点で、例文21の「鉄」も、固さという点で、ほぼ唯一的に選択される。

これらに比べると、例文24の「古い奥歯」は後続表現にある「ぐらぐらしてい」る点、例文22の「地震計の針」は「上下に揺れ」る点、例文26の「花粉」は「空中に漂ってい」る点、例文16の「砲丸」は「弧を描いて片方に沈」む点から、それぞれが選ばれたと見られるが、それらのイメージ特性がたとえとして唯一決定的であるとまでは言えない。

たとえば、「古い奥歯」がどれもぐらぐらしているとは限らないし、「地震計の針」の動きが上下とは限らない。「花粉」が空中を漂うさまを実見することはそうそうないであろうし、「砲丸」は投げられていない状態もあるのである。

以上とは別に、たとえられる側の表現との関わりから、例文7の「ボーリング・レーン」は、そもそもたとえられる「廊下」そのものとの類似性が高く、例文23の「テーブル」は、たとえられる「台地」に関する「のっぺりとした広い」という形容、例文29の「小さな砂糖菓子」は、たとえられる「雪」に関する「ぱらぱらとした固い」という形容、例文1の「メロンのしわ」も、たとえられる「通り」に関する「ごてごてとした」や「しがみつ」くという表現、例文20の「ヘア・ブラシ」も、たとえられる「髪」に関する「短く切った固い」という形容から、それぞれと結び付けられやすい。

なお、例文31の「貝」は他とは違って、「押し黙」るという動詞との慣用的な結び付きとして選ばれたのであろう。また、例文14の「乾燥魚」は「格好」という手掛かりしかないものの、長椅子に

寝転ぶ「頭の禿げかかった中年」男の姿に似つかわしい選択肢として、他になかったからかもしれない（ただし、「乾燥魚」は例文9の「歯ブラシ」のたとえにも最高値で回答されている）。

## 12

　ここまで例文のそれぞれを中心に、比喩としての理解の仕方について見てきたが、視点を変えて、たとえに用いる選択語句のほうから整理してみる。

　34の選択語句は先に示したとおり、すべて名詞である。そのうち、「一ケ月前のパン」「馬の背」「古い静物画」「菓子パンの皮」「地震計の針」「小さな砂糖菓子」「乾いた砂」「古い奥歯」「メロンのしわ」の9例が形容語を伴い、その分だけ、より限定的・具体的なたとえとなる。意味分野としてはすべて具体語であるが、「粒子」のみがやや抽象度が高い。全体として、とくに難解な語句や見知らぬ対象というものも見当たらない。

　これらの選択語句がいくつの例文に選ばれたか、種類数ごとの分布は次のようになる。

11種類：1（霧笛）
13種類：3（花粉／鳩時計／ヘア・ブラシ）
14種類：2（歯列矯正器／綿）
16種類：2（一ケ月前のパン／地震計の針）
17種類：2（粒子／ボーリング・レーン）
18種類：1（鉛筆たて）
19種類：5（馬の背／古い静物画／鉄／アスファルト道路／氷河）

20種類：1（海）
21種類：3（化石・貝・古い奥歯）
22種類：4（菓子パンの皮／小さな砂糖菓子／テーブル／粘土）
23種類：1（乾燥魚）
24種類：5（油／シャーベット／襟首／墓石／メロンのしわ）
26種類：1（水銀）
27種類：1（壁土）

　34の例文に対して、1語句あたり11種類から27種類まであり、19種類と24種類に最多の5例があり、平均は約20種類である。
　一般的に言えば、種類数の少ないほうはそのイメージが強く特定されやすいものであるのに対して、多いほうはそれが弱くばらついていることになる。
　たとえば、種類数が最低値の「霧笛」はこれだけが聴覚に関わるという点で特定しやすいのに対して、最高値のほうの「壁土」や「水銀」は目立つものでも日常的に用いるというものでもない分、明確なイメージは浮かびにくい。

## 13

　これらの選択語句がどの例文にもっとも集中するかにより、先と同様、次の3種に分類してみる。
　A：その語句の最高値の例文が村上オリジナルのそれと一致する
　B：一致しないがそれほど離れていない
　C：かなりかけ離れている
　結果は、A：18、B：7、C：9、となり、例文単位での結果とほとんど変わりないように見えるが、意味付けが異なる。先の分類

は、例文ごとの一致度の如何であるのに対して、こちらは、その語句ごとの表わすイメージそのものが村上とどの程度一致するかということがポイントである。

　ＡＢＣそれぞれの内訳を示すと、次のとおりである。

　まずは、Ａの17語句を、回答数の多い順に示す（カッコ内は種類数）。

「鳩時計」：162（13）●、「古い奥歯」：149（21）●、
「霧笛」：139（11）、「ボーリング・レーン」：138（17）●、
「地震計の針」：114（16）●、「花粉」：113（13）●、
「砲丸」：98（19）●、「貝」：91（21）●、「乾燥魚」：87（23）●、
「鉄」：76（19）●、「テーブル」：75（22）●、
★「ヘア・ブラシ」：75（13）●、「メロンのしわ」：75（24）●、
「小さな砂糖菓子」：74（22）●、「綿」：70（14）●、
「墓石」：70（24）●、★「シャーベット」：62（24）●、
「油」：35（24）●

　これらのうち、「鳩時計」を筆頭とする、100を越える回答数の語句は、村上オリジナルの比喩表現として、そのイメージが理解されやすいと言えるだろう。それに対して、「油」をはじめ、最高値が低いほうは、回答の種類数も大方は多めであって、イメージが特定されにくいと言える。

　その中にあって、★印を付けた「ヘア・ブラシ」と「シャーベット」の２例は、その最高値が２つの例文にわたっている語句であり、イメージがその２つに集中していることになる。

　●印は例文のたとえが連用修飾句で、比喩の共通性が示されてい

ることを示す。「霧笛」を除き、すべてがそれに該当しているということは、少なくともイメージの方向が村上によってあらかじめ明示されているということであって、回答を一致させやすい文脈条件になっている。

## 14

次は、Bの7語句を示す(/の右は、別の例文での、その語句の最高値)。

「乾いた砂」：50（19）／74●、「歯列矯正器」：40（14）／76、
「アスファルト道路」：34（19）／47●、「粒子」：25（17）／50●、
「化石」：15（21）／27●、「海」：16（20）／29●、
「馬の背」：10（19）／34

これらについては、そもそも各語句のイメージ自体が1つに特定されにくい、あるいはそれ以前にイメージが喚起されにくい語句であると言えよう。その中に「粒子」という、やや抽象的な語が入っていることや、「馬の背」という、慣用句以外には用いられることのない句が含まれていることも、関係していると見られる。

これらにも、「歯列矯正器」と「馬の背」の2例以外は、共通性に関わる表現があるにもかかわらず、一致度も集中度もそれほど高くないのは、被連用修飾句自体が比喩的であったり、解釈の幅が広かったりするせいであり、それが比喩理解の決定的な手掛かりになるわけではないことを示していると言えよう。

## 15

最後に、Cの9語句を示す。

「氷河」：32（19）／94●、「一ヶ月前のパン」：16（16）／72、「鉛筆たて」：13（18）／81●、「粘土」：10（22）／106●、「襟首」：9（24）／49、「菓子パンの皮」：7（22）／42●、「古い静物画」：6（19）／107●、「壁土」：6（27）／58、「水銀」：4（26）／53●

　これらも、村上オリジナルと一致する回答数がおしなべてきわめて少ない。ただ、Bと異なるのは、他の例文での回答が比較的集中しているという点である。たとえば、100前後もの差がある「古い静物画」や「粘土」については、それらに対する一般的なイメージと村上がたとえに用いたイメージとの隔たりが際立っていると言える。その分だけ、村上オリジナルの比喩としての理解が厄介なケースである。それが一般的なイメージであることは、●印で示した、共通性表示の表現がある例文がこのグループでも大半を占めていることからも指摘できる。
　それ以外でも、すでに述べたように、例文の文脈から帰納される可能性が高い語句とは異なる、あるいは別の例文での選択との兼ね合いによる結果、村上オリジナルとは一致しない回答が多くなったのではないかと見られる。

## 16

　以上、村上春樹「羊をめぐる冒険」における比喩表現に関するア

ンケート調査の結果を分類整理してきた。冒頭に掲げた「村上の用いたたとえとは異なるもののほうが多く選ばれるのではないか」という予想は、検証されたことになろうか。

　例文に即してであれ、たとえの語句のイメージとしてであれ、村上オリジナルとの一致度という点からは、必ずしもそうとは言えない。一致するか否かという点だけからでは、半々程度であり、一致するほうでも回答数の最高値にはばらつきがあり、一致しないほうでも程度差があって、等し並みに結果を評することはできそうにない。しかし、じつは、それこそが村上春樹の比喩表現を特徴付けていると考えられる。

　一般的なイメージと同じたとえばかりでは、分かりきった陳腐な表現に堕する恐れがあるが、そのいっぽうで、それと異なるたとえばかりでは、違和感が強く表現が受け入れがたくなる。その両方がほどほどに混じり合うことによって、分かるような分からないような、宙吊り状態のままで文脈を辿ることになるのである。

　空所補充という、不自然な文脈によるアンケート調査の結果からうかがえるのは、村上春樹オリジナルか否かを問わず、対象とする表現を比喩として整合的に理解するために、当該文脈の表現全体を、その手掛かりとして読み取ろうとする読み手の姿勢である。これはおそらく、本来の文脈を読むとき以上に色濃く現れていると見られる。

　そのうえでの如上の結果は、村上作品を読み、その文章世界を理解することの、単に個々の比喩もどきを楽しむだけでは済まない、醍醐味を示しているとも言えよう。

「世界の終りとハードボイルド・ワンダーランド」

# 比喩はどのような世界を描くか

**1**

　村上春樹の現時点での最新長編小説「街とその不確かな壁」(新潮社、2023年)は、1980年に発表された「街と、その不確かな壁」という、読点の有無だけが異なる同名の中編小説を核として大幅に増補されたものである。

　じつは、そのような試みはすでに約40年前にも、別の形で一度行われていた。それが1985年に刊行された「世界の終りとハードボイルド・ワンダーランド」である。

　「街とその不確かな壁」の「あとがき」には、次のようにある。

　　しかし歳月が経過し、作家としての経験を積み、齢を重ねるにつれ、それだけで「街と、その不確かな壁」という未完成な作品に——あるいは作品の未熟性に——しかるべき決着がつけ(けり)られたとは思えなくなってきた。『世界の終りとハードボイルド・ワンダーランド』はそのひとつの対応ではあったが、それ

とは異なる形の対応があってもいいのではないか、と考えるようになった。「上書きする」というのではなく、あくまでも併立し、できることなら補完しあうものとして。

　作品設定として共通するのは、「世界の終り」としての、不確かな壁に囲まれた「街」である。ただし、両作品における描かれ方には大きな違いが認められる。
　第一に、「街」を描く章に関してである。
　「世界の終りとハードボイルド・ワンダーランド」では、全40章の偶数章の20章で、「ハードボイルド・ワンダーランド」と交互に、副題を添えた「世界の終り」というタイトルのもとに描かれるのに対して、「街とその不確かな壁」では、三部70章の約3割の20章において、タイトル無しで描かれている。
　しかも、その第一部では、26章のうちの、3・5・7・9・10・12・14・16・18・20・22・24・25・26の14章、第二部の36章にはまったくなく、第三部では、8章のうちの、65〜70の6章という具合で、分布の仕方が各部で異なっている。
　そのありようは、第一部の章構成が「世界の終りとハードボイルド・ワンダーランド」に準じていて、第二部が「ハードボイルド・ワンダーランド」寄り、第三部が「世界の終り」寄りに描き分けられたと見ることもできる。
　第二に、2つの世界の関係に関してである。
　「世界の終りとハードボイルド・ワンダーランド」では、「世界の終り」の章と「ハードボイルド・ワンダーランド」の章が互いに没交渉の世界として描かれているのに対し、「街とその不確かな壁」では、「世界の終り」の設定ではない章においても、しばしば言及

されている。

そして、第三に、比喩のあり方に関してである。

詳細は最後に記すが、とくにその表現形式において、変化がいちじるしい。

## 2

「街とその不確かな壁」の「あとがき」にはまた、「世界の終りとハードボイルド・ワンダーランド」の創作過程について、次のように記している。

> 二つのストーリーを、並行して交互に進行させていく。そしてその二つが最後にひとつに合体する――というのが僕の計画というか、おおざっぱな心づもりだった。しかしその二つがどのように合体することになるのか、書き進めながら、作者である僕にもさっぱり見当がつかなかった。前もってプログラムをまったくこしらえないで、気の向くまま自由に書いていったから……。

この説明の中で留意したいのは、「二つのストーリーを、並行して交互に進行させていく」ことと、2つのストーリーが同時進行することは同じではないということである。私見によれば、「ハードボイルド・ワンダーランド」の世界が終ったところから、「世界の終り」が始まるのである。

これに対し、「街とその不確かな壁」については、次のように言う。

最初に第一部を完成させ、それでいちおう目指していた仕事は完了したと思っていたのだが、念のために書き終えてから半年あまり、原稿をそのまま寝かせているうちに、「やはりこれだけでは足りない。この物語は更に続くべきだ」と感じて、続きの第二部、第三部にとりかかった。そんなわけですべてを完成させるまでに思いのほか長い時間がかかってしまった。

テキストのページ数で見れば、「街とその不確かな壁」の第一部が188ページであるのに対して、第二部が402ページ、第三部が57ページであり、書き加えられた第二部と第三部を合わせて全体の7割になるのであるから、第一部の補足という程度ではとても済まない。むしろ分量的には、6割以上を占める、「街」以外の場としての第二部が作品の中心と言えなくもない。
　じつは、「世界の終りとハードボイルド・ワンダーランド」も、章の数は「世界の終り」と「ハードボイルド・ワンダーランド」で同数ではあるものの、ページ数としては、181ページと399ページであり、後者が全体の7割近くを占めるのである。
　つまり、描写の分量配分として、結果的に、作品全体における「街」の取り上げられ方は、両作品で同程度ということである。その塩梅が、どちらの作品においても、村上にとっての、完成の納得感だったのかもしれない。

## 3

　「世界の終りとハードボイルド・ワンダーランド」における比喩の実例を見る前に、本文中に「比喩」やそれに類する語を用いているところがいくつか見られるので、それらを通して、この作品にお

いて比喩がどのようなものとして位置付けられているかを確認しておきたい。

　該当するのは10例あり、そのうちの9例は「ハードボイルド・ワンダーランド」の章においてであり、「世界の終り」の章には1例あるのみである。この差自体に、2つの世界での捉え方の違いが反映していると考えられる。

　「世界の終り」の1例は、次の通りである（末尾のカッコ内は「世界の終り」と「ハードボイルド・ワンダーランド」の略称・章番号）。

> 階段の狭いステップの上に並んで座っているせいで僕は肩口にずっと彼女の体のぬくもりを感じていた。不思議なものだ、と僕は思った。人々は心というものをぬくもりにたとえる。しかし心と体のぬくもりのあいだには何の関係もないのだ。〔世・18〕

　「僕」は「心というものをぬくもりにたとえる」ことを、「心と体のぬくもりのあいだには何の関係もない」という理由から、「不思議なものだ」と思う。しかし、「たとえる」とは、一見無関係なもの同士を関係付けることであるから、それを「不思議」と思うことのほうが問題になろう。

　「世界の終り」という「街」は根拠なしに、そのすべてが然るべく関係付けられているところであるから、比喩という発想が存在しない、あるいは意味を持たないはずである。とすれば、「不思議」と思ってしまう「僕」は「街」になじみつつあることを示しているととることができそうである。

「ハードボイルド・ワンダーランド」の9例のうちの4例は、シャフリング・システムを開発した老博士の会話の中に、次のように見られる。

　「もちろん」と老人は言った。「それぞれの骨にはそれぞれ固有の音があるです。それはまあ言うなれば隠された信号のようなものですな。比喩的にではなく、文字どおりの意味で骨は語るのです。(略)」〔ハ・3〕

　「(略) 無意識に、自分でもわからんうちに、自己のアイデンティティーをふたとおり使いわけておったんです。先刻の私の比喩を使うならズボンの右ポケットの時計と左ポケットの時計をです。(略)」〔ハ・25〕

　「(略) また比喩を使うと、あんたは自分の意識の底にある象工場に下りていって自分の手で象を作っておったわけです。それも自分も知らんうちにですな」〔ハ・25〕

　「(略) 要するに記憶が生産されはじめておるのですな。比喩を使わせていただけるならば、あなたの意識下の象工場の様式の変化にあわせて、そこと表層意識のあいだをつなぐパイプが補整(アジャスト)されておるのです」〔ハ・27〕

　最初の例以外では、わざわざ「比喩を使う」と断ってから、脳内のしくみの説明をしている。これは、天才的な科学者が一般人に、比喩を使って分かりやすく説明するという、口癖のようなスタイル

を示そうとしたためであろう。

　これらに対して、最初の例は、「語る」という言葉を、信号を発するの意で捉えることにより、「比喩的にではなく、文字どおりの意味」としたとみなされる。

　残りの5例は、「ハードボイルド・ワンダーランド」の視点人物である「私」による。最初に出て来るのは、「暗喩」という語を用いた、次の個所である。

　初めて訪れたビル内を案内する、ピンクの服を着た若い女性が「プルースト」という言葉を発したように聞こえたことに対して、次のように思いを巡らす。

　　　彼女はあるいは長い廊下の暗喩としてマルセル・プルーストを引用したのかもしれなかった。しかしもし仮にそうだったとしても、そういう発想はあまりにも唐突だし、表現としても不親切ではないかと私は思った。プルーストの作品群の暗喩として長い廊下を引用するのであれば、それはそれで私にも話の筋を理解することはできる。しかしその逆というのはあまりにも奇妙だった。〈マルセル・プルーストのように長い廊下〉？〔ハ・1〕

　これはつまり、抽象的なことを具体的なものにたとえるという、比喩（隠喩）一般の原理に反しているということであり、それ自体はしごくまっとうな考えである。しかし、村上春樹の、とくに初期作品には、すでに見たように、まさにこのような「唐突」かつ「不親切」な比喩つまりは「比喩もどき」が散見されるのであった。

　以下の3例は、「比喩」ではなく、「象徴」という語を用いた表現

である。

>  僕のドア、と私は心の中で言った。ドアが安っぽいかどうかなんて問題じゃない。ドアというのはひとつの象徴なのだ。〔ハ・13〕

>  私という存在を象徴するコートのポケットには宿命的な穴があいていて、どのような針と糸もそれを縫いあわせることはできないのだ。〔ハ・33〕

>  「一角獣はどこかにいたの？」
>  「ここにね」と私は言って指の先で自分の頭をつついた。「一角獣は僕の頭の中に住んでいるんだ。群を作ってさ」
>  「それは象徴的な意味で？」
>  「いや、そうじゃない。象徴的な意味はほとんどないと思う。実際に僕の意識の中に住んでいるんだ。ある人がそれをみつけだしてくれたんだ」〔ハ・35〕

　比喩と象徴は厳密には異なるが、最初の2例は、「象徴」という語によって、それぞれの比喩関係を表わしていると見られる。
　最後の例は、この作品における「世界の終り」という「街」の存在のリアリティに関わる。「僕の意識」にあることが、別の何かの「象徴的な意味」としてではなく、それ自体として実際にたしかに存在しているということを、当の「僕」自身だけは認めているということである。
　残りの1例は、会話のやりとりに見られる、村上春樹らしい比喩

を、「言葉のあや」という言葉で表わしている。

　「でもあなたはさっき自分の人生に満足してるって言ったわよ」
「言葉のあやだよ」と私は言った。「どんな軍隊にも旗は必要なんだ」〔ハ・29〕

4

　参考までに、約40年後の「街とその不確かな壁」で、「比喩」などの語がどのように用いられているかを見てみる。
　全部で9例あり、「世界の終り」側の章に2例、「ハードボイルド・ワンダーランド」側の章に7例と、用例数も分布の仕方も「世界の終りとハードボイルド・ワンダーランド」と似通っている。
　「世界の終り」側の2例は、「私」の思いに関する、次のような表現になっている（末尾カッコ内は部・章）。

　私は椅子に座り、自分という身体の檻から意識を解き放ち、想念の広い草原に好きなだけ走り回らせる――首輪につけた紐を外し、犬にしばしの自由を与えるように。そのあいだ、私は草の上に寝そべり、何を考えるでもなく、空を流れゆく白い雲をぼんやり眺めている（もちろんこれは比喩的表現だ。実際に空を見上げているわけではない）。〔1・11〕

　そのようにして時間はこともなく過ぎていく。必要になったときにだけ、私は口笛を吹いてそれを呼び戻す（もちろんこれも比喩的表現だ。実際に口笛を吹くわけではない）。〔1・11〕

これらが意外なのは、先に述べたように、「世界の終り」の「街」ならば、比喩の発想はなじまないとみなされるからである。にもかかわらず、わざわざカッコ書きにして「もちろんこれは（も）比喩的表現だ」と反復して断っている。
　逆に、「ハードボイルド・ワンダーランド」側ならば、次のように、同様の例が見られるのは、むしろ当然である。

　　ぼくはきみの肩をより強く抱き寄せる。誰かがまたブランコに乗っている。その金具が軋む音が、一定の間合いを置いて耳に届く。それは現実の音というよりは、ものごとの別のあり方を伝える比喩的な信号のように聞こえる。〔1・13〕

　　私は思い切って言った。「実際の疫病ではない疫病。つまり比喩としての疫病……そういうことだろうか？」〔2・50〕

ところが、「ハードボイルド・ワンダーランド」側の章でも、比喩であることをあえて否定する表現も、次のように見られる。

　　四十五歳の誕生日が巡ってきて、そのあまり愉快とは言いがたい里程標を通過して間もなく、ぼくは再び穴に落下する。出し抜けにすとんと。以前——あの惨めな二十歳前後の日々に——足を踏み外したときと同じように。でも今回落ちたのは比喩的な穴ではなく、地面に掘られた実物の穴だ。〔1・23〕

　　私は机の上の封筒をもう一度取り上げ、中から地図を取り出し、長いあいだ集中して見つめた。そしてやがて、その地図が

私の心を細かく震わせていることに気づいた。比喩的にというのではない。文字通り物理的にそれは私の心を静かにしかし確実に、ぶるぶると震わせているのだ。揺れやまぬ地震の中に置かれた、ゼリー状の物体のように。〔2・41〕

「比喩的にか、象徴的にか、暗示的にか、そこはよくわかりませんが」と医学生の弟は言った。
　いや、それは比喩でも象徴でもなく暗示でもなく、揺らぐことのない現実なのかもしれない。私は現実のイエロー・サブマリンの少年が、その現実の街の通りを歩いている様子を思い浮かべた。〔2・59〕

　これらに共通するのはどれも「街」に関連するという点である。「街」についてだけは、それが比喩つまり非在ではなく、実在するということが念押しされるのである。
　約40年を隔てた、「世界の終りとハードボイルド・ワンダーランド」と「街とその不確かな壁」における、「比喩」などの語の用い方を比較して、違いがあるとすれば、それは2つの世界の描き方の違いに還元できよう。
　すなわち、前者においては、2つの世界は截然と区別されて、それぞれ独立的かつ実在的に描かれているのに対して、後者においては、混淆的あるいは融合的に描かれている分だけ、比喩か否かという点が取り沙汰されざるをえなかったということである。

## 5

　「世界の終りとハードボイルド・ワンダーランド」における「世

界の終り」の章と「ハードボイルド・ワンダーランド」の章の分量比はほぼ3対7、つまり後者が前者の2倍以上であった。

それぞれに見られる直喩表現の総用例数は、私に認定した結果、全体で608例あり、前者が207例、後者が401例である。分量比との関係からは、直喩表現の出現率は、「世界の終り」の章のほうがやや多めである。

ちなみに、「街とその不確かな壁」には、直喩表現が416例見られる。1ページあたりの直喩の出現は、「世界の終りとハードボイルド・ワンダーランド」がほぼ1例であるのに対して（608例／610ページ）、「街とその不確かな壁」は約0.6例であり（416例／648ページ）、かなり減少していることになる。

「世界の終りとハードボイルド・ワンダーランド」における直喩表現の指標となる語を見ると、「よう（だ）」が426例で、全体の7割を占め、「みたい（だ）」はそれよりずっと少なく、95例であり、残り87例が「その他」である（「同じ・ごとし・くらい・ほど」など）。

「世界の終り」と「ハードボイルド・ワンダーランド」それぞれにおける「よう（だ）」と「みたい（だ）」の分布を見ると、次の通りである。

|  | よう | みたい | その他 |
|---|---|---|---|
| 世界 | 189 | 6 | 12 |
| ハード | 237 | 89 | 75 |

この表で明らかなように、「世界の終り」のほうは、「よう（だ）」にほぼ集中していて、「みたい（だ）」はわずかに、次に挙げる6例

しかない。

　花が咲くと、建物はよけいに廃墟みたいに見えた。〔世・8〕

　獣たちはまるで水に浮かんでいるみたいに首と背中を草原の上にぽっかりと出して、食用になる緑の芽を捜しながら、ゆっくりと移動していた。〔世・12〕

　「まるで誰かにむかって何かをどなっているみたいだな」と僕は言う。〔世・12〕

　部屋もやはり冬の重さを帯びていた。部屋の中のあらゆるものが、床やテーブルにしっかりと釘づけしてあるみたいだった。〔世・16〕

　「(略) それから森の音もわかります。森はいろんな音を立てるんです。まるで生きているみたいにです」〔世・26〕

　「不思議な音ですね」と青年は興味深そうに言った。「まるで音が色を変えているみたいだ」〔世・28〕

　会話文に3例、地の文に3例あって、位相による偏りは認められない。
　「よう（だ）」と「みたい（だ）」の全体で、地の文と会話文のどちらで用いられているかを整理すると、次のとおりである。

|  | 地の文 | | 会話文 | |
| --- | --- | --- | --- | --- |
|  | よう | みたい | よう | みたい |
| 世界 | 171<br>(98.3%) | 3<br>(1.7%) | 18<br>(85.7%) | 3<br>(14.3%) |
|  | 174〔89.2%〕 | | 21〔10.8%〕 | |
| ハード | 212<br>(74.9%) | 71<br>(25.1%) | 25<br>(58.1%) | 18<br>(41.1%) |
|  | 283〔86.8%〕 | | 43〔13.2%〕 | |
| 合計 | 383<br>(83.8%) | 74<br>(16.2%) | 43<br>(67.2%) | 21<br>(32.8%) |
|  | 457〔87.7%〕 | | 64〔12.3%〕 | |

この結果から、次の4点を指摘できる。

第一に、地の文での用例が9割近くで、ほとんどを占めるという点、第二に、「世界の終り」と「ハードボイルド・ワンダーランド」を比べると、前者は地の文の割合が少し高いという点、第三に、「よう（だ）」は地の文では8割以上であるが、会話文では7割以下になるという点、そして第四に、「世界の終り」と「ハードボイルド・ワンダーランド」のどちらでも、地の文と会話文では、「よう（だ）」が優勢であるが、「世界の終り」のほうの割合が高いという点である。

これらから、「よう（だ）」と「みたい（だ）」という指標語は、両者の文体差が位相差として、全体的には、ある程度反映していると言えよう。すなわち、「よう（だ）」のほうは、地の文か会話文かに関して無標的であるのに対して、「みたい（だ）」のほうは会話文において有標的であり、それが「ハードボイルド・ワンダーランド」のほうに比較的顕著に認められるということである。

6

　直喩表現におけるたとえの部分は、構文的機能として、指標となる助動詞の活用形などから、(a)連用修飾句、(b)連体修飾句、(c)述語、の3種類に分けられる。指標の大勢を占める「よう（だ）」と「みたい（だ）」に関して、その分布がどうなっているかを示す。

|       | (a)連用       | (b)連体       | (c)述部      |
|-------|--------------|--------------|-------------|
| 世界  | 137 (70.3)   | 46 (23.6)    | 12 ( 6.2)   |
| ハード | 201 (59.8)   | 115 (34.2)   | 20 ( 6.0)   |
| よう  | 260 (61.0)   | 150 (35.2)   | 16 ( 3.8)   |
| みたい | 78 (74.3)    | 11 (10.5)    | 16 (15.2)   |
| 総計  | 338 (63.7)   | 161 (30.3)   | 32 ( 6.0)   |

　この表から、次の3点が明らかである。
　第一に、「よう（だ）」「みたい（だ）」全体としては、(a)連用修飾句が6割以上を占め、もっとも多いという点、第二に、「世界の終り」と「ハードボイルド・ワンダーランド」では、前者のほうが最多の(a)連用修飾句の割合において10％以上も高いという点、第三に、「よう（だ）」と「みたい（だ）」を比べると、前者は(b)連体修飾句、後者は(c)述部が目立つという点である。
　構文的機能ごとの表現上の特色を、「世界の終り」と「ハードボイルド・ワンダーランド」を比較して挙げると、用例の多い(a)と(b)については、次のようなことが言える。
　(a)については、「世界の終り」のほうでは、たとえを受ける表現として、「感じられる」が16例（「感じる」1例を含む）、「見える」

が13例、「思える」が3例の計32例（23.4％）、感覚や意識を表わす言葉が続くのに対し、「ハードボイルド・ワンダーランド」のほうでは、「感じられる」が4例、「見える」が12例、「思える」が2例、「聞こえる」が1例の計21例（10.4％）であり、比率的には、前者のほうが後者の倍以上も多い。

このような結果は、「世界の終り」だからこそ、感覚や意識の表現が伴うことによって、「ように」や「みたいに」という指標が用いられていても、じつは比喩としてではなく、実際にそのとおりに感覚・意識されたという可能性を示すものと考えられる。

(b)については、2点あり、1つは、「もの」という名詞を修飾する表現が、「世界の終り」では5例であるのに対して、「ハードボイルド・ワンダーランド」では18例も見られるという点である。

「もの」が下接する用法としては、「ただの太った女は空の雲のようなものだ。彼女はそこに浮かんでいるだけで、私とは何のかかわりもない」〔ハ・1〕のように、箴言的な1文の述部になる場合と、「誰かが私の頭にドリルで穴をあけ、そこに固い紐のようなものを押しこんでいた」〔ハ・13〕のように、述語以外での名詞句を作る場合の2種類があり、両者はほぼ同程度見られる。

もう1つは、「世界の終り」では、「気」を修飾するのが3例しかないのに対して、「ハードボイルド・ワンダーランド」では、「気」5例、「気分」8例、「感じ」7例の計20例もあるという点である。

これは下接する、感覚・意識に関わる表現として、構文的機能の違いに対応して、動詞か名詞かという点で、相補的な分布になっていることを意味する。とすれば、どちらにせよ、それらの表現は、比喩ではないという可能性もあるということになる。

直喩表現の指標は助動詞に限らず、副詞にも認められる。「世界

の終り」の章には、「まるで」が52例、「あたかも」が1例、「文字どおり」が1例の計54例で、全体の約25％、「ハードボイルド・ワンダーランド」の章には、「まるで」が40例、「ちょうど」が4例、「まるっきり」が1例、の計45例で、全体の約11％見られ、「世界の終り」のほうが比率的に倍以上になっている。

中では「まるで」が計92例、全体の約15％の直喩表現に見られ、しかも、「獣の体を包む黄金色は徐々にその輝きを失い、まるで漂白された白味を増して、冬の到来の近いことを人々に告げていた」〔世・14〕や「窓のすきまからは寒風が吹きこみ、中の空気は凍りついてしまいそうだった。まるで氷室だ」〔世・32〕のように、それだけで指標になる例が「世界の終り」のほうにのみ見られる。

以上から、直喩の表現形式に関して、「世界の終り」と「ハードボイルド・ワンダーランド」の相違点をまとめてみれば、「世界の終り」のほうが、「よう（だ）」、地の文、連用修飾句に偏っているということが言えよう。これは総じて、「世界の終り」の直喩表現が「ハードボイルド・ワンダーランド」よりも変化に乏しいということである。

## 7

一般に、虚構としての物語において、その中にさらに架空の世界を実現するためには、現実をふまえた世界を描く以上に、そのリアリティを確保する必要性が生じる。

「世界の終りとハードボイルド・ワンダーランド」における、その架空の世界には2種類ある。1つは、「世界の終り」における「街」、もう1つは、「ハードボイルド・ワンダーランド」におけ

る、「やみくろ」の棲む地下世界である。

　この2つの世界のありようはそれぞれ描写されてはいるが、地下世界のほうはなにせ暗闇なので、感覚が制限されてしまうため、その全貌が捉えがたい。それに対して、「街」のほうは地上世界であり、視点人物の「僕」が認知しうる感覚・意識が及ぶ限りにおいて、描写が可能である。

　じつは、その全貌は、「世界の終りとハードボイルド・ワンダーランド」の表紙扉裏の、白黒が反転した地図によって、小説本文に先立ち、あらかじめ示されているのである。作品内では、「僕」が影に頼まれて、「街」内を歩き回って描いたことになっているものであり、それ自体は実際にどこかに存在していそうに見える。

　そのうえで、「世界の終り」の各章において、「壁」およびそれに囲まれた「街」のありようが描写されるのであるが、その描写において、直喩表現が一役買っていることが予想される。

## 8

　比喩を用いて描写するにあたり、まず問題になるのが、何を対象とするか、つまり他ならぬ比喩によって表現する必要があったのは何かである。それは、「世界の終り」において、書き手が「街」を特徴付けるにあたり、視点人物の「僕」に、その何に対して関心を持たせたかでもある。

　「世界の終り」の章における比喩表現の対象全体を大掴みに捉えるために、比喩対象を、人事に関わる分野と自然に関わる分野の2つに分けてみる。人事分野には、人間・人体だけでなく、人工物や人間の認知内容も含まれ、自然分野には動植物や自然現象、風土などが含まれる。

ただし、この2分法になじまない対象もある。たとえば、「影」は自然現象であろうが、「世界の終り」では人格化されているので、人事に、「頭骨」は「古い夢」を記録させたものという点では人工物になるが、元々は一角獣のそれであることから、自然に、「沈黙」はそれを感じるのが屋内の場合も屋外の場合もあるが、それ自体としては自然に、というように、便宜的に処理した。

　また、人事と自然の区別を問わない対象については、除外した。たとえば、「風の音や草木のそよぎや、夜の静けさや人々の立てる靴音さえもが何かしらの暗示を含んだように重くよそよそしくなり」〔世・14〕、「夕暮の闇にまぎれて何かが僕の上に重くのしかかっているようにも感じられた」〔世・14〕、「僕と図書館だけを残して世界じゅうの全ての事物が消滅してしまったような気がした。僕は世界の終りの中にたった一人でとり残されてしまったのだ」〔世・16〕、「目にうつるありとあらゆる事象が、突然やってきた束の間の温もりを胸いっぱいに吸いこみ、体のすみずみにまで浸みこませているように見えた」〔世・26〕、「ここにあるすべてのものが僕自身であるように感じられた。壁も門も獣も森も川も風穴もたまりも、すべてが僕自身なのだ。彼らはみんな僕の体の中にいた。この長い冬さえ、おそらくは僕自身なのだ」〔世・36〕などで、波線を付した部分が人事・自然を合わせた比喩対象を表わしている。

　該当する比喩表現全体のうち、人事に関する対象が113例、自然に関する対象が89例ある。人事のほうがやや多いものの、際立つほどの偏りではない。つまり、「街」の描写に関する比喩的な注目の仕方は、人事と自然の双方に、ほぼ同等に向けられているということである。

## 9

　人事と自然は当然ながら、そのカテゴリーを異にするので、たとえとして相異なるカテゴリーの素材を用いるほうが、両者がかけ離れている分だけ、比喩的な効果が高くなるとされる。

　「世界の終り」の直喩表現について見ると、人事分野を対象とした表現に自然分野の素材がたとえに用いられるのは46例（40.7％）、逆に、自然分野のたとえとして人事分野の素材が用いられるのは30例（33.7％）あり、人事を自然にたとえる関係のほうがその逆よりもやや多い。この傾向は比喩一般にもあてはまる。

　それぞれの、短かめの具体例をいくつかずつ挙げる。

〔人事ヲ自然ニたとえる〕
　　（略）門番は樹木の根〔自然〕のようなごつごつとした指〔人事〕で刃物の列を指さした。〔世・2〕

　　図書館の天井は高く、部屋〔人事〕はまるで海の底〔自然〕のように静かだった。〔世・4〕

　　ストーブの上でポット〔人事〕が音を立てはじめたが、それは僕には何キロも遠くから聞こえてくる風〔自然〕の音のように感じられた。〔世・16〕

　　「夢読み〔人事〕というのはそういうものなの。季節が来ると鳥〔自然〕が南や北に向かうように、夢読みは夢を読みつづけるのよ」〔世・18〕

〔自然ヲ人事ニたとえる〕

　そんな獣たち〔自然〕は死んだというよりはまるで何か重要な命題について深く考えこんでいる〔人事〕ように見えた。〔世・20〕

　楡の木の枝〔自然〕は頭上から威嚇する〔人事〕ように僕を見下ろしていた。〔世・38〕

　たまり〔自然〕から蒸気のように湧きあがってくる巨大な息づかいがあたりを支配していた。それは地の底から響きわたる無数の死者の苦悶の呻き〔人事〕のようでもあった。〔世・12〕

　空にはもうあのきっぱりとした秋の雲の影はなく、そのかわりにどんよりとした厚い雲〔自然〕が不吉な知らせをもたらす使者〔人事〕のように北の尾根の上に顔をのぞかせていた。〔世・14〕

　なお、自然を人事にたとえる最初の２例は通常、擬人法による表現とされる。

## 10

　人間が対象を認知する手段としているのは、感覚器官である。感覚は、人体の外部に向けられる器官に応じて、視覚・聴覚・嗅覚・触覚・味覚の、いわゆる「五感」に分けられるのに対して、人体内部に対しては、全体を統括する脳以外に、特定の器官がないため、そのまま「内（部）感覚」あるいは「意識」と称されている。ただ

し、「意識」は外部刺激に対しても、感覚モダリティ全体の基底感覚を表わすことがある。

以上をふまえ、「世界の終り」における比喩対象を表現するとき、どの感覚を通したものとして描かれているかを見てみる。なお、「意識」は対象の内外を問わず、1つの感覚モダリティに収まらない場合とする。また、「痛覚」は内部感覚ともされるが、皮膚感覚の場合は「触覚」に含めておくことにする。

その分類結果を示す前に、指摘しておきたい点が2つある。

1つは、「世界の終り」において、味覚や嗅覚による比喩表現が、それを用いうる場面・対象が登場するにもかかわらず、1例も見当たらないという点である。

もう1つは、2つの感覚モダリティにわたる比喩表現が見られる点である。

> 頭骨が光っているのだ。部屋はまるで昼のように明るくなっていた。その光は春の陽光のようにやわらかく、月の光のように静かだった。〔世・36〕

> それでも僕は古い夢の存在を指先にはっきりと感じとることができた。それはざわめきのようでもあり、とりとめもなく流れていく映像の羅列のようでもあった。〔世・6〕

1つめでは、頭骨の発する光という自然分野の、そもそもは視覚的な対象に対して、「春の陽光のようにやわらかく」という触覚と、「月のように静か」という聴覚の2つの感覚を通してたとえられている。

2つめでは、古い夢という人事分野の対象が、「ざわめき」という聴覚と「映像の羅列」という視覚の2つの感覚によって表現されている。このように、どちらの表現も感覚転移による比喩である。

全体は、次の通りであり、以下に示す3点が指摘できる。

|  | 意識 | 感覚計 | 視覚 | 聴覚 | 触覚 |
|---|---|---|---|---|---|
| 人事 | 45 | 66 | 37 | 19 | 10 |
| 自然 | 7 | 82 | 59 | 12 | 11 |
| 合計 | 52 | 148 | 96 | 31 | 21 |

第一に、意識と感覚との対比で見ると、感覚のほうが全体の4分の3を占めている。第二に、感覚の中では視覚がもっとも多く、全体のほぼ3分の2に及ぶ。第三に、人事と自然を比べると、人事対象に対しては、意識が最多であるのに対して、自然対象に対しては、感覚がほとんどで，中でも視覚が7割以上を占め、他の感覚を大きく上回っている。

## 11

上に指摘した3点のうち、第一点および第二点については、「世界の終り」に限らず、大方予想できる結果と考えられるが、第三点については、補足が必要であろう。

自然対象は外在的なものであるから、視覚を中心として、感覚器官を通して認知されるのが普通であるとすれば、むしろ、特定器官によらない、意識による受け止め方のほうが問題になるであろう。次の7例である。

そこには樹木と草と小さな生物がもたらす限りのない生命の循環があり、一個の石にもひとくれの土にも動かしがたい摂理のようなものが感じられた。〔世・14〕

目を閉じると、沈黙が細かいちりのように僕の体を覆っていくのが感じられた。〔世・4〕

どちらにしても不思議な種類の沈黙だった。それはまるで頭骨を地球の中心までしっかりと結びつけているかのように僕には感じられた。〔世・6〕

それでも一頭一頭のあいだには目にこそ映りはしないけれど、打ち消すことのできない親密な記憶の絆がしっかりと結びあわされているように見える。〔世・2〕

樹木の根もとには大小さまざまの色とりどりのきのこが姿を見せ、それはまるで不気味な皮膚病の予兆のようにも見えた。〔世・14〕

「いつも今頃の季節になると、あの北の尾根に冬の雪のさきぶれがやってくる。斥候のようなもんだが、そのときの雲の形で我々は冬の寒さを予想することができる。(略)」〔世・14〕

しかしあるいはその沈黙は外部からやってくるものではなく、頭骨の中から煙のように湧きだしているのかもしれなかった。〔世・6〕

最初の3例は「感じられる」という、個別の感覚に分けられない言葉によって表わされている。その次の2例は「見える」という視覚動詞が用いられてはいるが、「記憶の絆」や「予兆」自体は不可視的であるから、視覚によるたとえとはなりえず、「感じられる」と同様の用法であろう。

　なお、これらは、すでに述べたように、視点人物の「僕」にとっては、比喩としてではなく、実際にそのように感じられた・見えたということを表わしているという可能性も否定できない。

　最後の2例は、「雲」は視覚的な対象、「沈黙」は聴覚的な対象と捉えられるが、前者には「斥候」、後者には「予兆」がたとえであるということは、それぞれに対応する、何らかの個別感覚によってではなく、観念的（意識的）に捉えた表現である。

　いっぽう、人事分野においては、その対象が外在的なものと内在的なものの双方が想定される。

　人事分野の対象に対する、意識による45例の表現のうち、外在的なものが12例、内在的なものが33例で、後者のほうが圧倒的に多い。これは、意識による比喩表現においては、「街」のありように直接的に関わる描写が少ないということを意味する。

　外在的なものを対象とする例の中でも、「街」に関しては、次に挙げるくらいしか見当たらない。

　　もしこの世に完全なものがあるとすれば、それは壁だ。そしてそれはそもそもの始まりからそこに存在していたのだろう。空に雲が流れ、雨が大地に川を造りだすように。〔世・14〕

　　すぐ近くから見る壁は文字どおり息づいているように感じられ

た。〔世・14〕

一瞬僕にはそこ〔＝影の広場〕が人の足で汚すことのできない神聖な空間であるように感じられた。〔世・38〕

工場地区全体がほとんど見捨てられてしまったような淋しい場所なのだ。〔世・6〕

図書館のドアを押したとき、建物の中の空気は心なしか以前より淀んでいるように思えた。長いあいだうち捨てられていた部屋のようにそこには人の気配というものが感じられなかった。〔世・16〕

　対するに、内在的な対象として目に付くのは、視点人物の「僕」自身の存在、心、そして「夢読み」という行為の3つに関わる意識を表わす比喩である。それぞれの該当例を2例ずつ挙げる。

〔自己存在〕
　まるで意識だけが上昇していくのを肉体がやっとの思いでくいとめているような奇妙な分裂感が僕を襲った。〔世・14〕

影を失ってしまうと、自分が宇宙の辺土に一人残されたように感じられた。〔世・40〕

〔心〕
　「心とはそういうものなんだ。決して均等なものじゃない。川

の流れと同じことさ。その地形によって流れのかたちを変える」〔世・22〕

僕には心を捨てることはできないのだ、と僕は思った。それがどのように重く、時には暗いものであれ、あるときにはそれは鳥のように風の中を舞い、永遠を見わたすことができるのだ。〔世・36〕

〔夢読み〕
「夢読みというのはそういうものなの。季節が来ると鳥が南や北に向かうように、夢読みは夢を読みつづけるのよ」〔世・18〕

ひとつの断片と次の断片のあいだには共通性らしきものは何もなかった。それはまるで放送局から放送局へと素早くラジオのダイヤルをまわしていくような作業だった。〔世・18〕

## 12

　今度は、「街」のありように直接的に関わる描写としての、感覚による比喩表現が何を対象としているかを見てゆく。
　まずは人事分野のほうであるが、「街」の住民については、「僕」と関わりのある、きわめて限られた人間にしか比喩は用いられず、用例数も乏しい。具体的には、図書館に勤める女の子、門番、隣室に住む老大佐、そして人格化された、「僕」の影である。その中では、女の子に関する例が次の6例で、もっとも多い。

彼女は夢読みのしるしのある淡い色に変色したふたつの瞳をじっとのぞきこんだ。まるで体の芯までのぞきこまれているような気がした。〔世・4〕

彼女はじっと僕の顔を見つめていたが、それは僕を見ているというよりは僕の顔のある空間をのぞきこんでいるというように見えた。〔世・34〕

彼女は空中に何かを探し求めるように小さく微笑んだ。〔世・6〕

彼女の微笑みは雲間からこぼれるやわらかな春の光のように感じられた。〔世・18〕

彼女は僕の手をひいて、まるで頭上から人々を狙う巨大な鳥の目を避けるかのように、その迷路のような通路を足ばやに通り抜けた。〔世・6〕

「お眠りなさい」と彼女が言うのが聞こえた。それはまるで遠い闇の奥から長い時間をかけてやってきた言葉のように思えた。〔世・14〕

　最後の例だけが聴覚的な比喩で、他はすべて視覚的な比喩であり、最初の4例は、「僕」と対面しているときの彼女の顔の表情に限られている。
　「世界の終り」にあって、重要な意味をもつ「影」であるが、そ

のありようの比喩は、最終章になって、「影はまるで目の焦点を失ったようにぼんやりと僕の顔を見ていた」と「彼は両手をこすりあわせながらまるでその音に耳を澄ませるかのように、軽く頭を傾けていた」という2例が続けて見られるのみである。

　「街」およびそれを構成する、建物などの人工物に関する比喩もそれほど多くはない。「街」全体については、「凍りついた街は精巧にカットされた巨大な宝石のようにあらゆる角度に陽光を反射させ、その奇妙に直截的な光を部屋に送りこんだ」〔世・22〕と「街はそのあらゆる音を雪に吸いとられてしまったように、ひっそりと静まりかえっていた」〔世・38〕の2例、「壁」についても、先に挙げた、意識による2例以外に、「僕が壁を見上げると、彼らが僕を見下ろしているように感じられた。彼らは目覚めたばかりの原初の生物のように僕の前に立ちはだかっていた。／お前はなぜここにいるのだと彼らは語りかけているようだった。お前は何を求めているのだ、と」〔世・14〕と「街は僕の体の揺れにあわせて息をし、揺れていた。壁も動き、うねっていた。その壁はまるで僕自身の皮膚のように感じられた」〔世・36〕の2個所にしか見られない。

　それ以外では、「北の広場の中央には大きな時計塔が、まるで空を突きさすような格好で屹立していた」〔世・4〕と「目をこらせば職工地区や時計塔を認めることもできたが、それはなんとなくずっと遠くから送られてくる実体のないまぼろしのように思えた」〔世・26〕という、「街」の中心にある「時計塔」に関する比喩が2例ある程度である。

　「僕」の勤め先の図書館や自室についての描写もいくつかあるが、どれも外観ではなく内部の様子、とくにその静けさや寒さを描写するのがもっぱらである。

以上のように、人事分野の対象に関する感覚的な比喩表現には、「街」だからこそ、そのありようを描写するという点では、とくに目立ったところがないと言える。

## 13

自然分野の対象に対する感覚的な比喩表現としてもっとも顕著なのは、「街」を出入りする「一角獣」に関するもので、それ自体に対して20例近くあり、さらに、その「頭骨」に対する10例、その死体を焼く「煙」に対する4例も加えれば、「世界の終り」において、感覚的な比喩表現が用いられる個別対象としては、圧倒的に多い。

これはつまり、一角獣のありようが「街」のありようを特徴付ける、もっとも重要な描写モチーフであることを示していると考えられる。

すでに挙げた例もあるが、一角獣そのものに対する、それ以外の視覚と聴覚の例もいくつか挙げておく。最初の3例が視覚的な比喩、残り2例が聴覚的な比喩である。

そのような思いおもいの色の毛皮に包まれた獣たちは若い緑の大地の上を、風に吹き流されるかのようにひっそりとさすらっていた。〔世・2〕

金色の体毛は最初のうちはまばらに、まるで何かの偶然によって芽吹いた季節はずれの植物のように姿をあらわしたが、やがては無数の触手と変じて短毛を絡めとり、最後にはすべてを黄金色で覆いつくした。〔世・2〕

秋が深まるにつれ、深い湖を思わせるような彼らの目は、哀しみの色を次第に増していった。〔世・10〕

　彼らは瞑想的といっていいほどにもの静かな動物だった。息づかいさえもが朝の霧のようにひそやかだった。〔世・2〕

　やがて街に角笛の音が響き、獣たちの踏み鳴らすひづめの音が泡のようにあたりを覆った。〔世・12〕

「一角獣」以外で目立つのは、「たまり」、「雪」、そして「森」である。
「たまり」というのは、「街」の中を流れる川の行き着く先の淀んだところを称し、そこから流れが急激に地下に潜るとみなされている所である。「街」にあっては、「街」から抜け出せる唯一の場所であり、そのことを住人に知られないよう、生きて戻れない、恐怖の場所と伝えられている。その「たまり」に関しては、

　草原の入口近くにある最後のカーブを曲ったところから川は急に淀みはじめ、その色を不吉なかんじのする深い青へと変えながらゆっくりと進み、先方ではまるで小動物を呑みこんだ蛇のようにふくらんで、そこに巨大なたまりを作りだしていた。〔世・12〕

　白一色に染まった大地に、たまりだけが巨大な瞳のような穴をぽっかりと丸くあけていた。〔世・40〕

などのように、恐怖を喚起する視覚的な比喩が用いられている。

「街」の冬はとりわけ厳しいとされ、それを感覚的に示す代表が「雪」である。それはその降り方のひどさとして、次のように、視覚的にやや誇張気味にたとえられている。

> 我々に見ることのできるのは滝のように空から大地へと降りていく巨大な雪の柱だけだった。〔世・38〕

> 南のたまりにたどりついたとき、雪は息苦しいまでに激しく降りしきっていた。それはまるで空そのものがばらばらに砕けて地表に崩れ落ちているかのように見えた。〔世・40〕

ただ、その一方で、雪質については、「雪の上にはまだ足跡ひとつない。手にとってみると、それはまるで粉砂糖のようにやわらかく、さらりとした感触の雪だった」〔世・20〕や「広場に積った雪は泡のようにやわらかく、僕の足をすっぽりと呑みこんだ」〔世・38〕というのもあれば、「氷のように固くしまった小さな白い雪の粒が窓枠の上に落ちて不規則に並び、やがて風に吹き落とされていった」〔世・30〕のように、視覚ではなく触覚による、相異なる表現が見られる。

最後に、「森」であるが、「街」においては、その住人になりきれなかった人間たちが住む場所であり、住人は近づかないようにしている場所である。そのような場所としての「森」については、

> 巨木の枝が頭上を覆い、森を海の底のような暗色に染めていた。〔世・14〕

> 枯れた草原がしばらくつづき、その向うに黒々とした東の森が海のように広がっている。〔世・26〕

> 森の入口には底の見える浅い池があり、その中央には骨のような色に枯死した巨木の根もとだけが立っていた。〔世・26〕

などのように、不気味な場所という視覚的なイメージで表わされている。

このように、「世界の終り」における「街」のありようの描写としては、人事分野よりも自然分野の対象が中心的に取り上げられ、たとえられているのである。

## 14

以上、「世界の終りとハードボイルド・ワンダーランド」における比喩表現について、とくに「世界の終り」のほうを中心に、いくつかの点から検討してきたが、この2つの世界の比喩描写を対比するうえで、根底的に問題にしてきたのは、「世界の終り」において、そもそも比喩という発想が成り立ちうるのかということであった。

それは、現代欧米のユートピア小説において、ユートピアでは比喩を含むレトリックが不用とされていることにも関連する（はんざわかんいち『表現の喩楽』明治書院、2005年参照）。

「ハードボイルド・ワンダーランド」の世界は近未来的な設定であり、「やみくろ」という架空存在も描かれているとはいえ、現実の人間社会をふまえて描かれている。そこに生きる人間は身体と精神をもち、外部の現実にも内部の意識にも対応して生きている。つ

まり、実在と非在の双方にまたがっているということであり、そうであってこそ、実在を非在に、あるいは非在を実在に結び付ける比喩が成り立つ。

それに対して、「世界の終り」が意識あるいは意識下のみの世界であるとしたら、そこには意識の外部や身体という実在はありえない。非在のみの世界なら、原理的には、比喩は成り立ちようがない。

ところが、「世界の終り」の「街」には、「心」を持たない人間が正統な住人ということになっている。剥奪され、すでに死に絶えた「影」のほうに「心」があったのである。とすれば、「街」の住人は身体のみの、生物レベルの存在ということになりそうであるが、作品としては、さまざまな制約はあれ、人間としての生活をしている。これはどういうことか。

考えられるとしたら、実在性の設定レベルの違いである。外部との関わりを持つ「ハードボイルド・ワンダーランド」の世界とは次元の異なる、「世界の終り」という意識内の世界に仮構された実在性である。そこで問われるのは、現実世界ではなく、意識世界における心身に対して、その実在性をいかに示せるかである。

それは、「「僕の意識」にあることが、別の何かの「象徴的な意味」としてではなく、それ自体として実際に存在しているということを、当の「僕」自身が認めているという限りにおいて」のことである。そして、まさにその限りにおいてならば、「世界の終り」にも比喩は成り立ちえよう。

ただし、問題は、「ハードボイルド・ワンダーランド」との、そのようなレベル差を表現においても区別しえているかである。「世界の終りとハードボイルド・ワンダーランド」が谷崎潤一郎賞を受

賞したとき、否定的だった選考委員の評価のポイントは、2つの世界の同型性にあった。そこでの指摘はなかったものの、比喩表現の使用傾向の同型性もあったのではないかと想像される。

「世界の終り」の「僕」の場合は、「街」の新参者であり、現実世界とまだ切れていないせいで、比喩を用いてしまうということも考えられなくはない。あるいは、第6節で取り上げた、「ように感じられる」などの表現は、比喩ではなく、文字通りを表わしていることもありえよう。また、その対象とするものの偏りも、自由な行動が極度に制限されているため、超越的視点ではなく、「僕」視点である限り、そもそも「街」の全貌の描写は不可能だったということも考慮される。

つまり、「僕」の比喩使用に関しては、「世界の終り」としてのありようとみなす点で、留保の余地があるということである。

しかし、自ら進んで「影」を捨て、「街」の正統な住人になっているはずの老大佐でさえも、その会話において、次のように、比喩をしばしば用いている。

たとえば、「ここしばらくが君にとってはいちばんつらい時期なんだ。歯と同じさ。古い歯はなくなったが、新しい歯はまだはえてこない。私の意味することはわかるかね？」〔世・8〕、「いちばん具合が悪いのが翼を広げた鳥のような格好をした雲だ。それが来ると、凍りつくような冬がやってくる。あの雲だ」〔世・14〕、「ひどい汗だったよ。バケツに溜まるくらいの汗だ」〔世・16〕、「世界のなりたちかたを変えることはできんのだよ。川の流れを逆にすることができんようにね」〔世・16〕などのように。

会話が出て来る、図書館の女の子や門番、発電所の所員についても、同様のことが言えるのであり、それは「僕」を相手にする場合

に限らないであろう。となると、「街」においても、比喩使用は禁じられていないどころか、珍しくもないということになる。

あえて「ハードボイルド・ワンダーランド」との違いを挙げれば、量はともかくとして、「街」に見合った、比喩表現の表現形式上の変化の乏しさということになりそうであるが、これは所詮、程度問題である。

本質に関わることがあるとすれば、それは本論冒頭に指摘したような、2つの世界における比喩そのものに対する捉え方の違いである。そして、それさえふまえてしまえば、それぞれの世界における比喩表現の実態の如何は問題にされないのかもしれない。実際、個々の比喩表現に対する今回の検証だけからでは、それを裏付けるのは難しい。

## 15

以下は補足である。

先に、「世界の終りとハードボイルド・ワンダーランド」と「壁とその不確かな壁」における違いの第三点として、比喩の表現形式の変化を指摘しておいた。その点について触れておく。

その表現形式とは、倒置表現である。ここで取り上げるのは、「〜ように」や「〜みたいに」という、たとえを示す連用修飾句が述語の後に来る表現のことである。次のような例がそれに当たる。

「ペニスとヴァギナは、これはあわせて一組なの。ロールパンとソーセージみたいにね」〔ハ・9〕

「誰かが僕の腹をナイフで六センチばかり切っていったんだ」

と私は空気を吐きだすような感じで言った。

「ナイフで？」

「貯金箱みたいに」と私は言った。〔ハ・17〕

「（略）世界のなりたちかたを変えることはできんのだよ。川の流れを逆にすることができんようにね」〔世・16〕

　それが「世界の終りとハードボイルド・ワンダーランド」には全部で12例見られる。総数が608例であるから、ごくわずかでしかない。

　その内訳は、「世界の終り」の章に4例と「ハードボイルド・ワンダーランド」の章に8例、地の文に1例と会話文に11例、「ように」が4例と「みたいに」が8例、「まるで」や「ちょうど」などの副詞を伴うのが6例である。

　この中では、会話文への偏りがとくに目立つが、これは自然発話に生じやすいことをふまえたものとして受け取れる。

　これに対し、「街とその不確かな壁」のほうでは、全416例中の187例、じつに半分近くが倒置表現になっているのである。この傾向は3部全体を通して認められ（第三部では、24例対15例で、通常の表現順の方を上回る）、さらには、「あとがき」にまで、次の2例が見られる。

そして予想通り最後近くになって、二つの話はなんとかひとつに結びついてくれた。両側から掘り進めてきた長いトンネルが、中央でぴたりと出会ってめでたく貫通するみたいに。〔あとがき〕

> （略）日々この小説をこつこつと書き続けていた（まるで〈夢読み〉が図書館で〈古い夢〉を読むみたいに）。〔あとがき〕

　しかも、倒置表現の中には、以前の村上作品にはほとんど見られなかった、次のような例も含まれる。たとえば、「あとがき」の例に見られた、カッコに入れた倒置表現や、

> きみはノースリーブの緑色のワンピースを着ていた。夏によく似合う淡い緑色――まるで涼しい木陰のような。でもそれは別世界、別の時間での出来事だ。〔1・16〕

のように、ダッシュの符号を用いるだけでなく、また「ように」ではなく「ような」という連体形で1文を終える場合、

> 「パラキレフ」と私は口に出して言った。宙に文字を書き留めるようにくっきりと」〔2・58〕

> そしていつものように私にくるりと背中を向け、スカートの裾を翻し、共同住宅の入り口に姿を消していった。闇に紛れる夜の鳥のように的確にすばやく。〔3・70〕

などのように、たとえの後にさらに連用修飾句を加える場合や、

> 「私たちは物心がつく前に影を引き剥がされる。赤ん坊のへその緒が切られるみたいに、幼児の乳歯が生え替わるみたいに。そして切り取られた影たちは壁の外に出される」〔1・9〕

そして身動きひとつせず、一心不乱に猫たちを観察していた。
　　まるで地球の創世の現場を見守る人のように。そのいかなる細
　　部をも見逃すまいと心を決めた人のように。〔2・47〕

などのように、倒置で、たとえを並列したりする場合も見られる。
　つまり、同じく倒置表現でも多様になっているのである。
　これらも、「世界の終りとハードボイルド・ワンダーランド」と同様に、会話文に偏っていることも予想されるが、全187例のうち、会話文に出て来るのは35例、2割弱にすぎない。
　大勢を占める地の文における倒置の直喩表現にあって際立つのは、それを含む段落最後に位置する1文に69例、全体の3分の1以上も見られることである。中でも注目されるのは、次の3例である。

　　部屋は暖かく静かだ。時計がなくても、時間は無音のうちに過
　　ぎていく。足音を殺して塀の上を歩いて行く細身の猫のよう
　　に。〔1・5〕

　　「いいよ。時間をかけよう。ぼくは待てるから」
　　きみは小さな手でぼくの手を握りしめる。約束のしるしのよう
　　に。〔1・13〕

　　壁は存在しているかもしれない、と私は思う。いや、間違いな
　　く存在しているはずだ。でもそれはどこまでも不確かな壁なの
　　だ。場合に応じて相手に応じて堅さを変え、形状を変えてい
　　く。まるで生き物のように。〔2・61〕

これらはどれも、章の末尾文に見られるのである。

このように、「街とその不確かな壁」に至って、極端に直喩の倒置表現が数多く用いられるようになったのは、なぜか。

一般に倒置表現は、強調効果を持つとされるが、構文関係によって、強調する部分が異なる。主語と述語の関係における倒置の場合は、前置される述語に焦点が置かれるのに対して、修飾語と非修飾語の関係においては、後置される修飾語のほうに重点がある。

それは、表現としての情報量自体は同じであっても、あえて通常の語順を変えるという意図が、通常の語順にはない位置に置かれる修飾語を強調することになるのである。

それを補強する措置として、「街とその不確かな壁」においては、倒置関係にある境界を、すべて読点ではなく句点で示していることが挙げられる。つまり、形式としては1文ではなく2文にすることにより、その前後の表現を、主と従の関係ではなく、対等の重みを与えているのである。

「街とその不確かな壁」における直喩の倒置表現の多用、それに加えての、段落末という位置や句点の使用などは、比喩を重視するというだけでなく、それを通して、「世界の終りとハードボイルド・ワンダーランド」にはなかった、新たに独自な表現のリズムあるいはスタイルを生み出そうとしたのではないかと考えられる。

なお付言すれば、このような、直喩の倒置表現は、「世界の終り」側に41例、「ハードボイルド・ワンダーランド」側に146例あって、分量比に照らしても、「世界の終り」側を特徴付けるものになっているわけではない。

『ノルウェイの森』

# リアリズムにとって比喩とは何か

## 1

　村上春樹の長編小説「ノルウェイの森」における比喩表現を論じるにあたり、2つの前提を確認しておきたい。

　1つは、村上自身が、本作を「一〇〇パーセントの恋愛小説」あるいは「一〇〇パーセントのリアリズム小説」のつもりで書いたという点である。もう1つは、第2章末尾に唯一ゴチック体で表記された**「死は生の対極としてではなく、その一部として存在している。」**という1文が、本作全体のテーマとみなされるという点である（最終章の第11章にも、「死は対極にあるのではなく、我々の生のうちに潜んでいるのだ」という形で繰り返される）。

　第1点について。村上は「自作を語る」（『村上春樹全作品1979〜1989⑥』）において、執筆の際に心掛けたことの第一に、「徹底したリアリズムの文体で書くこと」を挙げている。彼の考える「リアリズムの文体」とはどのようなものかにもよるが、それをあえて言挙げしたのは、それ以前の作品とは異なる文体をめざしたという

ことに他なるまい。そのような異なる文体を形作る表現として、比喩表現の使用の如何も密に関わっていると考えられる。具体的には、比喩による、たとえるものの虚構的な表現を忌避する傾向が見られるのではないかということである。

　第二点について。「ノルウェイの森」直前の長編小説「世界の終りとハードボイルド・ワンダーランド」は、そのタイトルからも明らかなように、典型的なパラレル・ワールドとして設定された作品であるが、のみならず、それが村上作品全体の構造的な特徴としても指摘されてきた。そして、その中には、当然のように、「生」の世界と「死」の世界というのも含まれる。それに対して、「ノルウェイの森」の「死は生の対極としてではなく、その一部として存在している。」という1文は、生死の対極構造としての捉え方を否定しているのである。

　比喩はたとえられるものとたとえるものとの対比によって成り立つ。テーマ内容としての対極的な捉え方の否定は、表現レベルにおいても、比喩という対比を回避することにつながるのではないかと予想される。

　では実際に、「ノルウェイの森」における比喩表現がどのような形で実現しているか、以下に検証してみる。

## 2

　後に取り上げる『村上春樹　読める比喩事典』には、村上春樹の長編13作から600例以上の比喩表現が引かれているが、「ノルウェイの森」からは31例、全体の5％程度にしかならない。その数値を見る限りでは、「ノルウェイの森」は、まず量的に比喩表現の使用が抑制されたのではないかと推測される。

ちなみに、同事典において比喩表現の採録数が多いのは、「ノルウェイの森」以後の「1Q84」の119例、以前の「世界の終りとハードボイルド・ワンダーランド」の80例、「羊をめぐる冒険」の77例などである。

　しかし、「ノルウェイの森」において直喩表現として認められる用例全体を調べてみると、私の認定によれば、少なくとも200例以上あり、しかも全章に用例が見られる。単行本上下2冊で本文521ページであるから、平均では2、3ページに1例という計算になり、村上作品における出現頻度としては、他の作品と比べ、目立って少ないとまでは言えないのである。まずは、この点を押さえておきたい。

　となると、問題になるのは、用いられた比喩表現の質、つまり比喩としての顕著性がどの程度見出されるか、である。

　ここで、いきなり結論めいたことを言えば、「ノルウェイの森」の比喩表現は、量ではなく質において、村上春樹らしさ、つまり初期作品に見られたような、尖った比喩もどき的な性質が希薄であるという点が特徴的である。その特徴を裏返しに言えば、比喩の凡庸性と反復性である。

## 3

　ただし、上の指摘には、2点の補足すべきことがある。

　1つは、中には、初期作品に通じる、村上春樹らしい比喩表現も認められなくはないという点、もう1つは、統一的な文体を形成するためであって、必ずしも作品価値を損なうものではないという点である。

　第1点に関して、いくつか具体例を挙げてみよう。それは地の文

ではなく、おもに「僕」と「緑」の会話のやりとりに見られる。たとえば。

　「人生はビスケットの缶だと思えばいいのよ」
　僕は何度か頭を振ってから緑の顔を見た。
　「たぶん僕の頭がわるいせいだと思うけれど、ときどき君が何を言ってるのかよく理解できないことがある」
　「ビスケットの缶にいろんなビスケットがつまってて、好きなのと好きじゃないのがあるでしょ？　それで先に好きなのどんどん食べちゃうと、あとあまり好きじゃないのばっかり残るわよね。私、辛いことがあるといつもそう思うの。今これをやっとくとあとになって楽になるって。人生はビスケットの缶なんだって」
　「まあひとつの哲学ではあるな」〔第10章〕

「緑」が唐突に「人生」を「ビスケットの缶」にたとえるのに対して、「僕」が当惑する場面であり、説明を聞いても、「まあひとつの哲学ではあるな」という曖昧な返答しかできない。
　いっぽう、「緑」の問いに対して、「僕」が次のように、同じパターンで答えるケースにも、比喩もどき性が認められる。

　「すごく可愛いよ、ミドリ」
　「すごくってどれくらい？」
　「山が崩れて海が干上がるくらい可愛い」
　緑が顔を上げて僕を見た。「あなたって表現がユニークねえ」
　（略）

「君が大好きだよ、ミドリ」
「どれくらい好き？」
「春の熊くらい好きだよ」〔第9章〕

「私のヘア・スタイル好き？」
「すごく良いよ」
「どれくらい良い？」と緑が訊いた。
「世界中の森の木が全部倒れるくらい素晴らしいよ」と僕は言った。〔第10章〕

「どれくらい私のこと好き？」と緑が訊いた。
「世界中のジャングルの虎がみんな溶けてバターになってしまうくらい好きだ」と僕は言った。
「ふうん」と緑は少し満足したように言った。〔第10章〕

## 4

　「ノルウェイの森」に見られる200例以上の比喩表現のうち、会話文には70例近くあり、全体の3分の1程度である。

　文章全体に占める会話文の分量比率を、単行本の行数単位で出してみると（その行にカギカッコ付きで示されたものに限定）、全8,411行のうち、会話文は4,484行で、約53％、全体の、じつに半分以上にも及ぶ。この結果からすれば、会話文における比喩表現の出現率は相対的に低い。

　「ノルウェイの森」における、比喩表現が見られる会話文の、その主な発話者としては、「レイコ」が28回、「緑」が17回、「僕」が10回、そして「直子」が8回で、「レイコ」がもっとも多い。た

だし、「レイコ」の会話文において、目を引く比喩表現は、ビートルズの「ミシェル」という曲を評して、「まるで広い草原に雨がやさしく降っているような曲」〔第6章〕とたとえる例くらいである（このたとえでさえ、第11章の地の文で、「緑は長いあいだ電話の向うで黙っていた。まるで世界中の細かい雨が世界中の芝生に降っているようなそんな沈黙だった」のように反復されるのであるが）。

それに対して、比喩もどき性が際立っているのが、「緑」である。先の「ビスケットの缶」のたとえ以外にも、「私が今すこし疲れてるだけ。雨にうたれた猿のように疲れているの」〔第4章〕、「僕はロバのウンコみたいに馬鹿で無神経だった」〔第4章〕、「私あなたのために牛みたいに頑丈な赤ん坊をいっぱい産んであげるわよ」〔第7章〕、「みんなは私のことを荷車引いてるロバか何かみたいに思ってるのかしら」〔第7章〕、「高い高い木の上にのぼっててっぺんから蟬みたいにおしっこしてみんなにひっかけてやるの」〔第9章〕、「私はね、あたりかまわず獣のように泣くわよ。本当よ」〔第9章〕などのように、動物をたとえとした、他の発話者には見られない、そして、「僕」を話し相手にした時にだけ、多様で、意想外の比喩表現を発している。

以上からは、「ノルウェイの森」の会話文の比喩表現において、少なくとも「緑」に関しては、他の登場人物とは異質な、そのキャラクター性を印象付けるために積極的に用いられたと考えられる。

## 5

補足の第2点は、「ノルウェイの森」の比喩表現の特徴を、凡庸性と反復性としたことに関わる。これはおもに地の文における問題である。

「凡庸性」であれ「反復性」であれ、一般に、文学作品における比喩表現に対して期待される独自性とは相容れないものと見られがちである。

　まずは「凡庸性」についてであるが、これは慣用的な、国語辞典にも掲載されていそうな比喩表現が目立つということである。それがどういうものか、サンプルとして、各章から1例ずつのみ挙げてみる（該当部分に波線を付す）。

　それは何を見ても何を感じても何を考えても、結局すべてはブーメランのように自分自身の手もとに戻ってくるという年代だったのだ。〔第1章〕

　いちばんてっとり早いのはそのいまいましいラジオを彼のいないあいだに窓から放りだしてしまうことだったが、そんなことをしたら地獄のふたをあけたような騒ぎがもちあがるのは目に見えていた。〔第2章〕

　起きているにせよ寝ているにせよ、彼女の唇は一切の言葉を失い、その体は凍りついたように固くなっていた。〔第3章〕

　日曜日の学生街はまるで死に絶えたようにがらんとしていて人影もほとんどなく、大方の店は閉まっていた。〔第4章〕

　(略)体の中にぽっかり穴があいてしまったような気分になったのがあなたのいないせいなのかそれとも季節のもたらすものなのか、しばらくわかりませんでした。〔第5章、手紙文〕

以前の彼女の美しさのかげに見えかくれしていたある種の鋭さ——人をふとひやりとさせるあの薄い刃物のような鋭さ——はずっとうしろの方に退き、そのかわりに優しく慰撫するような独特の静けさがまわりに漂っていた。〔第6章〕

僕は通勤電車みたいに混みあった紀伊国屋書店でフォークナーの『八月の光』を買い、(略)。〔第7章〕

僕と彼女はまるで倦怠期の夫婦みたいに向いあわせに座って黙って酒を飲み、ピーナッツをかじった。〔第8章〕

やがて夢のない、重い鉛のような眠りがやってきた。〔第9章〕

僕は壊れやすいガラス細工を持ちあげるように両腕で直子の体をそっと抱いた。〔第10章〕

そんな風に彼女のイメージは満ち潮の波のように次から次へと僕に打ち寄せ、僕の体を奇妙な場所へと押し流していった。〔第11章〕

## 6

　比喩の使用に対して、十分すぎるほど意識的であるはずの村上春樹が、わざわざこれらのように凡庸な比喩表現を用い、しかもそれが全用例の過半を占めるからには、それなりの明確な意図があってのことと考えざるをえない。
　それは単純に言えば、文章において個々の比喩を比喩として目立

たせないようにするためである。独自なたとえを用いた表現は（まさに比喩もどきが典型なのであるが）、表現そのものを楽しむあるいは味わうことに重きが置かれがちになるため、物語の展開や作品世界の構成に支障をきたすことになりかねない。その点、凡庸な比喩は、凡庸であるがゆえに、かりに比喩として意識されることがあったとしても、文脈から外れるほどの強い印象を与えることはないのである。

　それに関して、かつて三島由紀夫は『文章読本』において（自戒の気持もあってか）、次のように述べている。

　　比喩の欠点は、せつかく小説が統一し、単純化し、結晶させた世界を、比喩がまた様々なイマジネーションの領域へ分散させてしまふことであります。ですから比喩は用ひられすぎると軽佻浮薄にもなり、堅固な小説的世界を、花火のように爆発させてしまふ危険があります。

それならば、そもそも比喩を用いること自体を控えれば良さそうであるが、三島もまた「花火ように」という、無くもがなの比喩を挟んでしまうように、比喩を用いることが表現上の固有のリズムになっているからであろう。それこそを、作家の文体と言ってもよいかもしれない。

　村上の言う「ノルウェイの森」で目指した「リアリズムの文体」とは、このような比喩の用い方によって実現させようとしたと考えられる。

　ただし、それが作品全体に徹底しているかと言えば、疑問が感じられなくもない、つい出てしまったような比喩表現が見られるのも

事実である。

　たとえば、「スポーツ・ニュースからマーチが切り離せないように、国旗掲揚から国歌は切り離せない」〔第2章〕のような、本筋とは関係のない、箴言めいた表現や、「僕はそんな予想もしなかった記憶の洪水（それは本当に泉のように岩のすきまからこんこんと湧きだしていたので）にひたりきっていて、直子がそっとドアを開けて部屋に入ってきたことに気づきもしなかったくらいだった」〔第6章〕のような、「洪水」と「泉」と「ひたりきる」という、たとえ同士が不調和な表現もある。

　さらにまた、次節にも関わるが、それほど凡庸とは言えないまでも、「でも今僕の前に座っている彼女はまるで春を迎えて世界にとびだしたばかりの小動物のように瑞々しい生命感を体中からほとばしらせていた」〔第4章〕、「西瓜って、まるで小さな動物みたいな膨み方をするんですね」〔第5章〕、「彼女はまるで月光にひき寄せられる夜の小動物のように見えた」〔第6章〕、「彼の寝ている姿は深手を負った小動物を思わせた」〔第7章〕のような、不特定かつ観念的な「小動物」というたとえの反復は、それゆえにそれぞれのイメージも漠然としている。

## 7

　もう1つの、比喩表現の「反復性」には、2つの意味がある。「ノルウェイの森」という作品における反復性と、それ以外の作品との間の反復性である。反復といっても、その回数はそれほど頻繁というわけではないものの、作品世界との関わりにおいて重要性をもつとみなされる比喩表現である。中でもとくに注目されるのは、次の3つである。

第一に、「魂」である。次のように出て来る。

> まるで魂を癒すための宗教儀式みたいに、我々はわきめもふらず歩いた。〔第3章〕

> 螢が消えてしまったあとでも、その光の軌跡は僕の中に長く留まっていた。目を閉じたぶ厚い闇の中を、そのささやかな淡い光は、まるで行き場を失った魂のように、いつまでもいつまでもさまよいつづけていた。〔第3章〕

> その光は僕に燃え残った魂の最後の揺らめきのようなものを連想させた。〔第6章〕

> 地面は黒々として、松の枝は鮮やかな緑色で、黄色の雨合羽に身を包んだ人々は雨の朝にだけ地表をさまようことを許された特殊な魂のように見えた。〔第6章〕

どの例も地の文で、第3章と第6章のみに現れるが、一般的な「魂」ではなく、比喩対象の如何によらず、「魂を癒す」「行き場を失った魂」「燃え残った魂の最後の揺らめき」「雨の朝にだけ地表をさまようことを許された特殊な魂」のように、限定的な、もっと言えば、通常状態にはない「魂」がたとえになっている。そのような「魂」は、「ノルウェイの森」の「死は生の対極としてではなく、その一部として存在している」というテーマにおける、死の存在のありようを繰り返し表現しているとみなされる。

## 8

第二に、「世界」である。

　梢の葉がさらさらと音を立て、遠くの方で犬の鳴く声が聞こえた。まるで別世界の入口から聞こえてくるような小さくかすんだ鳴き声だった。〔第1章〕

　あたりはあいかわらずひっそりとしていて、そんな中で三人でロウソクを囲んでいると、まるで我々三人だけが世界のはしっこにとり残されたみたいに見えた。〔第6章〕

　「たぶん世界にまだうまく馴染めてないんだよ」と僕は少し考えてから言った。「ここがなんだか本当の世界じゃないような気がするんだ。人々もまわりの風景もなんだか本当じゃないみたいに思える」〔第7章〕

　僕はコップ酒を飲みながらぼんやりと彼の話を聞き、適当に相槌を打った。それはひどく遠い世界の話であるように僕には感じられた。〔第11章〕

　「世界」というたとえは各章に分散しているが、共通しているのは、語り手「僕」の「世界」からの疎外感・隔絶感である。ここに言う「世界」とは、「僕」が現実に生きる「世界」であって、そのことを一方では自身も自覚しながらも抱いてしまう疎外感・隔絶感は、死の「世界」との親近性につながっているのであろう。

そして、第三は「膜」で、これに類似するのが「殻」や「ガラス板」「フィルター」などである。

> 彼女の目はまるで不透明な薄膜をかぶせられているようにかすんでいた。〔第3章〕

> 誰かが僕に話しかけても僕にはうまく聴こえなかったし、僕が誰かに何かを話しかけても、彼らはそれを聴きとれなかった。まるで自分の体のまわりにぴったりとした膜が張ってしまったような感じだった。〔第10章〕

> たぶん僕の心には固い殻のようなものがあって、そこをつき抜けて中に入ってくるものはとても限られているんだと思う、と僕は言った。だからうまく人を愛することができないんじゃないかな、と。〔第3章〕

> どれもガラス板を二、三枚あいだにはさんだみたいに奇妙によそよそしく非現実的に感じられたが、間違いなく僕の身に実際に起った出来事だった。〔第4章〕

> 一度だけ銃声のようなポオンという音が遠くの方で聞こえたが、こちらは何枚かフィルターをとおしたみたいに小さくくぐもった音だった。〔第6章〕

　これらは、第二点の、世界からの疎外感・隔絶感の状況・要因を示すたとえとして位置付けられる。加えて、その疎外・隔絶の距離

感を示す、次のような例もある。

> 僕は道の途中で何度も立ちどまってうしろを振り向いたり、意味なくため息をついたりした。なんだかまるで少し重力の違う惑星にやってきたみたいな気がしたからだ。〔第6章〕

> 僕の顔と彼女の顔はほんの三十センチくらいしか離れていなかったけれど、彼女は何光年も遠くにいるように感じられた。〔第6章〕

## 9

　以上に挙げた3つの反復的な表現は、たとえそのものとしては、とりたてて特異というわけではなく、また、第二・第三点については、村上の他の作品においては、なじみのある表現でさえある。ただし、他の凡庸な比喩表現と異なるのは、それらが「ノルウェイの森」という作品の主題を語るうえで欠かすことのできない反復であるとみなされる点である。

　しかし、「死は生の対極としてではなく、その一部として存在している」というテーゼが、語り手の「僕」においてはともかく、「僕」以外の人間にも真理として通用することを担保するものにはなりえていない。そのことは、いみじくも最終章において、すでに死の世界にいるキズキに対して、「僕」から「俺」という、村上作品には珍しい自称詞に切り代えて、あたかも本音のように、次のように語りかけているところからうかがえる。

> そして今、直子が俺の一部を死者の世界にひきずりこんでいっ

た。ときどき俺は自分が博物館の管理人になったような気がするよ。誰一人訪れるものもないがらんとした博物館でね、俺は俺自身のためにそこの管理をしてるんだ。〔第11章〕

　ここに言う、たとえとしての「博物館」とは、まさに先のテーゼが成り立つ「俺自身のため」だけの場所なのであった。あるいは、それはこの作品の「あとがき」に記された「きわめて個人的な小説」であるという、わざわざの断わりにも通じるかもしれない。

## 10

　以上、「ノルウェイの森」という作品における、比喩表現の凡庸性と反復性とはどういうことかについて、明らかにしてきた。村上春樹の短編小説とはもとより、他の長編小説とも異なる、そのような特徴は、この作品が「一〇〇パーセントのリアリズム小説」を目指したということに起因すると考えられる。その表現としての成否は、1,000万部以上の大ベストセラーになったこととはおそらく無縁であろう。哲学者のM・ハイデガーが『存在と時間』の中で、次のように語っているように。

　　読者のありきたりの了解は、何が源泉から汲み出され、かち獲られたのか、何が受け売りされたのかを、決して決定することはできません。それどころか、ありきたりの了解は、そんな区別を少しもやろうとしないだろうし、そんなことを必要ともしないでしょう。なぜなら平均的な了解というものは、なんでも了解するものだからです。

## 11

　付録的に、「ノルウェイの森」という書名についても、一言触れておきたい。

　これがビートルズのレノンとマッカートニー共作の「Norweigian Wood」に由来することは、間違いないであろう。しかし、「ノルウェイの森」という邦訳が明らかな誤訳であり、正しくはノルウェイ製の材木の意であるのを、村上春樹は当然分かっていたにもかかわらず、本文中にもその訳のまま用いているのはなぜか、という問題である。歌詞を読む限り、この作品との関わりは、若い男女のエピソードを描いているという点以外に認められない。

　村上は短編小説を書くにあたって、タイトルが先行することが多いと述べ、たとえば最初の短編小説集『中国行きのスロウ・ボート』に収められた「中国行きのスロウ・ボート」と「ニューヨーク炭坑の悲劇」の２編は、それぞれの邦訳の曲名が気に入って、そこからインスパイアされた作品であると語っている。ただし、その歌詞と作品との内容相互の関係はそれぞれ異なる。

　推測されるのは、「ノルウェイ」という北欧の国名と「森」という語が、ともに死者と結び付く、一種の神話的な場のイメージを喚起するからではないだろうか。

　「直子」の自殺を振り返る、最終章の「僕」は「彼女自身の心みたいに暗い森の奥で「直子」は首をくくったんだ」〔第11章〕とあらためて思う。それが「ノルウェイの森」というタイトルそのもののイメージと見事に照応しているのである。

「スプートニクの恋人」

# 文体にとって比喩とは何か

**1**

1970年代後半、季刊文芸雑誌に『文体』というのがあった。わずか足かけ4年、12号で廃刊となったのであるが、その頃の文体熱の高まりが相当なものであったことが知れる。

これを創刊した編集同人(後藤明生、坂上弘、高井有一、古井由吉)の4人はいずれも当時の純文学系の現役作家であり、彼らがまとめた『文体とは何か』というアンソロジーの「おわりに」で、『文体』創刊の志に関して、次のように述べている。

> われわれが考えたことは、一言でいえば、文体の重視ということであった。すなわち文学作品の本質にかかわる最も重要なものとして、文体を考えるということである。文体というものを、作家の個性を形づくる最も重要なものとして考え続けるということである。(略)ものみな走り過ぎて行く状況の中であるからこそ、「文体とは何か」と問うことは、すなわち「文学

とは何か」と問うことにならざるを得ないだろうと思うからである。

　文体＝文学＝作家の個性、という捉え方である。このような捉え方がその後どうなったかといえば、作家自身においてはもとより、近代文学研究の世界でも、文体が事々しく取り上げられることはほとんどなくなり、文体研究も往年の勢いを失っているのが現実である。そのような中、今やほぼ唯一と言ってもよいくらい、文体の重要性を訴えている作家がいる。

　村上春樹である。

　『みみずくは黄昏に飛びたつ』は、川上のインタビューに村上が答えた内容をまとめたものであるが、全体にまさに「文体とは何か」について語った書と言える。なぜ村上がそれほど文体にこだわるのか、彼の言に即しながら、考えてみたい。

## 2

　村上は、日本における文学のあり方あるいは評価の仕方について、文体が重んじられていないことに、繰り返し疑問を呈する。

　いわく、「思うんだけど、日本の文壇というのは、文体ということについてあまり考えてないというか、評価してないのかな」、「文体を正面から取り上げる人があまりいないような気がするんですよね。不思議なんだけど」、「僕にとっては文体がほとんどいちばん重要だと思うんだけど、日本のいわゆる「純文学」においては、文体というのは三番目、四番目ぐらいに来るみたいです」、「どうしても観念的なもの、思想的なものが注目を浴びて、文体はいつも順位として下に置かれてきたみたいな印象があります。あるいは「純文

学」というフレームの中で、妙なバイアスをかけられ続けてきたような」などなど。村上のデビュー当時はまだあったはずの、文学界における文体ブームを、あたかも知らなかったかのような物言いをしている。

その一方で、「英語で「Style is an index of the mind.」って言葉があるんですが、これは「文体は心の窓である」って訳されています。Index というのは「指標」のことですね。こういう言い回しがあるぐらいだから、少なくとも英米では、スタイル（文体）というのはずいぶん大きな意味を持っています」とも言う。

このように村上が日本と英米での違いを言う背景には、次のような事情があった（『職業としての小説家』）。

> 僕が外国で本を出していちばん嬉しかったのは、多くの人々（読者や批評家）が「村上の作品はとにかくオリジナルだ。他の作家の書くどんな小説とも違う」と言ってくれたことです。作品自体を評価するにせよ、しないにせよ、「この人は他の作家とは作風がまるで違う」という意見が基本的に大勢を占めていました。日本で受けた評価とはずいぶん違っていたので、それは本当に嬉しかった。オリジナルであるということ、僕自身のスタイルを持っているということ、それは僕にとってのなによりの賛辞なのです。

また、このような実績をふまえてであろう、先の『みみずくは黄昏に飛びたつ』において、「僕はもう四十年近くいちおうプロとして小説を書いてますが、それで自分がこれまで何をやってきたかというと、文体を作ること、ほとんどそれだけです。とにかく文章を

少しでも上手なものにすること、自分の文体をより強固なものにすること、おおむねそれしか考えてないです」としたうえで、「僕は小説をある程度うまく書けるし、僕よりうまく小説書ける人というのは、客観的に見てまあ少ないわけですよね、世の中に」や「こういうのはたぶん僕にしかできないんだという実感があります。「どや、悪いようにはせんかったやろ」と。この実感は何ものにも代え難い（笑）」などのように、その自信・自負のほどを示している。

同様のことを、『職業としての小説家』にも述べていて、「特定の表現者を「オリジナルである」と呼ぶ」基本的な条件として、あくまでも文体（スタイル）に重点を置いて、次の3点を挙げる。

（1）　ほかの表現者とは明らかに異なる、独自のスタイル（サウンドなり文体なりフォルムなり色彩なり）を有している。ちょっと見れば（聴けば）その人の表現だと（おおむね）瞬時に理解できなくてはならない。
（2）　そのスタイルを、自らの力でヴァージョン・アップできなくてはならない。時間の経過とともにそのスタイルは成長していく。いつまでも同じ場所に留まっていることはできない。そういう自発的・内在的な革新力を有している。
（3）　その独自のスタイルは時間の経過とともにスタンダード化し、人々のサイキに吸収され、価値判断基準の一部として取り込まれていかなくてはならない。あるいは後世の表現者の豊かな引用源とならなくてはならない。

ここに挙げられたことは目新しくはなく、たとえば、井上ひさし『自家製文章読本』の「文章形式・文章流儀・文章成果・文章様式」

という、文学における文体の4分類とほぼ同じことを言っている。あえて違いを指摘すれば、（2）の、スタイルの「ヴァージョン・アップ」という、単なる経験の蓄積や加齢に伴う変化とは異なる、自発的な練磨を取り立てた点である。

このような、文体に対する村上の、異様ともいえるこだわりは、裏返せば、彼のデビュー作以来、論評されてきたことの中心が、まさに彼の新しい（とされた）文体にあったからである。

## 3

村上は、デビュー作「風の歌を聴け」に関し、次のように語る（『職業としての小説家』）。

> ときどき「おまえの文章は翻訳調だ」と言われることがあります。翻訳調というのが正確にどういうことなのか、もうひとつわからないのですが、それはある意味ではあたっているし、ある意味でははずれていると思います。最初の一章分を現実に日本語に「翻訳した」という字義通りの意味においては、その指摘には一理あるような気もしますが、それはあくまで実際的なプロセスの問題に過ぎません。僕がそこで目指したのはむしろ、余分な修飾を排した「ニュートラルな」、動きの良い文体を得ることでした。僕が求めたのは「日本語性を薄めた日本語」の文章を書くことではなく、いわゆる「小説言語」「純文学性」みたいなものからできるだけ遠ざかったところにある日本語を用いて、自分自身のナチュラルなヴォイスでもって小説を「語る」ことだったのです。

この、いわゆる「翻訳文体」、とりわけ何人かの現代アメリカ作家の文体を翻訳あるいは模倣したということが、村上作品に対する何よりの評価として、毀誉褒貶取り混ぜて指摘された。実際に、村上は外国小説の翻訳も数多くこなしてきたので、そのように見られても仕方ないという面もあった。ただ、彼にとって我慢がならなかったのは、日本においては、「翻訳文体」＝オリジナルではない、という1点にあったと考えられる。

　そして、「風の歌を聴け」から20年後、長編小説としては第9作となる「スプートニクの恋人」において、村上は自らの、そういうスタイルのバージョン・アップのための試みを、次のように語る（『みみずくは黄昏に飛びたつ』）。

　　とにかく僕的な文章、あるいはそれまで「村上春樹的文章」とされてきた文章を、つまり比喩をたくさん使った軽快な文章みたいなのを、とにかくやれるところまでとことんやって、「もうこれはいいや」と思って、そのあとに違った文体が出てくるといいなって。

　この発言にも見られるのであるが、村上は「僕にとって文章をどう書けばいいのかという規範は基本的に二個しかないんです」と言い、その1つに「会話」、もう1つに「比喩」を挙げ、「そのコツさえつかんでいれば、けっこういい文章が書けます」と述べている。

　少なくとも初期の村上文体＝翻訳文体が、会話と比喩という2つの要素によって特徴付けられ、それが「スプートニクの恋人」という作品に最大限に現れているということになるが、はたして実際はどうか、以下に検証してみたい。

## 4

　結論から言えば、表現自体としては、村上の発言通り、彼らしい会話も比喩もほぼ全編にわたって、ちりばめられてはいる。それをもって、村上オリジナルの文体と言えなくもないが、「語り口、文体が人を引きつけなければ、物語は成り立たない」(『みみずくは黄昏に飛びたつ』)とすれば、この作品における「物語」が成り立っているとは言いがたい。

　なぜなら、いわゆる初期の鼠三部作(「風の歌を聴け」「1973年のピンボール」「羊をめぐる冒険」)では感じられた、「軽快」さも「ナチュラル」さも、物語や登場人物とのフィット感(ギャップも含めて)も感じられないからである。そうなってしまったのは、おそらく村上のそれまでの表現方法を「とにかくやれるところまでとことんやっ」た結果として、その限界が露呈することになったからであろうか。

## 5

　作品冒頭は、次のような、愛読者にとってはなじみ感のある、いかにも村上らしい、過剰な比喩によって始まる。

> 22歳の春にすみれは生まれて初めて恋に落ちた。広大な平原をまっすぐ突き進む竜巻のような激しい恋だった。それは行く手のかたちあるものを残らずなぎ倒し、片端から空に巻き上げ、理不尽に引きちぎり、完膚なきまでに叩きつぶした。そして勢いをひとつまみもゆるめることなく大洋を吹きわたり、アンコールワットを無慈悲に崩し、インドの森を気の毒な一群の

虎ごと熱で焼きつくし、ペルシャの砂漠の砂嵐となってどこかのエキゾチックな城塞都市をまるごとひとつ砂に埋もれさせてしまった。みごとに記念碑的な恋だった。恋に落ちた相手はすみれより17歳年上で、結婚していた。さらにつけ加えるなら、女性だった。それがすべてのものごとの始まった場所であり、（ほとんど）すべてのものごとが終わった場所だった。〔第1章〕

　この冒頭の比喩が、引用最後の1文から見れば、作品全体を要約してしまっているようにも受け取れる。このような長大な比喩による要約的な始まり方は、これ以前の彼の中・長編小説には見られなかったものであり、村上の語る「読者を眠らせるわけにはいきませんから、そろそろ読者の目を覚まさせようと思ったら、そこに適当な比喩を持ってくるわけ。文章にはそういうサプライズが必要なんです」（『みみずくは黄昏に飛びたつ』）に当てはまると考えたのかもしれない。
　この比喩は以下のように繰り返される。

「君の性欲のゆくえについては、なんとも言えない」とぼくは言った。「それはどこかの隅っこに隠れているだけかもしれない。遠くに旅に出て、帰ってくるのを忘れているのかもしれない。でも恋に落ちるというのはあくまで理不尽なものだよ。それはなにもないところから突然やってきて、君をとらえてしまうかもしれない。明日にでも」
　すみれは空からぼくの顔に視線を戻した。「平原の竜巻のように？」

「そうとも言える」
　彼女はしばらくのあいだ平原の竜巻のことを想像していた。
「ところで平原の竜巻って、実際に見たことある？」
「ない」とぼくは言った。武蔵野では（ありがたいことに、というべきだろう）なかなか本物の竜巻を目にすることがない。〔第1章〕

そしておおよそ半年後のある日、ぼくがいみじくも予言したとおり唐突に理不尽に、彼女は平原の竜巻のような激しい恋に落ちたのだ。17歳年上の既婚の女性と。その「スプートニクの恋人」と。〔第1章〕

この「ぼく」と「すみれ」とのような、比喩を織り込んだ会話のやりとりは、村上の初期作品にも多用されたものであるが、気を付けておきたいのは、この個所から冒頭に遡るならば、竜巻の比喩という発想はもともと語り手の「ぼく」ではなく、「すみれ」という、語られる女性のほうにあったということである。
　さらに気になるのは、件の恋の比喩として、重要性を持つはずの、この表現とは微妙に異なる例も見られることである。

ミュウに髪を触られた瞬間、ほとんど反射的と言ってもいいくらい素早く、すみれは恋に落ちた。広い野原を横切っているときに突然、中くらいの稲妻に打たれたみたいに。〔第1章〕

わたしはやはりこの人に恋をしているのだ、すみれはそう確信した。間違いない（氷はあくまで冷たく、バラはあくまで赤

い)。そしてこの恋はわたしをどこかに運び去ろうとしている。しかしその強い流れから身を引くことはもはやできそうにない。〔第1章〕

そのうえで、最終章（第16章）に、もう一度、まるで首尾照応のためのように、「竜巻」が突然、現れる。

まるでぬけがらみたいだ——それが彼女に対してまず最初に感じた印象だった。ミュウの姿はぼくに、人々がひとり残らず去ってしまったあとの部屋を思わせた。なにかとても重要なものが（それは竜巻のようにすみれを宿命的に引き寄せ、フェリーのデッキにいるぼくの心を揺さぶったなにかだった）、彼女の中から最終的に消滅していた。〔第16章〕

## 6

もう1つ、「スプートニクの恋人」の中には、その理由がよく分からない比喩がある。たとえば、次のような、煙の比喩である。

「いったいなにがあったんですか？」とぼくは尋ねた。
　ミュウはテーブルの上で両手の指を組み合わせ、ほどき、また組み合わせた。
「すみれは、消えてしまったの」
「消えた？」
「煙みたいに」とミュウは言った。〔第7章〕

「ここに来てどれくらいになるんですか？」、ぼくはそう切り出

してみた。
「今日で八日目だったと思う」とミュウは少し考えてから言った。
「そしてすみれはここからいなくなってしまったんですね？」
「そう。さっきも言ったとおり、煙のように」〔第7章〕

「あなたはすみれがこの島で行方不明になって、煙のように消えてしまったと言った。4日前に。そして警察に届け出た。そうですね？」〔第8章〕

　すみれのゆくえはわからないままに終わってしまった。ミュウの言葉を借りれば、彼女は煙のように消えてしまったのだ。〔第14章〕

「(略)友だちがギリシャのある小さな島でゆくえがわからなくなってしまって、探しに行ったんだ。でも残念ながら見つからなかった。ただ静かに消えてしまった。煙みたいに」〔第15章〕

つまり、「すみれ」は「竜巻」のような恋に落ち、やがて「煙」のように消えてしまったというわけである。さらに、「すみれ」が子どもの頃に飼っていた猫のエピソード（「すみれ」の失踪と重ね合わされる）においても、「猫はそのまま消えてしまったの。まるで煙みたいに」のように、傍点付きで表現される。
　これによれば、竜巻の比喩同様、煙の比喩もまた「すみれ」によって語られたものであり、それを「ミュウ」なり「ぼく」なりは

踏襲・反復しているにすぎない。

 対して、語り手の「ぼく」みずからの煙の比喩は、次のように、それとはまったく質の異なる表現になっている。

　　電話を通してきこえてくる彼女の声は遠く、無機質なものに歪められていたが、それでもそこにある緊張の響きは十分感じとれた。堅くこわばったなにかが、まるでドライアイスの煙のように電話口から部屋の中に流れだし、それがぼくの目を覚まさせた。〔第7章〕

 先に、理由がよく分からないと記したのは、これらの比喩の意味ではない。意味はむしろ凡庸ギリギリであって、読者の「目を覚まさせ」るほどの「サプライズ」には到底なりえていない。そのような比喩を反復する意図として考えられるとしたら、たとえ凡庸な表現であるにしても、初発の「すみれ」の比喩を、「ぼく」や「ミュウ」にそのままに語り継がせること自体にあったのではないか、ということしかない。ただし、それは、「ぼく」や「ミュウ」が「すみれ」オリジナルの文体の影響を受けたということにはならない。むしろ事態は逆である。

## 7

 小説家をめざす「すみれ」の書いた文章について、「ぼく」は次のように評価する。

　　（略）いくつかの問題点をかかえながらも、彼女の書く文章には独特の鮮やかさがあり、自分の中にあるなにか大事なものを

正直に書ききろうというまっすぐな心持ちが感じられた。少なくとも彼女のスタイルは誰かのイミテーションではなかったし、手先だけで小器用にまとめられたものでもなかった。ぼくは彼女の文章のそういうところが好きだった。〔第1章〕

さらに、具体的に次のように説明もする。

「(略)君がこれまで書いた文章の中にはすばらしく印象的な部分がたくさんある。たとえば君が五月の海辺を描写すると、耳もとで風の音が聞こえて、そこに潮の匂いがする。太陽のかすかな暖かさを両腕に感じることができる。たとえば君が煙草の煙に包まれた狭い部屋について書くと、読んでいてほんとうに息苦しくなってくる。目が痛くなってくる。そういう生命のある文章は誰にでも書けるわけじゃないんだ。君の文章には、それ自体が呼吸して動いているような自然な流れと勢いがある。(略)」〔第4章〕

つまり「すみれ」の文章には彼女オリジナルのスタイルがあり、それはたとえば比喩を用いたイメージの描写性に秀でているところにある、ということであろう。
「すみれ」の失踪後に発見された2つの文書が、作品後半の2章分（第11・12章）、約50ページ（作品全体の約6分の1）にわたって載っている。それらを二度読んだ「ぼく」はこう記す。

どちらも間違いなくすみれの書いた文章だった。彼女でなくては使わないような特徴的な言葉遣いや表現がいたるところに見

受けられた。そこに漂っているトーンは、いつものすみれの文章のそれとはいくぶん異なっていた。これまでの彼女の文章にはなかったある種の抑制があり、一歩退いた視線があった。でも彼女の書いた文章であることには疑いの余地はない。〔第13章〕

 この「すみれ」の文章には、一々の例示はしないが、ふんだんに比喩も会話も見られる、「比喩にかまけている暇もない」と言いながら。しかし問題なのは、「ぼく」の評価・説明にもかかわらず、それこそ多少の「トーン」の違いはあるものの、比喩であれ会話であれ、「すみれ」の文章には、他の章の「ぼく」の文章との決定的な文体差が感じ取れないということである。その、そもそもの原因は、村上の採った「ぼく」語りにある。

## 8

 「スプートニクの恋人」は、先に引用した冒頭部分のように、「すみれ」という3人称で始まる。その少し後の、「すみれ」の大学生活に関する叙述の中の補足としてカッコ書きで「実を言えばぼくもその中の一人だった」と出てきて、真の語り手が「ぼく」であることが判明する。それから物語は、間に「すみれ」の「わたし」語りをはさみながら進行し、第5章になって、ようやく「ぼく」が表に現われ、次のように語り始める。

　　ぼく自身について少し語ろうと思う。
　　もちろんこれはすみれの物語であり、ぼくの物語ではない。
　　しかしぼくの目をとおしてすみれという人間が語られ、彼女の

物語が語られていくからには、ぼくが誰であるかという説明もやはりある程度必要になってくるはずだ。〔第5章〕

　この「もちろんこれはすみれの物語であり、ぼくの物語ではない」という、わざわざの断わりそのものが、それゆえにこそ、すでに「ぼく」語りによる「ぼく」の物語であることを表明してしまっている。

　「ぼく」として語る限りにおいて、しかも「ぼく」が当該物語の当事者の1人である限りにおいて、物語内の誰も何も「ぼく」語りの制約から免れることはできない。「すみれの夢」と題された、「すみれ」の2つめの文書の冒頭に、「この部分は3人称で記述する。その方がより正確であるように感じられるから」と記されてあったとしても、その基本は変わらない。

　「ぼく」は、「ぼくが自分自身について語るとき、そこで語られるぼくは必然的に、語り手としてのぼくによって——その価値観や、感覚の尺度や、観察者としての能力や、様々な現実的利害によって——取捨選択され、規定され、切り取られていることになる。とすれば、そこに語られている「ぼく」の姿にどれほどの客観的真実があるのだろう？」と述懐するが、事は「ぼく」自身のみに限らないのである。

　およそ語り手とはレベルを異にする書き手が、物語の展開全体を統べる語り手として「ぼく」を選択した時点において、「ぼく」語りに見合う文体が必然的に求められるのであり、それは、「すみれ」や「ミュウ」にも及ぶ。すなわち、誰の語りも文章もすべて「ぼく」語りによってコード化されてしまうのである。

　それでも、あくまでも「ぼく」語りの「ぼく」だけの物語なら

ば、比喩や会話などによって特徴付けられる文体は一貫性をもって、「ぼく」とされる登場人物のアイデンティと、それなりの調和がとれる。村上の初期三部作の文体は、まさにそのようなものであった。

それが「スプートニクの恋人」の場合、「ぼく」語りを採用したために、「ぼく」以外の登場人物のそれぞれに付与すべき、相異なるアイデンティティにふさわしい文体を、そしてそれら全体を抱合しうる物語の文体を編み出しえなかったと言える。それが「村上春樹的文章」の文体に関わる表現方法の限界だったのかもしれない。

## 9

以下は補足となるが、中村一夫「村上春樹の翻訳と役割語」という調査報告について、本論における村上の「ぼく」語りの文体に関わり、看過できない点があるので触れておきたい。

その調査の目的は次のように述べられる。「村上春樹の小説に登場する人物には、いわゆる役割語を使用する者が多いのではないか。世界的に権威があるとされる文学賞に毎年最有力候補としてその名が挙げられる作家にして、なお日本語の奥底に潜む呪縛からは自由ではないことを明らかにしたい」。

ここに言う「日本語の奥底に潜む呪縛」とは「役割語」のことになろうか。そして、結論は「それらをおそらく無意識裡に活用している事実は確認できた」である。

調査対象とした資料は、T・カポーティ「ティファニーで朝食を」の村上訳であり、瀧口直太郎訳との比較から、「総じて言えば、村上は自らの文体に引き寄せる翻訳を行っているとおぼしい」という予想が立てられる。

村上は『ティファニーで朝食を』の「訳者あとがき」で、カポーティの文体の変化について論じているが、あたかもそれは村上自身が後追いで辿ってきた道であるかのようにも読める。
　まずは、カポーティとの出会いを、こう述べる。

　　個人的な話になるが、僕は高校時代にこの人の文章を初めて英語で読んで（略）、「こんな上手な文章はどう転んでも書けないよ」と深いため息をついたことを記憶している。僕が二九歳になるまで小説を書こうとしなかったのは、そういう強烈な体験を何度もしたせいである。そのおかげで、自分には文章を書く才能なんてないのだと思いこんでいた。しかし高校時代に僕がカポーティの文章に対して感じたことは、それから四〇年経った今でもおおむね変わらない。ただ今となっては「カポーティはカポーティ、僕は僕」と開き直れるようになっただけである。

　そして、カポーティが「ティファニーで朝食を」という作品において、それまでの「「これでもか」という感覚的な描写が影をひそめ、実にうまく均整のとれた、簡潔でなおかつ意を尽くした文章」へと、戦略的な文体の転換を図ったことについて、「彼は新しい小説のための新しい題材を求めなくてはならなかったし、その小説に相応しい新しい文体を創り上げなくてはならなかった」と、村上は評する。
　これは、先に見たように、村上が自身の文体に関して、「スプートニクの恋人」で試みようとしたのと重なる。つまり、カポーティの行った戦略的な文体転換の必要性を、村上も痛感し、実践しよう

としたということである。ただし、ここで注意しておきたいのは、あくまでも「カポーティはカポーティ、僕は僕」と開き直ってのことであるという点である。

　この開き直りの態度と覚悟があったからこそ、「こんな上手な文章はどう転んでも書けないよ」と思い込んでいたカポーティ作品の翻訳にも手を染めることになったのであり、その際に、「総じて言えば、村上は自らの文体に引き寄せる」ことになるのは、たとえ多少の無理があったとしても、いわば必然のことであった。その結果としての文体は、翻訳においても、村上の物語世界を引き込むことになった。それが「ぼく」語りの採用に他ならない。語り手の‘I’を「僕」と訳そうとしたときに、すべては決まったのである。

　村上はその語り手を、「少年の面影を残した田舎出身の、センシティブな——そしていくぶんの屈託のある——青年」(「訳者あとがき」)という人物像として捉えた。この人物像はまさに「僕」という役割語の属性に適うものであろう。それが決まってしまえば、村上的な物語世界なら、相手となる女性は、「僕」からは「君」と呼ばれ、自らを「私」と称し、「僕」のことを「あなた」と呼ぶような関係に設定されることを余儀なくされるのである。

　村上自身、その相手の女性、ホリー・ゴライトリーについて、「型破りの奔放さや、性的開放性、潔いいかがわしさ」を持つ女性とみなしているのである。それならば、瀧口訳のように、役割語的には「あたし」のほうがよりふさわしいにもかかわらず、「私」を選ばざるをえなかったのは、如上の事情があったからである。

　このような村上春樹における、いわば物語的な必然性を、「呪縛」と言えなくもないかもしれないが、日本語そのものの「呪縛」とするならば、一人村上に限ったことではあるまい。

「赤頭巾ちゃん気をつけて」

# 庄司薫の比喩とどこが違うのか

## 1

　村上春樹と庄司薫との関連性を最初に指摘したのは、評論家の川田宇一郎であろう。川田は「由美ちゃんとユミヨシさん」という評論で、1996年に群像新人文学賞を受賞し、それを軸に1冊にまとめたのが『女の子を殺さないために』である。

　庄司薫は1958年、21歳の時に本名の福田章二で発表した「喪失」で中央公論新人賞を受賞し、その9年後の1969年に発表した「赤頭巾ちゃん気をつけて」で芥川賞を受けた。それから、たてつづけに「さよなら怪傑黒頭巾」(1969年)、「白鳥の歌なんか聞えない」(1971年)、そして「ぼくの大好きな青髭」(1977年)という四部作を発表したものの、それ以降、現在に至るまで作家活動をしていない。「赤頭巾ちゃん気をつけて」は、出版されるや100万部以上のベストセラーとなり、映画化もされるほどの人気だった。

　そして、「赤頭巾ちゃん気をつけて」からちょうど10年後、「ぼくの大好きな青髭」からは2年後、庄司薫と入れ替わるように、

「風の歌を聴け」でデビューしたのが、村上春樹なのである。

## 2

　この２人を結び付けた川田であるが、なぜか文体に関しては、くどいくらいに、次のように言う（ポイント部分に波線を付す）。

> よく指摘される「薫くん」の新しさは、饒舌な現代（六九年当時の東京山の手）の高校生の擬似文体です。文体の伝染力はすごいものでした。（略）そして饒舌の内面は、文体的には全然似ても似つかぬ八〇年代村上春樹に引き継がれます。

> 庄司薫と村上の関係は、表面的な文体やプロットをコピーしたとかではなく（全然似てません）、具体的には物語の仕組、設計図レベルの双子です。

> （略）庄司薫と村上春樹は、ぼくにとっては実は、さほど似ているとは思いません（少なくとも書かれた内容も、文体も、主人公の性格も）。それでもなお似ているという印象を受ける理由こそが面白いと思うのです。

　ここで取り上げてみたいのは、村上春樹と庄司薫の文体は、はたして「全然似ても似つかぬ」ものなのか、という点である。その出発点になるのが、２人の作品が、同じくサリンジャーの「ライ麦畑でつかまえて」の翻訳文体とみなされた、「ぼく」語りである。
　川田は庄司薫の「文体の伝染力」の例として、橋本治や氷室冴子などを挙げる。しかし、村上の「風の歌を聴け」を初読した時の筆

者の印象は、圧倒的に庄司の「赤頭巾ちゃん気をつけて」との類似性であり、その原因は何よりも「ぼく」語りの文体、とくに独特の比喩の使用にあった。

## 3

今、「赤頭巾ちゃん気をつけて」の中から、任意にそれらしい比喩を取り上げてみよう。

たとえば、「何故かといって、タネなしで手品はできないように、爪なしでテニスはできない」のような、箴言めいた比喩。

「ぼくはできるだけ陽気に言ったのだが、彼女はもう氷のように冷たくなってしまった。もういけない。／「へえ、あなたよく知ってるわね。」／「だって受験生だからね。まあ、八百屋がキャベツ売るようなものだ。」」のような会話の中に取り入れた、気のきいたふうな比喩。

「ぼくは、ちょうど鎖をうまく抜けて散歩に出た犬が、道で大声で名前を呼ばれた時みたいに、フラッフラッフラッとし、ほんとうにそれこそ爪なしの左足の親指一本で踏みこたえた感じで、どうにか切り抜けた」、「そしてそういう時ぼくは、もちろん誰にも悟られるようなヘマはしないけれど、内心では自分が馬鹿ばかしい用心棒、というより間の抜けたキングコングかなんかになったみたいな気がしてしまうってわけだ」などのような、動物や怪獣を用いた比喩。

「ぼくは、一方ではぼくのぴったりしたＧパンを高くもり上がらせて脈打つ興奮に全身をカーッとさせながら、他方では彼女のその横顔、その額や眉そして目尻と唇の端に、微かなしわがやさしい影のように絶えず現われては消え、それとともに彼女の顔にすべて言

葉ではとらえられないような表情が見え隠れするありさまを、すっかり魂を奪われたように飽きることなく眺めていた」のような、「影」や「魂」を取り込んだ比喩。

「ぼくはその狂気の闘いのさ中に、むしろかえって氷のように冷たく冴えきって、豹のように素早くずる賢く残忍に、そして絶対確実に相手を殺し、しかもこのぼく自身は絶対確実に生き残ることだろう」、「目を閉じたぼくには、その全身をつかまえたしびれが熱い潮のように引いていくにつれ、左足親指の激しいつきぬけるような痛みが険しい岩角のように現われてくるのが分った」などのような、並列的な比喩。

「問題は、黒い巨大なゴム長靴という防壁からひっぱりだしたとたんに、左足親指を本拠とする変な痛みが、例の西部劇でおなじみのインディアンの太鼓のような鼓動をもってからだ中に伝わってきたことだった」、「ぼくは一トンもある豪快な目覚まし時計がガンガン鳴り続けている左足をそっと地面につけ、そしてゆっくりと左手を柱から離した」、「ぼくの胸の中には、まるで生まれたての赤ん坊星雲みたいな柔らかくて熱い何かが渦巻きながら溢れ、その渦巻のあちこちには、さまざまな出来事さまざまな言葉が若い星たちみたいに次々と光ったりウィンクしたり隠れたりしていた」などのような、大きな落差のある比喩。

そして、

　　ぼくは海のような男になろう、あの大きな大きなそしてやさしい海のような男に。そのなかでは、この由美のやつがもう何も気をつかったり心配したり嵐を怖れたりなんかしないで、無邪気な魚みたいに楽しく泳いだりはしゃいだり暴れたりできるよ

うな、そんな大きくて深くてやさしい海のような男になろう。僕は森のような男になろう、たくましくて静かな木のいっぱいはえた森みたいな男に。そのなかでは美しい金色の木もれ陽が静かにきらめいていて、みんながやさしい気持になってお花を摘んだり動物とふざけたりお弁当をひろげたり笑ったり歌ったりできるような、そんなのびやかで力強い素直な森のような男になろう。

のような、溢れんばかりの比喩、などなど。
　これらの比喩は、量もさることながら、その方法において、先に指摘した、村上春樹の比喩もどきの特徴と見事に重なる。違いがあるとすれば、村上の比喩のほうが、より意図的に、より尖鋭化あるいはよりデフォルメ化している点である。

## 4

　「赤頭巾ちゃん気をつけて」に先立って書かれた「喪失」という小説は、「私」語りであり、その文体は「赤頭巾ちゃん気をつけて」とはまったく異なって、当時は三島由紀夫との相似性が指摘された。比喩もまた、以下に示すように、とくに目立つものはなく、量も少なめである。
　たとえば、「その僅かな緊張を通じて、私の漠然とした力の抜けたようなからだのうちに、或る系列の記憶や印象や分析が霧のようにわき上るのを感じた」、「私が、私自身の不誠実さや、卑劣さや、虚栄心や皮肉や残酷さの瑕瑾なのだと観念的にいくら大袈裟に言ってみても、結局はなんの罪悪感もないような清潔なアクセサリーのような瑕瑾」、「彼女はまごつきもせず、察しのよい若い美しい動物

のように頷いた」、「啓子は浮かんだ白い花のようで、そのサテンの幅広いサッシュが微かに光って揺れていた」などのように。

　このような、庄司作品における比喩のありようの劇的とも呼べる変化は、同じ1人称視点でありながらも、「私」と「ぼく」という語りの違いと不可避的に結び付いている。その違いの由来は、それぞれの語に確固として根ざしている位相性にある。

　中村明『日本語語感の辞典』によれば、「私（わたし）」が「男では「僕」より改まった言い方」「「わたくし」ほどには改まっていない」「男の場合は子供は用いず」「大人の場合は、男のほうが改まりの度合い大き」いのに対して、「ぼく」は「「俺」より丁寧で、「私」よりぞんざいな男の自称」「「俺」に比べて青少年が多用する感じがあり、老年層の使用に若干の違和感を覚える場合がある」「話しことばの調子があるため、硬い文章にはなじまない」とある。さらに付け加えるならば、「ぼく」には、ひ弱で内気な、行儀の良いお坊ちゃまというイメージも含まれよう。

　つまり、同じく男の自称詞としてある「私」と「ぼく」は、大人と子供、書き言葉と話し言葉、改まり（公的）とくだけ（私的）、などという対比的な位相性があるということであり、これらの差がそれぞれにふさわしい語り＝文体を呼び込んでいるのである。ついでに言えば、漢字の「私」に対する平仮名の「ぼく」という表記上の対立は、さらにこの位相差を際立たせる。比喩のありようにおける、「喪失」と「赤頭巾ちゃん気をつけて」との差異、「赤頭巾ちゃん気をつけて」と村上作品との相似も、まさにこれに対応する。

5

　それでは、「ぼく」語りの文体と比喩への独特のこだわりがなぜ

結び付くのか。「赤ずきんちゃん気をつけて」の「ぼく」は、いろいろと考えた末に、次のような納得に辿り着く。

> なんだかうまく言えないのだけれど、でも考えてみればこういうことは、やはり実はもともと他人に言ってもしようがないこと、そのことをしゃべろうとすると、どうしても自分にきり通じないような言葉でしか話せないって言ったようなことなのかもしれない。

「もともと他人に言ってもしようがないこと」を、「自分にきり通じないような言葉でしか話せない」という立場こそが、「私」ではない「ぼく」の語りであり、そのような言葉が他ならぬ比喩となって現れるのである。井上ひさしが力説したように、「書き手の頭の中にしか存在しないものを読み手に伝えるには比喩の力にすがるしかないのだ」(『自家製文章読本』)。

もとより、「ぼく」語りの物語ならば、誰の、どの作品であれ、同じような文体、同じような比喩になるということではない。そのうえでの、「ぼく」という位相語によって指示され設定される語り手（かつ登場人物）自身のありようの如何である。川田の言う「饒舌の内面は、文体的には全然似ても似つかぬ80年代村上春樹に引き継がれます」における、「饒舌」な語り手の「内面」のありようの如何である。

それ自体について、これ以上は言及しないが、継承されたという「内面」を有する「ぼく」の語り＝文体が、「内面」を描く文章において「全然似ても似つかぬ」などということは、きわめて考えにくいことではあるまいか。しかし、だからといって、村上が庄司の文

体を模倣したということでは決してない。それぞれの描こうとした物語の必然として、独特の比喩や会話によって特徴付けられる「ぼく」語りの文体が、ともに選ばれたということである。

## 6

ところで、村上春樹の作品はジャンルを問わず、地の文は当然のように、標準語（共通語）で書かれている。日本の近現代文学のほとんどがそうなのであって、村上の文体がたとえ翻訳的とみなされるにせよ、その翻訳に用いられる日本語は、方言とは位相もレベルも異にする標準語である。

そもそも、外国語の影響というのは、主として文章・書き言葉におけるものであり、談話・話し言葉はそこから二次的かつ部分的に影響を受けてきたにすぎない。

したがって、村上の文体がかりに翻訳的であるとしても、それは所詮、程度差にすぎない。そして、そのことも含め、日本語の文章・書き言葉は、近代以前から標準語性を帯びるものであった。

村上春樹は、「関西弁について」（『村上朝日堂の逆襲』）というエッセイで、次のように語っている。

> 僕は関西生まれの関西育ちである。父親は京都の坊主の息子で母親は船場の商家の娘だから、まず百パーセントの関西種と言ってもいいだろう。だから当然のことながら関西弁をつかって暮らしてきた。それ以外の言語はいわば異端であって、標準語を使う人間にロックなのはいないというかなりナショナリスティックな教育を受けてきた。（略）
> しかしどういうわけか早稲田に入ることになって（略）あま

り気が進まない東京に出てきたのだが、東京に出ていちばん驚いたことは僕の使う言葉が一週間のうちにはほぼ完全に標準語——というか、つまり東京弁ですね——に変わってしまったことだった。僕としてはそんな言葉これまで使ったこともないし、とくに変えようという意識はなかったのだが、ふと気がついたら変わってしまっていたのである。気がついたら「そんなこと言ったってさ、そりゃわかんないよ」という風になってしまったのである。

（略）

　僕は言語というのは空気と同じようなものであると思う。そこの土地に行けばそこの空気があり、その空気にあった言葉というものがあるのであって、なかなかそれにさからうことはできない。（略）

　だから僕は関西に帰るとやはり関西弁になる。新幹線の神戸駅に降りると一発で関西弁に戻ってしまうのである。そうなると今度は逆に標準語がしゃべれなくなる。

これは談話・話し言葉に関してであるが、文章に関しても、次のように述べている。

　関西弁に話を戻すと、僕はどうも関西では小説が書きづらいような気がする。これは関西にいるとどうしても関西弁でものを考えてしまうからである。関西弁には関西弁独自の思考システムというものがあって、そのシステムの中にはまりこんでしまうと、東京で書く文章とはどうも文章の質やリズムや発想が変わってしまい、ひいては僕の書く小説のスタイルまでががら

りと変わってしまうのである。僕が関西にずっと住んで小説を書いていたら、今とはかなり違ったかんじの小説を書いていたような気がする。その方が良かったんじゃないかと言われるとつらいですけど。

村上が実際に「僕の書く小説のスタイルまでががらりと変わってしまう」ような体験をしたかどうかは分からない。しかし、少なくとも言えることは、彼の中には関西弁と標準語という、それぞれの位相に基づく「思考システム」があり、談話・話し言葉に関しては土地によって両者を使い分けるのに対して、文章・書き言葉である「小説のスタイル」としては、一貫して後者に相当する標準語を選択した、というより、おそらく他の選択肢は考えられなかったということである。

それはつまり、日本の近現小説という風土に合った日本語は標準語であるという前提意識があったからと考えられる。語り手の自称詞として選ばれたのが、関西弁の「わし、わて、わい」などではなく、共通語の、しかも位相性の強い「ぼく」であるというのが、その何よりの証拠である。

なお、関西弁と標準語という2つの言語が彼において、文字どおり置き換え可能な、対等の関係にあったとは考えにくい。つまり、アイデンティティにも関わる母語か否かという点から見れば、村上にとって標準語は後発的・学習的・意図的なものでしかない。

## 7

大塚英志『村上春樹論—サブカルチャーと倫理』は、村上のこのエッセイを元にして、次のように論じる。

（略）村上春樹の言う「東京で書く文章」とはやはり標準語によって構成される近代文学という制度に他ならないのではないか。だからこそこの選択された「標準語」の問題は村上春樹という作家を考える上で看過すべきではない。いうまでもなく近代の「文学」は地方語という「異語」を互いに話す者たちが「言文一致体」という人工的な「共通語」を構築することで可能となった。（略）村上春樹はこの意味での「文学」における「標準語」の任意性に敏感な作家であった。だから村上春樹が「翻訳された日本語」として「自身の標準語」を定義していることもまた同じ意味で興味深い。何故なら、近代文学の日本語は、西欧の文学を日本語に翻訳することでその文体を作り上げていったのであり、村上春樹の小説家としての「発語」は近代文学の起源の追体験として実はあるのだ。

　人類言語におけるバラエティとしての日本語と日本語以外の言語＝外国語というレベルと、同一言語におけるバラエティとしての共通語と方言というレベルを、翻訳という点において同一に扱うこと、また、談話と文章という位相の異なりを無視することが適切かという問題はある。それでも注目すべきは、村上春樹が母語ではない、翻訳語としての標準語を使って、新たな小説言語・小説文体を作り上げようとしたと捉えている点である。

　そこで思い当たるのが、村上の「そのときの僕にとって、日本語とはただの機能的なツールに過ぎなかった」、「僕にとっての日本語は今でも、ある意味ではツールであり続けています。そしてそのツール性を深く追求していくことは、いくぶん大げさにいえば、日本語の再生に繋がっていくはずだと信じています」（『職業としての

小説家』)や「文章というのはあくまでツールであって、それ自体が目的ではない。ツールとして役に立てばいいんです」(『みみずくは黄昏に飛びたつ』)などの発言に見られる、「ツール」という言葉・考え方である。

コミュニケーションあるいは思考システムの、あくまでも「ツール」として、日本語ネイティヴにとっての外国語、そして方言ネイティヴにとっての標準語を位置付けるのは、いかにも似つかわしい。それは、談話に比べ、主体が抽象化される文章において、より選択的に、つまりは文体として活用される。対するに、母語としての日本語さらには方言は、そのような「ツール」のみにとどまらない宿命にある。談話の場面性の強さも含め、話者自身のアイデンティティに否応なく結び付いてしまうのである。

村上が小説に母語である関西弁を用いなかったのは、一方において、近代日本の小説言語の空気に逆らわないためであるが、もう一方においては、書き手自身のアイデンティティから意図的に距離をとるためでもあった。あえて言えば、関西弁に基づくアイデンティティを避けようとしたのかもしれない。

たとえば、関西人は東京人に比べると、お笑い好き、たとえ好きと言われるが、村上作品に見られる比喩であれ会話であれ、関西人あるいは関西弁の醸し出す、それらのコテコテ感とはまったく異質なものであることは、言を俟たない。村上自身のキャラクターが実際にどうかはともかくとして、あくまでも文学コミュニケーションのツールとして割り切った形で、標準語を扱っての、比喩であり会話なのである。

それに対して、庄司薫は東京生まれの東京育ちであり、小学生以来続けているという「ぼくの日記なんかでは昔からああいう文体を

使っています」(『バクの飼い主めざして』)ということであるから、談話においても文章においても、東京弁と一続きの標準語の「ぼく」語りを用いた表現にすることは、庄司にとってはきわめて自然なのであった。

　そういう意味で、前章に記した「文体＝文学＝作家の個性」という捉え方における「作家の個性」というのが書き手自身のアイデンティティであるとするならば、村上春樹の場合にはそれなりの留保が必要であろう。

**8**

　特定方言を積極的に用いた作家に、井上ひさしがいる。その井上が各地の民話の再生における、標準語と方言の違いについて、次のように述べている(『パロディ志願』)。

> そこで語られるコトバは、切っても突っついても引っ掻いても血の出ない「標準語」という公明正大な代物ではなく、それぞれの土地の、日向や漬物やキノコや田畔や肥溜などの匂いのしみついた、いわば「濃い」コトバだ。日常の生活のなかで用いられるこれらの「濃い」コトバは多義性を持ち、その多義性は聞き手にさまざまなことを想像させ連想させる。この想像や連想は物語に不思議な奥行を与えるだろう。ラジオや子ども向けの民話の再話本にこの「濃い」コトバが採用し得るか。答は否である。ラジオも再話本も全国で聞かれ読まれることを望んでいる。「濃い」コトバを採用し販路を一地域に限るような自殺行為をどうしてするわけがあるだろうか。

井上の言うように、方言が「濃い」コトバであるとすれば、標準語は「薄い」コトバということになる。「薄い」というのは、標準語が「全国で聞かれ読まれることを望ん」で作り出された、「切っても突っついても引っ掻いても血の出ない」、つまり生活感、生身感が薄い、逆に言えば、それだけ人工性、抽象性の強いコトバであるという意味である。

　日本の近現代文学は、日本語における旧来の、あるいは地付きの「濃い」コトバを捨て、新たなかつ抽象的な「薄い」コトバによって書かれてきた。村上春樹の作品もまたその展開の中に、正統に位置付けられる。もとより、コトバが薄ければ内容も薄いということにはならない。村上が目指したのも、決して「「日本語性を薄めた日本語」の文章を書くこと」ではなかった。「薄い」コトバをいかに使って「濃い」内容にするかという、標準仕様の「ツール」を自分用に使いこなす技術が駆使されなければならない。

　村上作品における、その端的な現れが、「ぼく」語りの文体なのであり、それに見合う比喩なのであった。

『神の子どもたちはみな踊る』

# 比喩はどのように成り立つか

**1**

　村上春樹という書き手による作品をめぐっては、多くのコメントが、今もなお見られる。それらは程度の差はあれ、いずれも謎解きの色合いを帯びている。その謎解きは、テーマなりモチーフなりに関する書き手の意図が、テクストにどのように反映しているかを明らかにしようとする類のものである。

　R・バルト以来、作者は死んだとする、テクスト論的あるいは読者論的な研究動向もかつてはあったが、こと村上春樹については、不思議なほどに作者の意図が取り沙汰されてきたのである。

　対するに、村上春樹自身の、たとえば次のような発言はどうか（以下に引用する発言はすべて『夢を見るために毎朝僕は目覚めるのです　村上春樹インタビュー集1997-2009』による）。

　　あるいはまたその物語が生まれた事情や経緯に、多くの読者は興味を抱かれるかもしれない。執筆に関わるちょっとしたエ

ピソードを披露して、それなりに楽しんでいただけるかもしれない。しかるべき時期に、そのような付随的なことが、あるいは周辺事情を著者が気軽に語ることも、作家と読者との関係の中で、ある程度必要かもしれない、とも思う。それも僕がインタビュー依頼に応じる理由のひとつだ。僕は創作のプロセスや、執筆の技法のようなものを秘密にしようというようなつもりはないので、そういうテクニカルなものごとについて語ることには、まったく抵抗はない。尋ねられれば。そしてもしそれがうまく言語化できるものごとであるなら、なんでも正直にありのまま答える。

一見オープンなようでいて、実は戦略的な撹乱とみなす人もあるかもしれない。あるいは、「どのように」は語っても、「何を」は語っていないから、謎は謎のままにしてあると考える人もあるかもしれない。ここでさしあたり考えてみたいのは、表現に関する「テクニカルなものごと」とりわけ比喩についてである。それを「語ることには、まったく抵抗はない」という発言をとりあえず信じることにして。

## 2

**村上** （略）サリン事件の被害者から話を聞いたあと、僕は多くの物語、多くの声をためこんでいたので、『神の子どもたちはみな踊る』を書くことは、それほど厄介な作業ではありませんでした。（略）この一連の物語を書くことは僕にとって大きな意味を持っていました。そうする義務と必要性を感じていたんです。〔書くことは、ちょうど、目覚めながら夢見るようなも

の〕

> **村上** 『神の子どもたちはみな踊る』ではいろんな登場人物を——老若男女、さまざまな人間をどんどん設定していってるんで、それはなにしろ面白かったですね。文章がどんどん出てきて。〔る・つ・ぼ・のような小説を書きたい〕

　この2つの発言は、ともに『神の子どもたちはみな踊る』という連作短編小説に関する。村上は、それを書く「義務と必要性」を感じ「大きな意味を持」つと考えるいっぽうで、「それほど厄介な作業では」なかったばかりか、「なにしろ面白かった」と、執筆を楽しんだ気配も見てとれる。

　短編小説を楽しんで書くことについては、『神の子どもたちはみな踊る』に限らない。当初から、長編とは異なり、短編小説を「多くの場合、純粋な個人的な楽しみに近いもの」と位置付けている。このことは、その作品の取り上げるテーマの重さとは、一応別個なのであろう。

　あえてこれにこだわるのは、この連作短編集が、阪神・淡路大震災と地下鉄サリン事件という2つの悲惨な出来事をきっかけとし、その本質を描こうとしたものだからである。また、「サリン事件の被害者から話を聞いたあと、僕は多くの物語、多くの声をためこんでいた」という発言があるが、被害者から聞いた話は、けっして愉快なものではなかっただろうと推測されるからである。このあたりに、被害者の話を自らの物語にする際の、作家的想像力が働いたとしても、である。

　では、「なにしろ面白かった」というのは、いったい何に対して

なのか。それは、この作品を書くにあたっての「テクニカルなものごと」に対してである。村上は、本連作執筆にあたっての条件を課し、すべての作品にわたって、それを忠実に守ったという。その条件とはもっぱらテクニカルなことであり、個々の作品で変化を付けながら、それをテクストとして実現する、そのテクニックに面白さを感じたのかもしれない。

## 3

**村上** (略)全部違うキャラクターで、全部三人称で書こうと決心した。三人称の小説って、僕はほとんど書いたことがなかったから。そして、比喩もかなり少ないです。
——三人称で比喩なしというだけで、みんな何が始まったんだろうと思うかもしれない。(笑)。
**村上** 愕然(がくぜん)としたりして(笑)。でも、今回は三人称以外では考えられなかった。比喩みたいなものもしばらくは考えたくないやって。〔『スプートニクの恋人』を中心に〕

この発言に明らかなように、『神の子どもたちはみな踊る』を書く際の条件として、3人称の採用とともに、比喩の抑制ということがあった。

ただし、3人称の採用については積極的だったのに対して、比喩の抑制のほうは消極的というか、結果的にという感が拭えない。

深津謙一郎「村上春樹『神の子どもたちはみな踊る』の比喩表現」には、「表現上から見た『神の子どもたちはみな踊る』の明らかな特徴として、直喩の抑制と「遊び」の後退とが指摘できる」とある。「直喩の抑制」というのは、その出現頻度に関して、「「遊び」

の後退」というのは、その比喩としての質に関してである。

どの程度、直喩が抑制されているか、深津は「神の子どもたちはみな踊る」という作品における数値を示すのみで、連作全体の数は取り上げていない。

あくまでも私の認定・計算によれば、全体で90例、約2ページに1例程度の出現頻度となる。作品別では「神の子どもたちはみな踊る」と「蜂蜜パイ」が20例前後と多く、「アイロンのある風景」と「かえるくん、東京を救う」が10例程度と少ない。村上の他の小説と比べて、読んだ時の印象としては、比喩がとくに目立つということはないものの、驚くほど少ないというわけでもない。

量よりもむしろ問題なのは、質のほうである。先に引用した「比喩みたいなものもしばらくは考えたくないやって」という村上の発言は、表現全体における、1つ1つの比喩に対するこだわり方・意識の集中の仕方について、語っていると考えられる。

それにしても、ここでもまたという感じで、次のような、各作品に見られる比喩の凡庸さは、いったいなぜ？ととまどってしまうのではないだろうか（波線部分）。

> 風景は荒涼として、信号機まで凍りついているみたいに見えた。〔UFOが釧路に降りる〕
>
> もう病気みたいなもんやな。〔アイロンのある風景〕
>
> 母親は燃えるような目できっぱりと言った。〔神の子どもたちはみな踊る〕

さつきは汗をかいていた。ひどく暑い。まるで蒸気であぶられているみたいだ。〔タイランド〕

人が煙のように消えてしまうことも珍しくない。〔かえるくん、東京を救う〕

それからの何日かを、淳平は雲の上を歩いているような気持ちで過ごした。〔蜂蜜パイ〕

## 4

**村上** うん、そうですね。もし僕の考える小説というかそういうものを判断するコンテクストがあるとすれば、それは個別的なメタファーそのものというよりは、たしかにその集合の対比によって語っていくことなんじゃないかと思います。(略)つまり、メタファーというものの間に生じる二次的な落差の中で語らざるを得ない。だから、ポイントのひとつひとつを固定しちゃうとあまり意味がなくなってくる。どうしても落差の中で語らざるを得ない。〔『海辺のカフカ』を中心に〕

メタファーは、一般的には物事を描写するためのテクニックの１つとされる。そして、その描き写し方により、メタファーは斬新な見方を提示することができる。のみならず、村上春樹の場合には、前掲の深津論文によるなら、「かつて作家の表現において「異界」は、大量に動員される直喩とその「遊び」という仕掛けによるリアリズムのかく乱――喩えていうなら、眩暈の結果もたらされていた。Ａと、Ａをあらわすのに用いるＢとの間に類似性を認めにくい

（Ａ・Ｂの）組み合わせが、そうした眩暈を誘発していたのである」。「リアリズムのかく乱」とは、小著に言う「比喩もどき」がもたらすものに他ならない。

　凡庸なメタファーは、もとより描写力もなければ、「遊び」という仕掛けにもならない。そのようなメタファーが『神の子どもたちはみな踊る』には相対的に目に付くのは、「ノルウェイの森」に関して指摘したように、「個別的なメタファー」による個別の描写を目立たせないようにして、読み手を、一々の表現に立ち止まらせず、物語の流れに委ねさせるためと考えられなくもない。

　「集合」としての「メタファーというものの間に生じる二次的な落差」というのは、個別のメタファーにおけるＡとＢの間の落差を一次的とするのに対して、メタファー同士の関係における落差のことを表わすのであろう。これは、メタファーの関係性のあり方の落差である。その関係性が「類似性を認めにくい」という点で保たれていれば、落差は生じない。逆説的には、それ自体に落差さえほとんど感じさせることのない凡庸なメタファーこそが、相対として他の非凡なメタファーとの落差を生み出すと言える。

## 5

　ところが、この「他の非凡なメタファー」というのも、実は村上春樹作品のコンテクストから見れば、見覚えのあるものが多く、『神の子どもたちはみな踊る』の作品相互においても、似通う比喩表現が見られるのである。

　たとえば、「いちばん根本の部分で、善也を決定的に信仰から遠ざけたのは、父なるものの限りない冷ややかさだった。暗くて重い、沈黙する石の心だった」〔＊神の子どもたちはみな踊る〕と

「あの男が私の心を石に変え、私の身体を石に変えたのだ」〔タイランド〕、「タオルを取り、猫のようにするりと布団の中にもぐりこんだ」〔UFOが釧路に降りる〕と「寝室はさすがに別だったが、夜中にさびしくなると、ほとんど何も身につけないかっこうで彼の部屋にやってきて、布団の中に潜り込んだ。そして犬か猫のように、善也の身体に腕をまわして眠った」〔＊神の子どもたちはみな踊る〕、「小村はその後ろ姿をしばらくのあいだ目で追っていた。上半身が固定されて、腰から下だけが機械みたいに滑らかに大きく動いていた」〔UFOが釧路に降りる〕と「男の足どりは地下鉄のホームを歩いていたときと同じように、ゆっくりとして規則的だった。よくできた機械人形が磁石に引き寄せられているみたいに見える」〔＊神の子どもたちはみな踊る〕、「飾りのないシンプルな、意識を失った白い下着だった。それほど大きなサイズではない。夜明け前のキッチンの椅子の背にかけられたそれは、遠い過去の時刻から紛れ込んできた匿名の証言者のように見えた」〔蜂蜜パイ〕と「耳に届くのは、男の革靴がたてるこつこつという匿名的な音だけだ」〔＊神の子どもたちはみな踊る〕などのように。

これらの比喩は、村上作品の愛読者ならば、なじみ深いもののはずである。ただし、気を付けたいのは、一見、同じような表現でありながらも、微妙に落差を変えつつ、それぞれの短編が緩く、＊で示した「神の子どもたちはみな踊る」に収斂するように関わり合っているという点である。

# 6

**村上** 僕の小説に出てくる超自然的な現象は、(略) あくまでメタファーです。実際の僕の人生に起こったことではありませ

ん。しかし僕が物語を書いているとき、それらの出来事はぜんぜんメタファーではなく、実際にそこで起こっています。僕はそれを肌にありありと感じることができます。僕はそれを目撃し、描写します。〔お金で買うことのできるもっとも素晴らしいもの〕

　この発言における「あくまでメタファー」と「ぜんぜんメタファーではなく」という二律背反は、その表現の読み手か書き手かという立場の違い、あるいは書き手と共感できないかできるかの違いによって生じる。少なくとも書き手＝村上にとって、メタファーとして表現はしても、メタファーと思っているわけではない。このことが先のリアリズムの描写という問題にもつながる。

　彼にとっては、メタファーの表現も想像上のリアルではなく、実感するリアルなのであって、そのようなリアルを受け入れられない読み手には、謎として残るということである。

　「比喩みたいなものもしばらくは考えたくないやって」という村上の発言は、「考える」という点において、「ありありと感じる」とは、性質の異なるものであろう。それゆえに「リアリズムのかく乱」ともなりうる。しかし、『神の子どもたちはみな踊る』において、それを放棄したうえで用いる比喩、とくに現実と想像の対比を明示する比喩表現は、どのような役割を担うことになるだろうか。

# 7

　便宜的に考えるならば、書き手本人にとってはリアルであり、比喩ではなくても、表現上は世間的な常識をふまえた一般の読み手が受け入れられやすいように、現実と想像の世界を対比的な比喩とし

て示しているということになろう。

とすれば、本連作集における比喩の凡庸性は、読み手には比喩として受け入れる以前のレベルではあるが、それが書き手＝村上春樹のリアルを表わすものとなって、その価値は逆転する。

つまり、「考える」比喩から「感じる」比喩への変質であり、後者は比喩において前提となる2項対立を提示しつつそれ自体を解消してしまう。

次の2例は、そのようなリアルの感じ方の差を、説明的かつ対照的に示すものである。

　　コーヒーは薄くて、味がなかった。コーヒーは実体としてではなく、記号としてそこにあった。〔UFOが釧路に降りる〕

　　そのとき順子は、焚き火の炎を見ていて、そこに何かをふと感じることになった。何か深いものだった。気持ちのかたまりとでも言えばいいのだろうか、観念と呼ぶにはあまりにも生々しく、現実的な重みを持ったものだった。それは彼女の体のなかをゆっくりと駆け抜け、懐かしいような、胸をしめつけるような、不思議な感触だけを残してどこかに消えていった。それが消えてからしばらくのあいだ、彼女の腕には鳥肌のようなものがたっていた。〔アイロンのある風景〕

## 8

**JE**　つまり、地震はメタファーになるということですか？
**村上**　そのとおりです。〔夢の中から責任は始まる〕

『神の子どもたちはみな踊る』は、「地震がもたらしたものを、できるだけ象徴的なかたちで描くことにしよう」「その出来事の本質を、様々な「べつのもの」に託して語」ろうとしたものであった(「解題」『全作品』)。ここで確認が必要なのは、地震が何かのメタファーなのではなく、各作品が地震のメタファーであるという点である。

　しかしまた、このやりとりの前で、村上は「この本の中で僕が描きたかったのは、地震の余波(アフターマス)です。地震そのものではない」と語り、「人々は世界中でつらい状況に置かれています。神戸だけではない。同じようなことがこの国中で、あるいは世界中で起こっているのです。人々はこの地面がソリッドなものではないと感じています」と続ける。

　「地震そのもの」を「地震の余波(アフターマス)」によって描くのならば、後者が前者の比喩となることに変りはない。もっとも、この関係は厳密に分類すれば、メタファー(隠喩)ではなく、前後のつながりによるメトニミー(換喩)である。

　それでは、村上が「そのとおりです」とキッパリ同意する、「地震はメタファー」が成り立つのは、どういう関係においてか。

　それは、地震が「世界中のつらい状況」の典型例となる、つまり個別が一般を表わすシネクドキ(提喩)の関係においてである。

　つまり、『神の子どもたちはみな踊る』というテクストは、地震を、地震の余波というメトニミーによって位置付け、各作品ではその余波を、「感じる」メタファーによって表わし、全体としては世界中のつらい状況のシネクドキとして意味付けているということになる。

## 9

**村上** (略)僕の本はところどころで現実を離れます。そして多くの読者はそれが何を意味するかを知りたがります。でもそれが何を意味するとか、何を象徴するとか、そういうことに僕はまるで興味が持てません。僕が読者に望むのは、まず物語の流れのままに作品を読んでもらいたいということです。でもそれでは落ち着かないという人たちが、そのような『解説書』を買って読むのかもしれません。〔夢の中から責任は始まる〕

読者が「それが何を意味するかを知りたが」るというのは、それが何を比喩(象徴)しているかを明らかにしたがるということである。これ自体は記号動物たる人間の習性に他ならない。

しかも困ったことに？村上は「まるで興味が持て」ないと言いながら、彼の作品はそのような習性を巧みに喚び起こすような書き方がされているのである。「シーク・アンド・ファインド」という物語の展開そのものである。

村上作品を「物語の流れのままに」読み進めるにあたり、随所に散りばめられている比喩(もどき)表現がその進行をいちじるしく妨げるものではないにしても、読者の意識の中には「謎」として留まり続ける。それが、村上の比喩文体の魅力あるいは魔力なのかもしれない。

『中国行きのスロウ・ボート』

# なぜタイトルは比喩になるのか

**1**

　『中国行きのスロウ・ボート』は、村上春樹の最初の短編小説集である。収められた作品は既発表の7編で、「中国行きのスロウ・ボート」、「貧乏な叔母さんの話」、「ニューヨーク炭鉱の悲劇」、「カンガルー通信」、「午後の最後の芝生」、「土の中の彼女の小さな犬」、「シドニーのグリーン・ストリート」の順に配列されている。この配列は、それぞれの初出の発表順通りであり、とくに連作としての意図はなく、各雑誌の求めに応じて書かれたものがまとめられている。

　『中国行きのスロウ・ボート』は、村上自身にとって、「風の歌を聴け」や「1973年のピンボール」の後ではあるが、「僕という人間、つまり村上春樹という作家のおおかたの像は、この作品集の中に既に提出され」、「スタイルなり、モチーフなり、語法なり、そういうものの原型はここに一応出揃っていると言っていいのではないかと思う」ものという（「「自作を語る」短篇小説への試み」『村上

春樹全作品1979〜1989 ③　短編集Ⅰ』付録)。

　とはいえ、村上は「自分自身を、基本的には長編小説作家であると見なしてい」て、短編小説は「多くの場合、純粋な個人的楽しみに近いもので」あり、「ひとつの実験の場として、あるいは可能性を試すための場として、使うことがあ」るとしている(「僕にとっての短編小説—文庫本のための序文」(『若い読者のための短編小説案内』)。その理由の1つを次のように述べる。

　　とくに準備もいらないし、覚悟みたいな大げさなものも不要です。アイデアひとつ、風景ひとつ、あるいは台詞の一行が頭に浮かぶと、それを抱えて机の前に座り、物語を書き始めます。プロットも構成も、とくに必要ありません。頭の中にあるひとつの断片からどんな物語が立ち上がっていくのか、その成り行きを眺め、それをそのまま文章に移し替えていけばいいわけです。

　『中国行きのスロウ・ボート』の場合に顕著なのは、「アイデアひとつ」から生み出された作品が多いということである。そのアイデアとはすなわち題名のことに他ならない。村上は「僕の短編小説の多くのものは題から始まっている。内容は決めないで、題名からまず考える。そしてファースト・シーンをとりあえず書く。そこからやっとストーリーが展開していく—そういう方式である。(略)この方式はけっこう僕の性格にあっているように思う。いわゆる題材やテーマといったスタティックな枠に縛られずに済むからである」とし、書名にもなった「中国行きのスロウ・ボート」が、「僕が書いた記念すべき(略)とにかく初めての短編小説で、そのタイトル

先行式書き方の先駆的な作品でもある」ことを明らかにしている（「自作を語る」）。

『中国行きのスロウ・ボート』に収められた７作品のうち、この「タイトル先行式書き方」に当たるのは、「中国行きのスロウ・ボート」以外にも、「貧乏な叔母さんの話」「ニューヨーク炭鉱の悲劇」「カンガルー通信」「シドニーのグリーン・ストリート」の４作品に及ぶ。

残る２つ、「午後の最後の芝生」については、「この小説は庭の芝生を刈りながら思いついた。とにかく芝を刈る話を書こうと思ったのだ。僕としては筋よりもむしろ芝を刈るという作業そのものを描きたかった」、「土の中の彼女の小さな犬」については、「これは幾つかの情景から始まった作品である。この題はあとからつけた。まずだいいちにホテルの情景が描きたかった。雨が降っているシーズン・オフのリゾート・ホテルの情景。それから犬の死体を庭に埋める情景。最後に夜中に占いのようなものをする情景。３つともその当時の僕自身に関わりのある情景だった」と述べている（同上）。

以上のような記述からは、村上が短編小説創作の動機付けとして題名にいかにこだわりを持っているか、またその作品において題名がいかに重要な意味を持っているかが知れる。これを文字通りに受け取るわけにはいかないかもしれないが、このことをふまえたうえで、それ以後の村上の作品への展開として、次のように評するものがある。

たとえば、畑中佳樹「村上春樹の名前をめぐる冒険」は、題名を含む固有名詞の使用に関して、述べる。

　　（略）小説を書くという行為は、ほとんど絶望的に名付けると

いう行為である。なにかをことばにしてみるとは、要するに名前を付けることである。ことばというのは名前なのだ。だから、名前を口にしないという村上春樹の生活の技術は、小説を書くという行為の中で、必然的に崩壊していく。書けば書くほど、ことばを連ねれば連ねるほど、名前は生命のリアリティーを帯びてうごきはじめる。お伽話の約束事のように、名前を口にしないというたった一つの禁制さえ守っていれば、村上春樹はいつまでも幸福に隠れていることができたはずだろう。だが、その禁を破ってしまった。(略) その瞬間から、ひとつのミステイクから、歴史が始まった。ドラマが始まった。お伽噺の冒険が始まった。村上春樹の小説が始まった。

また、平野芳信「「貧乏な叔母さんの話」物語のかたちをした里程標」は、こう述べる。

> (略) つまり書くべきことがなかったために、春樹は「タイトル」にこだわり、その「リファインメント作業」をおこなっていたのだということが、物語のかたちをかりて表出されているというわけである。(略)『貧乏な叔母さんの話』は、春樹の方法論が意識的には言葉の先鋭化から「ストーリー・テリング」の方向に転換を遂げたことが、無意識にパターンとしての型にスライドし依存していくことであったことを、はからずも物語のかたちをかりて、我々の前に指し示した里程標であったのだ。

## 2

　そもそも、なぜ作品に名前つまり題名（タイトル）が必要なのか。他の作品と区別するためだけならば、数字でも記号でもよいはずである。実際、音楽や美術の作品にはそのようなものが多い。文学作品は言語芸術であるから、タイトルも言葉でなければならないということでもないだろう。他と区別する以外の理由があるとすれば、タイトルがその作品テクストそのものを表わすということである。「表わす」というのは、タイトルとテクストとの関係において、「代表する」（提喩）、「関与する」（換喩）、「象徴する」（隠喩）のいずれかの比喩関係が成り立つということである。

　村上春樹の短編小説の場合、前に引いた「僕の短編小説の多くのものは題から始まっている。内容は決めないで、題名からまず考える。そしてファースト・シーンをとりあえず書く。そこからやっとストーリーが展開していく──そういう方式である」という説明からは、少なくとも2つのことが確認できる。

　1つは、タイトルはテクスト全体から帰納されたものではなく、テクストに先行してあること、もう1つは、タイトルとテクストがどのような関係として成り立つか自体はあらかじめ明らかではないこと、である。後者について、村上はその関係の偶然性をことさらに強調する。

　「カンガルー通信」について、村上は「これもやはりタイトルから始まっている。『カンガルー通信』というタイトルからどんな話が書けるものか楽しみだったのだが、まさかこんな奇妙に屈折した話になるとは思わなかった。こういうのも意外な展開の面白さである。自分ではもっとのどかな話になるだろうと思って書き出したの

だが……」と語っている(「自作を語る」)。そして、「カンガルー通信」のテクストの中でも、同様のことを次のように表現している。

　カンガルーとあなたに手紙を書くことのあいだには36の微妙な工程があって、それをしかるべき順序でひとつひとつ辿っているうちに、僕はあなたに手紙を書くところに行きついたと、それだけのことなんです。その工程をいちいち説明してみてもきっとあなたはよくわからないだろうし、だいいち僕だってよく覚えてない。だって36の工程ですよ!
　そのうちのひとつでも手順が狂っていたら、僕はあなたにこんな手紙を出してはいなかったでしょう。あるいは僕はふと思いたって南氷洋でマッコウクジラの背中に跳び乗っていたかもしれない。あるいは僕は近所の煙草屋に放火していたかもしれない。しかしこの36の偶然の集積の導くところによって、僕はこのようにあなたに手紙を送る。

　また、「貧乏な叔母さんの話」においては、「僕」に次のように語らせている。

　「貧乏な叔母さんは幽霊じゃないんです。どこにもひそんじゃいないし、誰にもとりついたりはしない。それはいわばただのことばなんです」僕はうんざりしながらそう説明した。「ただのことばです」
　誰もひとことも口をきかなかった。
　「つまりことばというのは意識に接続された電極のようなものだから、それを通して同じ刺激を継続的に送っていればそこに

必ず何かしらの反応が生じるわけです。もちろん個人によってその反応の種類はまったく違うわけだけれど、僕の場合のそれは独立した存在感のようなものなんです。（略）僕の背中に貼りついているのも、結局は貧乏な叔母さんということばなんです。そこには意味もなきゃ形もない。あえて言うなら、それは概念的な記号のようなものです」

「意味」も「形」もなければ、はたして「記号」しかも「概念的な記号」と言えるか、という疑問もなくはないが、それはともかくとして、タイトルとテクストの関係に置き換えてみるならば、タイトルとなる言葉が「意識に接続された電極のようなもの」として、書き手あるいは読み手の意識に刺激を与え、それに対する意識の反応のあり方がテクストとなって現れるということになろう。
　それでは、『中国行きのスロウ・ボート』の各作品において、タイトルという刺激とテクストという反応がどのような関係になっているだろうか。

## 3

　『中国行きのスロウ・ボート』においてタイトルが先行する作品は、先にも示したように、「中国行きのスロウ・ボート」「貧乏な叔母さんの話」「ニューヨーク炭鉱の悲劇」「カンガルー通信」「シドニーのグリーン・ストリート」の5つであるが、そのタイトルのテクストの中での現れ方によって、3つのタイプに分けることができる。
　第一のタイプは、タイトルそのものがテクスト内に頻繁に現れるもので、「シドニーのグリーン・ストリート」が該当する。第二の

タイプは、第一のタイプに準じるもので、タイトルそのままではほとんど現れないが、その中に含まれる語はよく出て来るもので、「中国行きのスロウ・ボート」と「貧乏な叔母さんの話」と「カンガルー通信」の3作品。そして、第三に、タイトルもそれに含まれる語もほとんど現れないタイプで、「ニューヨーク炭鉱の悲劇」の1作品がそれである。

　第一タイプの「シドニーのグリーン・ストリート」のテクストにおいては、「シドニーのグリーン・ストリート」あるいは「グリーン・ストリート」が25ページ中、19回も用いられ、そのうちの1回には「緑通り」の振り仮名として用いられている。

　第二タイプの「中国行きのスロウ・ボート」は、テクストの前のエピグラムとして「中国行きの貨物船に／なんとかあなたを／乗せたいな、／船は貸しきり、二人きり……／――古い唄」が示される以外は、テクストのほぼ終わりの部分に、次のように1回現れるだけである。

　　それでも僕はかつての忠実な外野手としてのささやかな誇りをトランクの底につめ、港の石段に腰をおろし、空白の水平線上にいつか姿を現すかもしれない中国行きのスロウ・ボートを待とう。そして中国の街の光輝く屋根を想い、その緑なす草原を想おう。

ただし、テクスト全体にわたり、「中国」や「中国人」「中国語」などの語は60回以上、用いられている。

　「貧乏な叔母さんの話」のテクストには、「～の話」という形ではまったく出て来ないが、「貧乏な叔母さん」は25ページの全体にわ

たって72回も登場する。1ページあたり平均3回である。『中国行きのスロウ・ボート』の中で改稿がもっとも目立つ作品であるが、初出でも62回見られ、それから14例の追加と4例の削除があり、結局10例分の追加になるとともに、元からの1例が太ゴチック体に変更されている。

　同じく、「カンガルー通信」も、タイトルそのままでテクストに現れるのは3回だけであるが、「カンガルー」は19ページに38回も見られる。

　第三のタイプの「ニューヨーク炭鉱の悲劇」の場合は、「中国行きのスロウ・ボート」と同じくエピグラムがあり、そこに、「地下では救助作業が、／続いているかもしれない。／それともみんなあきらめて、／もう引きあげてしまったのかな。／『ニューヨーク炭鉱の悲劇』／（作詞・歌／ザ・ビージーズ）」のように、曲名として示されているが、テクスト中には一度も現れていない。タイトルの構成要素「ニューヨーク」「炭坑」「悲劇」に分けても見当たらず、「坑夫」と「悲劇的」という関連語が1回ずつ見られるのみである。

　この3つのタイプの、テクストにおけるタイトルの現れ方の違いは、結果として、タイトルそのものに対する読み手の意識の仕方や、タイトルとテクストとの関係の捉え方の差となって現れることが予想される。第一のタイプなら、タイトルの度重なる反復がそのことば自体を強く印象付けるテクストになるであろうし、第二のタイプでは、タイトルに含まれる語をめぐるイメージが内容上、重要な役割を果たすテクストとなり、第三のタイプにおいては、タイトルとの関係が示されないため、暗示的なテクストになるであろう。

# 4

「シドニーのグリーン・ストリート」というタイトルについて、村上は「この作品もタイトルから始まった。シドニー・グリーンストリートは言うまでもなく『マルタの鷹』に出てきた名優の名前である。僕は『マルタの鷹』を見たときからいつか『シドニーのグリーン・ストリート』という題の小説を書きたいと思っていたのだ」と言う(「自作を語る」)。

なぜその名前に興味が引かれたのかは不明であるが、人名を地名に置き換えることができるということがきっかけだったのかもしれない。そのうえで、村上は「シドニー」という都市名および「グリーン・ストリート」という街路名から想像されるイメージを裏切って、テクストを次のように始める。

> シドニーのグリーン・ストリートはあなたがその名前から想像するほど——たぶん想像するんじゃないかと僕は想像するわけなのだけれど——素敵な通りじゃない。だいいちこの通りには木なんてただの一本も生えちゃいない。芝生も公園も水飲み場もない。なのにどうして「緑通り(グリーン・ストリート)」などというたいそうな名前が付くことになったのか、これはもう神様でもなくちゃわからない。神様だってわからないかもしれない。
>
> ごく正直に言えば、グリーン・ストリートはシドニーでもいちばんしけた通りである。狭くて混み合っていて汚くて貧乏たらしくて嫌な匂いがして環境が悪くて古くさくて、おまけに気候が悪い。夏はひどく寒いし、冬はひどく暑い。

「シドニー」はもとよりオーストラリアに実在する都市であるのに対して、「グリーン・ストリート」は虚構の街路である。この「グリーン・ストリート」を引用のようなイメージに設定したのには、あるいはもともとの俳優名から喚起されるイメージと、実物の巨漢俳優の風貌や役柄とにギャップが感じられたからかもしれない。

　テクストは、「でもまあ、そんなのはどうでもいいことだ。グリーン・ストリートの話をしよう」と続くのであるが、作品全体の中心話題になっているのは「グリーン・ストリート」ではなく、その通り沿いのビルの一角に事務所を構える私立探偵の「僕」である。つまり「グリーン・ストリートの話」にはなっていない。「僕」と俳優の「グリーンストリート」を重ね合わせているようにも読み取れないし、『マルタの鷹』の設定や展開をなぞったりもじったりしているわけでもない。初出誌の「子どもの宇宙」という特集に合わせた、いたってシンプルで面白おかしいストーリーである。

　この作品は21の短い章から成り、「僕」が仕事に取り掛かり、物語が動き出すのが第7章からで、それ以前は「シドニーのグリーン・ストリート」がどういう所であり、そこに「僕」がなぜ事務所を置くことになったかを説明する、いわば前置きである。その前置きの6章（ページ数で言えば、25ページのうちの8ページ分で、全体の3分の1弱）に、「シドニーのグリーン・ストリート」あるいは「グリーン・ストリート」が19回中の15回、全体の用例数の4分の3も出て来ている。

　このことから分るのは、この作品は、タイトルに決めた「シドニーのグリーン・ストリート」から喚起された特定の架空の場所のイメージを、その語をしつこいまでに繰り返しながら、読み手に植

えつけるところに、村上のねらいがあったのではないかということである。そして、はじめにそれがふまえられれば、その後に登場する「羊男」や「羊博士」という架空の人物たちも受け入れられやすくなると言えよう。

その点において、「シドニーのグリーン・ストリート」という作品におけるタイトルとテクストとの関係は、換喩的関係、つまり場所によってそこにおける人物や出来事を表わす関係として捉えることができる。

## 5

「中国行きのスロウ・ボート」というタイトルについて、村上は「もちろん例のソニー・ロリンズの演奏で有名な『オン・ナ・スロウ・ボート・トゥ・チャイナ』からタイトルを取った。僕はこの演奏が大好きだからである。それ以外にはあまり意味はない。『中国行きのスロウ・ボート』という言葉からどんな小説が書けるのか、自分でもすごく興味があった」と言う(「自作を語る」)。

先にも示したように、「中国行きのスロウ・ボート」という言葉は、エピグラムの歌詞の中に１回と、テクストのほぼ終わりの部分に１回現れるだけであるが、「中国」含みの語はテクスト全体にわたって用いられていて、中国人との出会いのエピソードがおもに語られる。

いっぽう、「スロウ・ボート」のほうは、その歌詞に照らしても、テクストの中に呼応する表現・内容はとくに認められない。そのせいで、ほぼ終わりの部分に現れる「中国行きのスロウ・ボートを待とう」というフレーズがいささか唐突で、あえてタイトルに引き付けようとしたのではないかとさえ感じられる。

しかし、内容全体から推測するなら、「スロウ・ボート」は語り手の「僕」自身と捉えることができる。そして、3人の中国人とのそれぞれの出会いが、「僕」に中国に対するさまざまな想いを呼び起こさせる、その想いがまさにこの作品の主題になっていると考えられる。

つまり、タイトルの「中国行きのスロウ・ボート」は、中国に対して時間をかけてゆっくりと形作られてきた想いを抱える「僕」の隠喩になっているということであり、このタイトルとテクストの関係は隠喩関係として見ることができる。テクスト最後の1文「友よ、中国はあまりにも遠い」は、「スロウ・ボート」の「僕」だからこそである。

## 6

「貧乏な叔母さんの話」について、村上は「これもタイトルから始まった話。それもタイトルから書き始めるという執筆作業自体をモチーフにした話である。『中国行きのスロウ・ボート』を書いた経験をもとにして、自分が小説を書く行為を文章的に検証してみたかったという意味あいもある。小説そのものも二重構造になっている。つまりこれは『貧乏な叔母さんの話』という小説でありながら、同時に「メイキング・オブ・『貧乏な叔母さんの話』」になっているわけだ」と言う(「自作を語る」)。その意味では、実験的な色合いの濃い短編小説であり、テクストにとってタイトルとは何かを、メタ・レベルで問うた作品と考えることもできる。

タイトルを単に「貧乏な叔母さん」ではなく、他の作品のタイトルには見られない「の話」という表現をわざわざ付け加えたのは、この「二重構造」そのものを表わすためであり、「貧乏な叔母さん

の話」というタイトルがテクスト内には一度も出てこないのもそのためであると考えられる。それに対して、「貧乏な叔母さん」という表現がテクストに72回という、他から突出した回数現れるのは、この作品において、タイトルとしてのその言葉に対する村上のこだわりを、過剰なまでに示していると見られる。

　そのこだわりとは、タイトルである言葉そのものと、その言葉によって表わされる対象存在との関係に対してである。「僕」は「彼女には名前はない。ただの貧乏な叔母さん、それだけだ」また「死ぬ前から既に名前が消えてしまっているタイプ、つまりは貧乏な叔母さんたちだ」と語る。これは、「貧乏な叔母さん」とはそのようなカテゴリー概念にあてはまる対象を一括りに表わした言葉であって、個々の存在を特定し、それと結び付く固有名詞ではないということである。だから「僕の背中に貼りついているのはひとつの形に固定された貧乏な叔母さんではなく、見る人のそれぞれの心象に従ってそれぞれに形作られる一種のエーテルの如きものであるらし」いということにもなる。

　ところが、「貧乏な叔母さん」がテクストに最初に登場するのは、次のような表現によってである。

　　そんな日曜日の午後に、なぜよりによって貧乏な叔母さんが僕の心を捉えたのか、僕には見当もつかない。まわりには貧乏な叔母さんの姿はなかったし、貧乏な叔母さんの存在を想像させる何かさえなかった。でもそれにもかかわらず、貧乏な叔母さんはやってきて、去っていった。わずか何百分の一秒かのあいだであるにせよ、彼女は心の中にいた。そして彼女はそのあとに不思議な人型の空白を残していった。

ここで留意したいのは、あくまでも「貧乏な叔母さん」という存在であって、「貧乏な叔母さん」という言葉ではないという点である。その後の彼女とのやりとりの中で問題にされるのも、言葉としてではなく、「本物の貧乏な叔母さん」のことであり、しかも、それについて書きたい「僕」は、女友達に次のようにダメ出しをされる。

　　(略)「あなたは貧乏な叔母さんについて書こうとしている」と彼女は言った。「あなたはそれを引き受けようとしている。そして、私は思うんだけれど、それを引き受けるというのは、同時にそれを救うことでもあるのよ。でも今のあなたにはそれができるかしら。あなたには本物の貧乏な叔母さんさえいないのよ」

「貧乏な叔母さんが僕の背中を離れたのは秋の終わりだった」に始まる、最後の第4章に取り上げられた、電車内での親子のエピソードは、この作品においてもっとも改稿の跡がいちじるしい部分である。そのエピソードが語られる3ページほどの中には「貧乏な叔母さん」という言葉がまったく登場しないばかりか、初出のテクストには見られた、貧富に関わる記述やその女の子の成長後に思いをめぐらす記述、つまり「貧乏な叔母さん」と関連付けられそうな表現はすべて削除されている。これには、その前後の「貧乏な叔母さん」をめぐる展開から切り離そうという意図が読み取れる。
　その意図とは、「貧乏な叔母さん」という言葉の表わす一般的・抽象的・概念的な世界と、個別的・具体的・実在的な世界との違いを鮮明にすることであったと考えられる。「僕」が「貧乏な叔母さ

ん」に「完璧さ」を認めるのは、現実の変化とは関わらない、そのような言葉の不変的な世界だからである。

「貧乏な叔母さんの話」というタイトルが、そのテクストに展開される、言葉というものの世界を表わしているとすれば、両者の関係は提喩、つまり言葉一般を「貧乏な叔母さん」によって、その言葉による小説を「貧乏な叔母さんの話」によって代表させる関係にあると言える。

## 7

「カンガルー通信」という作品は、「やあ、元気ですか？／今日は休日だったので、朝のうちに近所の動物園にカンガルーを見に行ってきました」で始まり、「とにかくカンガルーを眺めているうちに、僕はあなたに手紙を出したくなったというだけです」と続き、手紙の用件とは直接の関係なく、「カンガルー」という言葉が1ページに平均2回ずつ、テクストの最後まで現れる。

その手紙に自ら付けた「カンガルー通信」という名前について「僕」は、「なかなか素敵な名前だと思いませんか？　広い草原の向うから、カンガルーがおなかの袋に郵便を詰めてぴょんぴょんと跳んでくるようじゃありませんか」という愛らしいイメージを抱いている。「カンガルー通信」というタイトルだけを見れば、大方の読み手も同様のイメージを思い浮かべるかもしれない。

「カンガルー通信」というのが、そのようなイメージで、当該テクストの手紙のことを指し示すとしたら、このタイトルとテクストは単純な隠喩関係にあると言える。しかし、テクスト内にしばしば挿入される、カンガルーに関する記述は、手紙の用件と関わりがないだけではなく、その愛らしいイメージとは異なる深刻さにつな

がっていて、それが一見のんきそうな書きぶりとはうらはらの、必死な印象を与える。言い換えれば、「カンガルー通信」とは、人間同士のコミュニケーションのありようを隠喩していると捉えることができる。

たとえば、以下に示す、カンガルーに関する記述はどれも、見知らぬ、手紙の相手へのコミュニケーションの訴えとしても受け取れそうなものである。

「カンガルーを見るたびに、いったいカンガルーであるというのはどんな気持がするんだろうと、いつも不思議に思います。彼らはいったい何のために、オーストラリアなんていう気の利かない場所を、ああいうへんてこな格好をしてはねまわっているんでしょう。そして何のために、ブーメランなんていう不細工な棒切れで簡単に殺されちゃうんでしょう？」、「僕がカンガルーを許し、カンガルーがあなたを許し、あなたが僕を許す——例えばこういうことです。／しかしこのようなサイクルはもちろん恒久的なものではなくて、ある時カンガルーがもうあなたを許したくないと考えるかもしれません。でもだからといってカンガルーのことを怒らないで下さい。それはカンガルーのせいでもあなたのせいでもないのです。あるいは僕のせいでもありません。カンガルーの方には、とても込み入った事情があるのです。いったい誰がカンガルーを非難できるでしょう？」、「カンガルーはいったい何を考えているんでしょう？　連中は意味もなく一日中柵の中を跳びまわって、時々地面に穴を掘っています。それで穴を掘って何をするかというと、何もしないのです。ただ穴を掘るだけです」、「カンガルーはカンガルーを存続させるために存在しているとも言えます。カンガルーの存在なしにカンガルーは存続しないし、カンガルーの存続という目的がなければカ

ンガルー自体も存在しないのです」などなど。

## 8

「ニューヨーク炭鉱の悲劇」というタイトルによって示される出来事に関する場面は、アステリスクで区切られたテクストの最後の1ページに、いきなり登場する。それまでは、「僕」の周りの人々のさまざまな死について語られ、その死の1点においてのみ、最後の場面とつながっている。エピグラムに引用された「ニューヨーク炭鉱の悲劇」の歌詞の1節も、その最後の場面に対応している。

村上は「僕はこの曲の歌詞にひかれて、とにかく『ニューヨーク炭鉱の悲劇』という題の小説を書いてみたかったのである」と言う(「自作を語る」)。その歌詞全体は次のようなものである。

> In the event of somethin' happenin' to me
> There is somethin' I would like you all to see
> It's just a photograph of someone that I knew
> Have you seen my wife, Mr. Jones?
> Do you know what it's like on the outside?
> Don't go talkin' to her you'll cause a landslide, Mr. Jones?
> I keep staining my ears to hear sound
> Maybe someone is diggin' underground
> Or have they given up and all gone home to bed
> Thinkin' those who once existed must be dead

3連から成る歌詞のうち、エピグラムに引かれているのは第3連であり、第1、2連とは、場面も状況も異なっている。この歌詞と

村上の作品との関係について、山根由美恵「村上春樹「ニューヨーク炭鉱の悲劇」における〈切断〉という方法」は、次のように述べる。

> ビージーズの歌詞におけるメッセージ、つまり大状況や日常の陰に隠された現在進行形の「死」、それが突如襲いかかるかもしれないという危うい感覚を、「ニューヨーク炭鉱の悲劇」では〈身近な友人の連続死〉〈自分と良く似た人間の死（分身の死）〉〈自分とは関係のないところで死に向かいつつある人々〉という三つの場面をリンクさせている。

すなわち、作品構造として見れば、「ニューヨーク炭鉱」という歌詞と村上の短編小説は相似しているということである。とすれば、「ニューヨーク炭鉱の悲劇」というタイトルはテクストの関係において、二重の比喩になっていると言える。1つは同じタイトルを持つ歌詞との構造としての隠喩（メタファー）、もう1つは「ニューヨーク炭鉱」という個別の「悲劇」によって、人間の死という「悲劇」一般を表わす提喩（シネクドキ）である。「ニューヨーク炭鉱の悲劇」というタイトルは、テクストに一度も現れていないのであるが、その代わりに、対応するエピグラムと最後の部分によって、その比喩関係の枠組みを構成している作品と見ることができる。

## 9

　『中国行きのスロウ・ボート』の、タイトルが先行する5作品における、タイトルとテクストの比喩関係のあり方は、第一タイプの

「シドニーのグリーン・ストリート」が換喩、第二タイプの「中国行きのスロウ・ボート」が隠喩、「貧乏な叔母さんの話」が提喩、「カンガルー通信」が隠喩、そして第三タイプの「ニューヨーク炭鉱の悲劇」が隠喩と提喩のように、それぞれ異なった関係として認められた。この結果からは、テクストにおけるタイトルの出現の仕方のタイプと、タイトルとテクストとの比喩関係のタイプが対応しているとは言いがたい。

ただし、第三タイプの「ニューヨーク炭鉱の悲劇」は、タイトルがテクストに現れないことと、エピグラムを含めた作品構造が比喩関係を示すことが結び付いていると考えられる。第一タイプと第二タイプは、タイトル全体かその一部かという違いであり、テクストに頻繁に出てくるという点では共通している。比喩関係の異なりはそれぞれのタイトルの表わす内容や、タイトルにしたきっかけなどによるものと考えられる。

## 10

タイトル先行式ではない、「午後の最後の芝生」と「土の中の彼女の小さな犬」の2作品における、タイトルとテクストの関係も見ておきたい。

「午後の最後の芝生」というタイトルは、そのままではテクストの中に見られない。もっとも近いのは、テクストのちょうど半分あたりの、次の1節である。

> 十二時半に僕は芝生に戻った。最後の芝生だ。これだけ刈ってしまえば、もう芝生とは縁がなくなる。

ただ、「芝生」や「最後」は何度も繰り返されるし、「午後」もテクスト後半に一度ならず出てくるから、それらをまとめてタイトルにしたと考えられる。
　実際に、ストーリーは、ある夏の日に、芝生を刈る最後のアルバイトをした家で、その午後にちょっとした体験をするというものである。その点をふまえれば、タイトルとテクストは、場所と、そこで起る出来事という、換喩関係と見ることができる。しかし、テクストに折々に挿入される、恋人との関係のエピソードとも、隠喩的に関係付けることができる。それは次のような形で示される。
　上の引用のすぐ後に「「あなたのことは今でもとても好きです」と彼女の最後の手紙に書いていた」と「最後」が繰り返され、さらにこう続く。

　　僕はもう一度芝生を眺めた。それは僕の最後の仕事だったのだ。そして僕はそのことがなんとなく悲しかった。その悲しみのなかには別れたガールフレンドのことも含まれていた。この芝生を最後に彼女とのあいだの感情ももう消えてしまうんだな、と僕は思った。

そして、テクストの終わり近くの次の部分である。

　　「あなたは私にいろんなものを求めているのでしょうけれど」と恋人は書いていた。「私は自分が何かを求められているとはどうしても思えないのです」
　　僕の求めているのはきちんと芝を刈ることだけなんだ、と僕は思う。最初に機械で芝を刈り、くまででかきあつめ、それか

ら芝刈ばさみできちんと揃える——それだけなんだ。僕にはそれができる。そうするべきだと感じているからだ。

　もう1つ、「土の中の彼女の小さな犬」というタイトルは、村上が「あとからつけた」と言うように、そのままではテクストに現れにくく、タイトルとして、いかにもテクスト内の言葉を寄せ集め、圧縮したような表現になっている。
　この表現に対応する内容の話は、テクストの後半に出て来る。リゾート・ホテルで「僕」が知り合った女性が、小さい頃飼っていた犬が死んだとき自宅の庭に埋めて、それからという話である。それだけならば、このタイトルはその話の対象となる犬のことを指し示すことになろう。
　しかし、この話のテーマは、犬自体ではなく、必要に迫られて掘り返した時以来の、彼女のトラウマについてである。つまり、「土の中の彼女の小さな犬」というタイトルは、「心の中の彼女の小さな傷」という、そのテーマの隠喩に置き換えることが可能なものである。もっとも、それがテクスト全体のテーマにもなっているか、すなわちタイトルの中の「彼女」をさらに「僕」に入れ替えることができるかと言えば、必ずしも明らかにはなっていない。

## 11

　『中国行きのスロウ・ボート』における、タイトル先行式の作品と、そうでない作品と比べてみると、そうでないほうの作品のタイトルは2つとも、それ用に圧縮された作為性が認められ、イメージが湧きにくく感じられる。この作為性はテクストから帰納した結果だからでもあろうが、それゆえにそのテクストの全体と対応するタ

イトルになっているというわけでもない。「午後の最後の芝生」についても、隠喩としては「午後」がどれほど利いているかという疑問がある。

　いっぽう、先行式のタイトルのほうはどれもシンプルな表現で、タイトルとしてもごく自然である。そのうえ、「中国行きのスロウ・ボート」や「ニューヨーク炭鉱の悲劇」などの曲名、「シドニーのグリーン・ストリート」という俳優名が連想できれば、それぞれの具体的なイメージを持ってテクストに入ることになる。「カンガルー通信」や「貧乏な叔母さんの話」もイメージしやすいタイトルであろう。村上自身も、そのように何らかのイメージが喚起されやすく、強い刺激を受けた言葉だからこそタイトルとし、そこからテクスト化しようという気になったと考えられる。もっとも、読み手が想像するイメージのままではなく、あえて裏切るという企みを含めてである。

　タイトルとテクストの比喩関係のあり方の如何が、そのまま作品としての成否を左右するわけではないことは、言うまでもない。また、村上が短編小説においては、タイトルを先行させ、それがテクストとしてどのように展開するかを、自らの創作の楽しみにしていたとしても、読み手も同じようにして作品受容を楽しむ、あるいは楽しめるとは限らない。それでも、体裁としてはつねにテクストに先行してあるタイトルは、その作品における、読み手への最初の刺激として作用し、単に他と区別するためだけの符丁としてではなく、それ独自の意味・イメージを持つ名前として、テクストの読み進め方に何がしかの影響を及ぼすのは、確かであろう。

　『中国行きのスロウ・ボート』における作品は、タイトルに始まる。体裁的にはもとより、創作過程としてもその多くが当てはま

る。では、『中国行きのスロウ・ボート』における各作品は、タイトルに終る、と言えるか。これはつまり、タイトルとテクスト全体との比喩関係が、個別の作品ごとに、隠喩であれ、換喩であれ、提喩であれ、あるいはその複合であれ、成り立つかということである。

　これまで見てきた限りでは、おおよそ成り立つのではないかと言える。ことさらにそれが意図されたことが目立つ作品や、それからはみ出しているところが見られる作品や、関係が相対的に希薄な作品も認められたとしても、タイトルの働きはテクストの始まりを導き出すためだけの役割を果たすのではなく、テクストの終わりにまで及んでいると考えられる。それ自体が「ワンパターン」となっているのではないかという評価は、また別問題である。

「騎士団長殺し」

# 比喩とは何か

**1**

　村上春樹の長編小説「騎士団長殺し」について、まず結論を述べておく。

　この作品は、タイトルをめぐる冒険の物語である。

　タイトルには、「騎士団長殺し」という作品名はもとより、「顕れるイデア」と「遷ろうメタファー」という2つの編名、さらには64個の章名も含む。そのどれをとっても、村上作品の中では、新たな試みの、異例ずくめなのである。

　そして、最終章のほぼ最後にある「その子の父親はイデアとしての私であり、あるいはメタファーとしての私なのだ」という表現に倣って、この作品のテーマを示せば、次のようになる。

　　**タイトルは、イデアとしてのテクストであり、あるいはメタファーとしてのテクストである。**

　このようなタイトルに対するこだわりの根源を、村上はこのテクスト内で、いともあっさりとこう語る（引用末の数字は編・章番

号)。

　名前というのはなんといっても大事なものなのだから。〔2・64〕

## 2

　『騎士団長殺し』が出版されて2ケ月後に早くも、『みみずくは黄昏に飛びたつ』というインタビュー本が出された。帯には「『騎士団長殺し』誕生秘話」と銘打たれている。
　その中で、川上未映子の「まず、何といってもこの素晴らしいタイトル、『騎士団長殺し』。最初にぜひ伺っておきたいんですけれど、このタイトルはどのようにして？」という問いに対して、村上は次のように答える。

> 「騎士団長殺し」って言葉が突然頭に浮かんだんです、ある日ふと。『『騎士団長殺し』というタイトルの小説を書かなくちゃ」と。なんでそんなこと思ったのか全然思い出せないんだけど、そういうのって突然浮かぶんです。どこか見えないところで雲が生まれるみたいに。

　さらに続けて、「一度聞いたら忘れられない不思議な強さもあって」という川上の感想に対し、「でもそういうある種の不思議さって、タイトルには大事なんです。ちょっとした違和感みたいなものが」と述べる。
　ということは、村上自身、ふと頭に浮かんだという、この「騎士団長殺し」という言葉に「ある種の不思議さ」や「ちょっとした違和感」を覚えたということであり、だからこそタイトルに選んだと

いうことに他ならない。

　なお、「騎士団長殺し」という語そのものは、村上のオリジナルというわけではなく、テクストでは、この語が、作品の中心的なモチーフとなる謎の絵のタイトルであり、それがモーツァルトのオペラ曲の１シーンの名に由来することが示されている。

## 3

　「騎士団長殺し」という語がテクストに最初に現われるのは、第１編第５章である。

> 　その包みをそっと注意深く持ち上げてみた。重くはない。簡単な額におさめられた絵の重さだ。包装紙にはうっすらほこりが溜まっていた。かなり前から、誰の目に触れることもなくここに置かれていたのだろう。紐には一枚の名札が針金でしっかりととめられ、そこには青いボールペンで『騎士団長殺し』と記されていた。いかにも律儀そうな書体だった。おそらくそれが絵のタイトルなのだろう。〔1・5〕

　そして、「私は自分の内に湧き起こってくる好奇心を抑えることができなかった。とくにその絵のタイトルである（らしい）『騎士団長殺し』という言葉が私の心を惹きつけた。それはいったいどんな絵なのだろう？」と思う。

　このあたりは、村上が「騎士団長殺し」というタイトルを、自らの小説のタイトルとしてだけではなく、テクスト内でも何かのタイトルにしようとしたことがうかがえる。そして選ばれたのが絵であった。このようなタイトルの二重化つまり同一の語が当該テクス

トのタイトルであり、かつテクスト内のモチーフのタイトルでもあるというのは、以前の村上作品には見られなかった。

　テクストの語り手でもある「私」は、ためらいの後、包みを開けて絵を見たうえで、「だいたい、この作品になぜ『騎士団長殺し』というタイトルがつけられたのだろう？　たしかにこの絵の中では、身分の高そうな人物が剣で殺害されている。しかし古代の衣裳をまとった老人の姿は、どのように見ても「騎士団長」という呼び名には相応しくない。「騎士団長」という肩書きは明らかにヨーロッパ中世あるいは近世のものだ。日本の歴史にはそんな役職は存在しない。それでも雨田具彦はあえて『騎士団長殺し』という、不思議なタイトルをこの作品につけた。そこには何かの理由があるはずだ」のように、そのタイトルにますます興味を募らせてゆくことになる。

　それからしばらくして、モーツァルトのオペラ作品「ドン・ジョバンニ」の冒頭に「騎士団長殺し」のシーンがあることに思い至り、件の絵がそのシーンを描いたものであることに気付く。

　ここに至って、「騎士団長殺し」という言葉に対する「私」の好奇心は複雑化する。初めは、この言葉そのものに対してだったのが、この言葉から成るタイトルと絵の関係に移り、そしてこのタイトルと絵と「ドン・ジョバンニ」という物語との関連に対して、という具合に。

　このようにして、「騎士団長殺し」という物語は、「騎士団長殺し」という言葉をきっかけとして始まり、それをめぐって深化・展開して、火事による絵の焼失をもって終末を迎える。

## 4

物語の最後で、語り手の「私」は次のような感慨を抱く。

> 『騎士団長殺し』は未明の火事によって永遠に失われてしまったが、その見事な芸術作品は私の心の中に今もなお実在している。私は騎士団長や、ドンナ・アンナや、顔ながの姿を、そのまま目の前に鮮やかに浮かび上がらせることができる。手を伸ばせば彼らに触れることができそうなくらい具体的に、ありありと。彼らのことを思うとき、私は貯水池の広い水面に降りしきる雨を眺めているときのような、どこまでもひっそりとした気持ちになることができる。私の心の中で、その雨が降り止むことはない。
> 　私はおそらく彼らと共に、これからの人生を生きていくことだろう。〔2・64〕

これは、当該の絵そのものに関する感慨のように受け取れる。が、はたしてそうか。

村上自身においてもテクストにおいても、そもそものきっかけが「騎士団長殺し」という言葉＝タイトルそのものにあったのは、すでに確認した通りである。そして、それが言葉である限り、何かを意味するのであり、タイトルである限り、何かを指示するのである。その「何か」が、それを描いた絵であった。

では、その絵の実物が「永遠に失われてしまっ」ても、「私の心の中に今もなお実在している」のはなぜか。それは、「騎士団長殺し」という言葉＝タイトルが記憶の中に残っているからである。

「騎士団長や、ドンナ・アンナや、顔ながの姿を、そのまま目の前に鮮やかに浮かび上がらせることができる」のも、それぞれの名前がそれぞれのイメージを同定する契機あるいは根拠としてあるからである。つまり、テクストにおいて、絵の実物が「永遠に失われてしまった」とすることによって、この物語の冒険が終始、じつは「騎士団長殺し」という言葉＝タイトルをめぐるものであったということが顕在化するのである。

　さらに極論すれば、あくまでも小説というフィクションであるとしても、テクスト内では、絵のことが描写されていれば、その存在を信じるのがお約束ではあるけれど、もしかしたらその絵は、語り手の「私」の心の中にのみ、「騎士団長殺し」というタイトルをとおして存在するものだったのかもしれない。

　副題とも言える「顕れるイデア」と「遷ろうメタファー」という2つの編名は、件の絵自体には関与していない。その絵にイデアが顕れるわけでも、その絵がメタファーとなって遷ろうわけでもないからである。イデアにせよメタファーにせよ、関与するのは「騎士団長殺し」という言葉であり、それがタイトルとして関わる限りにおいて、その絵が取沙汰されるのである。

　すなわち、「騎士団長殺し」という小説は、その作品名がテクストにおいて絵の作品名にもなることによって、言葉としてのイデアとメタファーのありようを可視化して示そうとしたということである。

　それにしても、村上あるいは「私」は、なぜそんなにもこの「騎士団長殺し」という言葉に惹かれてしまったのだろうか。単に日本語として馴染みが薄いというだけでは理由として弱い。ふと頭に浮かんだ「騎士団長殺し」というタイトルに対して、「なんでそんな

こと思ったのか全然思い出せないんだけど」と語る村上は、自らの深層に潜む、その理由が何なのかを見出すために、この物語を書いたのではあるまいか。

　うがち過ぎという批判を恐れずに記せば、このタイトルのアナグラムの1つに、「きごうしょちしろんだ（記号処置試論だ）」がある。この物語はまさに、言葉という記号をどのように処置するかに関する試論として読めるのである。

## 5

　村上春樹が、2つの編名として「イデア」と「メタファー」という語を初めて用いた点も注目される。とりわけメタファーは村上文体の核と見なされてきた表現技法であるから、それをあえて編名の1つとして表に出したことは、当然ながら、自身のメタファーに対する問い直しを宣言したとも受け取れる。

　認知言語学者の瀬戸賢一は、『よくわかるメタファー』で、その単行本を文庫化するにあたり、わざわざ「補章　村上春樹とメタファーの世界」を付け加え、次のように、研究者ならではの見解を述べる。

　　村上春樹の久々の長編『騎士団長殺し』（二〇一七年、新潮社）の第2部は、「遷ろうメタファー編」の副題をもつ。用語としてのメタファーがようやく定着したな、とひとり合点した。この小説の中では、隠喩と暗喩も導入的に使用されるが、これはメタファーにまだ馴染みのない読者サービスだろう。大半はカタカナ表記のメタファーで通される。

　　同小説の中の用語を整理すると、傍線を付したものが実際に

使われたもので、縦列は同じ意味を表す。

<u>メタファー</u>、<u>隠喩</u>、<u>暗喩</u>

<u>シミリー</u>、<u>直喩</u>、<u>明喩</u>

頻度的にはメタファーが確かに群を抜く——初めて出るのは第２部の後半——が、村上作品を特徴づけるのはむしろシミリー（直喩、明喩）の方ではないか。用語そのものではなく、その個々の実例である。

また、近代文学研究者の西田谷洋が、『村上春樹のフィクション』の、本論ではなく「はじめに」であるにもかかわらず、いきなり「『騎士団長殺し』におけるメタファー」を取り上げたのも、フィクションを論じるうえで欠かせないメタファーが編名としても用いられたことから、一言言及しないではいられなかったからであろう。

ただ、どちらにせよ問題なのは、村上はメタファーをイデアとの対として取り上げている点に触れていないところである。

その対のポイントは、イデアは「顕れる」ものとして、メタファーは「遷ろう」ものとして示されているところにある。

しかも、イデアあるいはメタファーに関する表現は、ともにテクストの前後半を問わず出てくるにもかかわらず、その前半32章分を第１編「顕れるイデア編」とし、後半32章分を第２編「遷ろうメタファー編」としたことの意味も考えなければならない。

なお、どちらの編名もテクストに、「顕れるイデア」「遷ろうメタファー」という表現形そのままでは見られない。当初から二部構成にする予定だったか否かは不明であるものの、この２つのタイトルは作品名の場合とは異なり、事後的に、対のタイトルらしい形に整えられ付けられたと推測される。

# 6

　まずは、第1編の「顕れるイデア」というタイトルのほうから、確認してみる。
　「イデア」という言葉がテクストに初めて登場するのは、第1編後半の第21章である。
　「あなたは霊のようなものなのですか？」という「私」の質問に対して、謎の相手は次のように答える。

>　「で、諸君のさっきの質問にたち戻るわけだが、あたしは霊なのか？　いやいや、ちがうね、諸君。あたしは霊ではあらない。あたしはただのイデアだ。霊というのは基本的に神通自在なものであるが、あたしはそうじゃない。いろんな制限を受けて存在している」〔1・21〕

　これに先立って、絵に描かれた騎士団長の姿をしていることについて、こう語る。

>「あたしは何も絵の中から抜け出してきたわけではあらないよ」と騎士団長はまた私の心を読んで言った。「あの絵は——なかなか興味深い絵だが——今でもあの絵のままになっている。騎士団長はしっかりあの絵の中で殺されかけておるよ。心の臓から盛大に血を流してな。あたしはただあの人物の姿かたちをとりあえず借用しただけだ。こうして諸君と向かい合うためには、何かしらの姿かたちは必要だからね。だからあの騎士団長の形体を便宜上拝借したのだ。それくらいかまわんだろうね」

〔1・21〕

　この語りから単純に考えるならば、「顕れるイデア」とは、「騎士団長の形体を便宜上拝借し」た「ただのイデア」のことになろう。ただし、これには留意すべきことが4つある。
　1つめは、「顕れるイデア」における「顕れる」という連体修飾語は制限的用法であるという点である。つまり、イデアには顕れるもの・場合もあれば、顕れないもの・場合もあるということであって、このテクストではたまたま顕れるほうのイデアであったということである。もっとも、どちらであれ、イデアそのものとしては顕れえない。
　2つめは、「あらわれる」という語に、「現」や「表」という一般的な漢字ではなく、わざわざ「顕」という漢字を当てた点である。それは、「顕著・顕示」などの語があるように、はっきりする、明らかになるという点を強調するために他ならない。これは単にイデアが可視化するというだけでなく、イデアとは何かが明らかにされるということでもあろう。
　3つめは、「ただのイデア」の「ただ」には価値評価が伴っていないという点である。つまり、イデア相互に優劣があるということではなく、またそれを成り立たせる複数のイデアを想定しているわけでもなく、イデアそのものということである。
　4つめは、したがって、そのイデアは「何か」のイデア、たとえば「騎士団長」の霊に相当するようなものではないという点である。「騎士団長」はあくまでも「便宜上拝借」したにすぎず、その形体で顕れても、イデアが「騎士団長殺し」という絵あるいはその素材としての「騎士団長」とは必然的な関係を持っていないことを

意味する。

　それでは、イデアとは何か。物語の終り近く、第2編第59章で、「私」は中学生の秋川まりえに、次のように説明する。

　　「イデアというのは、要するに観念のことなんだ。でもすべての観念がイデアというわけじゃない。たとえば愛そのものはイデアではないかもしれない。しかし愛を成り立たせているものは間違いなくイデアだ。イデアなくしては愛は存在しない。でも、そんな話を始めるときりがなくなる。そして正直言って、ぼくにも正確な定義みたいなものはわからない。でもとにかくイデアは観念であり、観念は姿かたちを持たない。ただの抽象的なものだ。でもそれでは人の目に見えないから、そのイデアはこの絵の騎士団長の姿かたちをとって、いわば借用して、ぼくの前にあらわれたんだよ、そこまではわかるかな？」〔2・59〕

　が、結局はイデアを観念と言い換えただけのことであって、ついにその本質が分明にされることはない。そして、この物語はそれを明らかにすることを目的としたわけでもない。ただ、ひとえにメタファーとの関わりにおいてのみ、設定されたのである。

　この点に関して注目されるのは、第2編第38章での、「私」と「騎士団長」とのやりとりである。「つまり、何かの拍子に記憶喪失にでもかからない限り、あるいはどこまでも自然に完全にイデアに対する興味を失ってしまわない限り、人はイデアから逃げることができない」と述べる「私」に対して、「騎士団長」が「人間はイルカとは違って、ひと続きの脳しか持っておらんからね。いったん

ぽこっとイデアが生じると、それをうまく振り落とすことができないのだ。そのようにしてイデアは人間からエネルギーを受け取り、その存在を維持し続けることができたのだ」と返すところである。

これは、デカルトではないが、イデア＝観念を持つからこそ人間である、ということであろう。そして、イデア＝観念とは、鶏か卵かは別にして、否応なく、言葉つまり人類言語と結び付いているのである。2人のやりとりでは、とりあえずイデアはそれ自体として存在するかのようになってはいるけれど。

## 7

雨田具彦の絵に描かれた騎士団長そのままの姿を最初に発見した時、それを「騎士団長だ、と私は思った。」というのは、自然の成り行きである。そんな「私」に対し、「あの騎士団長の形体を便宜上拝借したのだ」と、自らの正体を暴露するイデアは、その前に「もし呼び名が必要であるなら、騎士団長と呼んでくれてかまわない」と断っている。つまり、イデアにとって、形体も便宜ならば呼び名も便宜にすぎない、ということである。とすれば、「顕れるイデア」というのも、あくまでも便宜として「顕れる」ということになる。

このような見方が何を導くかと言えば、言葉がイデア＝観念を顕す、あるいはイデア＝観念が言葉に顕れるとしたら、両者つまり言葉とイデア＝観念の関係は便宜にすぎないということである。この「便宜」は「恣意」に置き換えられる。あの、F・ソシュールが言語の本質とした恣意性である。

もっとも、便宜あるいは恣意であるから、何でもかまわないというわけではなく、「いろんな制限を受けて存在している」というの

も、社会的共有物としての言語に通じる。「騎士団長」の言う「形体化していないあとの時間は、無形のイデアとしてそこかしこに休んでおる。屋根裏のみみずくのようにな。それから、あたしは招かれないところには行けない体質になっている」というのも、F・ソシュールの主張するラングとランガージュの関係に比定できよう。

　形体化あるいは言語化しえないイデアがあるとしても、それは人間にとっては無いに等しい。実際、「私」がそうであった。騎士団長の形体を借り、言葉を用いることによって、イデアは「私」に意識され理解されることになっている。ただし、「騎士団長」という、視覚的・言語的な記号表現によって表わされるイデアという記号内容は、「イデア」という言葉によって表わされざるをえないのであるが、その「イデア」という記号表現に対応する記号内容が何かを説明することになればまた、「観念」との置き換えのように、堂々巡りに終わる。

　その意味で、イデアは人間にとって、記号という関係性においてしか成り立ちえない。しかも、記号関係はあくまでも便宜的・恣意的なものであるから、その記号表現のありようからは記号内容としてのイデアの内実は知りえない。しかし、何らかの存在をそれ自体としてだけではなく、記号表現と意識して、あるいは囚われてしまった時点で、その定かならぬ記号内容、たとえばイデアを求めることになるのである。

　何よりも、この作品において、「私」が「とくにその絵のタイトルである（らしい）『騎士団長殺し』という言葉が私の心を惹きつけた。それはいったいどんな絵なのだろう？」と思い、さらに「だいたい、この作品になぜ『騎士団長殺し』というタイトルがつけられたのだろう？」と疑うところに、それが端的に示されている。

このような、何に対してであれ、記号としてその内容＝イデアを求めようとする、あてどない記号活動（言語活動）は、それゆえに人間のみが有する習性として還元される。そのあてどなさは、「騎士団長殺し」という物語にも当てはまる。答えや助けを求める「私」に対して、イデアはいつも、その核心ではなくヒントをほのめかすばかりである。それは逆から考えれば、イデア＝記号内容はそのようなものとしてしか存在しない、ということである。

先に、この作品において、イデアは「ひとえにメタファーとの関わりにおいてのみ、設定された」と記したが、それはメタファーという記号表現を取り上げるためには、対応すべき記号内容たるもの、すなわちイデアが必要だったということに他ならない。そして、第1編の編名に「イデア」を持って来たのは、内容→表現という、一般に想定される創作プロセスに即したからと考えられる。

## 8

今度は、第2編の「遷ろうメタファー」というタイトルを取り上げる。とはいえ、このテクストにもふんだんに見られる比喩表現の実例についてはとくには触れず、その捉え方のほうについてのみ問題にしたい。

それはまず、「騎士団長殺し」というタイトルの絵に関して論じられる。絵とタイトルの関係は、同じく言語表現である小説とそのタイトルとの関係に比べれば、表現の位相を異にする分だけ、扱いが面倒である。

「私」は、「騎士団長殺し」というタイトルとその絵の関係について、激しい戸惑いを覚え、「騎士団長」に問いかける、「あの絵は見るものに何か強く訴えかけてきます。雨田具彦は、彼が知っている

とても大事な、しかし公に明らかにはできないものごとを、個人的に暗号化することを目的として、あの絵を描いたのではないかという気がするのです。人物と舞台設定を別の時代に置き換え、彼が新しく身につけた日本画という手法(メチエ)を用いることによって、彼はいわば隠喩として告白を行っているように感じられます」のように。

　ここに、「いわば隠喩として」という表現が用いられている。この「隠喩」とは、「騎士団長殺し」というタイトルとその絵との関係において設定されたものであり、たとえられるのがタイトル、たとえるのが絵のほうであって、その逆ではない。つまり、まずタイトルありき、ということである。

　この両者に対する隠喩という関係設定は、絵とタイトルの関係一般としてではなく、件の絵とタイトルだからであり、その理由を、「私」は「見るものに何か強く訴えかけて」くる、描き手の雨田具彦にとって「とても大事な、しかし公に明らかにはできないものごと」が描かれていると感じるところに見出す。おそらく、「騎士団長殺し」というタイトルの付いた絵が、いかにも騎士団長らしき格好をした当時の西洋人が刺殺される場面を描いた絵であったならば、当たり前の作品とタイトルの関係としか考えられず、それ以上に、なぜそういう絵を描いたのかとか、あるいはなぜそのようなタイトルなのかとかいう疑問を抱かれることはなかったであろう。それは、「ドン・ジョバンニ」という物語の1シーンであることを知っていても知らなくても、変わりはあるまい。

　件の絵とタイトルは、そのような当たり前の関係ではないことから、隠喩としての解釈が求められたわけである。この過程自体は、言語表現における隠喩の解釈の場合とまったく同じであって、タイトル（言語）と絵画の関係に限ったことではない。

「騎士団長殺し」：比喩とは何か

ただ、隠喩としての関係は、両者を結び付ける解釈ができてこそである。「私」はそれができないゆえにもどかしく思い、「騎士団長」に答えを求める。ということは、隠喩らしいという可能性は認められても、通常の隠喩としてはまだ成り立っていないのである。まさに「比喩もどき」状態なのである。

　「騎士団長」は「私」の期待する答えにはならない答えを繰り返す。すなわち、「もしその絵が何かを語りたがっておるのであれば、絵にそのまま語らせておけばよろしい。隠喩は隠喩のままに、暗号は暗号のままに、ザルはザルのままにしておけばよろしい。それで何の不都合があるだろうか？」、また「雨田具彦の『騎士団長殺し』について、あたしが諸君に説いてあげられることはとても少ない。なぜならその本質は寓意にあり、比喩にあるからだ。寓意や比喩は言葉で説明されるべきものではない。呑み込まれるべきものだ」のように。

　「隠喩・暗号・寓意・比喩」のように、さまざまに言い換えられてはいるが、「私」同様、「騎士団長」もまたその絵を、正確にはタイトルと絵の関係を、隠喩として一応認めていることになる。ただ、「私」と異なるのは、「言葉で説明されるべきものではない。呑み込まれるべきものだ」とする点である。

　これは、比喩とは言葉にして対象化されるものではなく、自らの1回的な体験として受けとめるものである、の謂いと考えられ、それを「生きた隠喩」とした、P・リクールの存在論的な考えに近い。そして、別の言葉で言い換えることができる比喩は、他ならぬ比喩であることの必然性に乏しい、「死んだ比喩」いわゆる単なるレトリックということになる。

　とはいえ、やはり厄介なのは、絵という視覚芸術作品が関わると

いう点である。記号の典型としての言葉とは違い、それが具象画ならば、宗教的なイコンは別にして、描かれた対象それ自体としての認知さらには鑑賞が可能である。つまり、そのままの認知・鑑賞という体験もありえるのである。「騎士団長」の「絵にそのまま語らせておけばよろしい」や「呑み込まれるべきものだ」などの発言は、そのような体験について言っていると取ることもできる。その場合、当然ながら、隠喩関係は存在しない。

　にもかかわらず、「私」に限らず、記号する人間としては、その体験の衝撃を言葉として、つまりは比喩としての意味を説明せずにはいられないのである。それ自体はほぼ習性であるから、目的も意義もない。先に引いた「騎士団長」とのやりとりの後、そのことを自覚した「私」は自ら使ってしまっていた比喩をわざわざ傍点付きで示し、やや自嘲ぎみに、こう述懐するのである。

　　今までこれが自分の道だと思って普通に歩いてきたのに、急にその道が足元からすとんと消えてなくなって、何もない空間を方角もわからないまま、手応えもないまま、ただてくてく進んでいるみたいな、そんな感じだよ。
　　行方の知れない海流だろうが、道なき道だろうが、どちらだってかまわない。同じようなものだ。いずれにしてもただの比喩に過ぎない。私はなにしろこうして実物を手にしているのだ。その実物の中に現実に呑み込まれてしまっているのだ。その上どうして比喩なんてものが必要とされるだろう？〔1・21〕

## 9

　メタファーに関する議論が本格的に展開されるのは、第2編後半、「私」が「騎士団長」というイデアを殺した後、「騎士団長殺し」の絵に描かれた「顔なが」が登場してからである。

　「私」が「顔なが」に対して、「おまえはいったい何ものなのだ? やはりイデアの一種なのか?」と尋ねると、「顔なが」は「いいえ、わたくしどもはイデアなぞではありません。ただのメタファーであります」、「ただのつつましい暗喩(あんゆ)であります。ものとものをつなげるだけのものであります」、「わたくしはただのしがない下級のメタファーです。上等な暗喩なぞ言えません」、「わたくしはまだ見習いのようなものです。気の利いた比喩は思いつけないのです。許しておくれ。でも偽りなく、正真正銘のメタファーであります」、「わたくしはただ、事象と表現の関連性の命ずるがままに動いているだけであります。波に揺られるつたないクラゲのようなものです」のように繰り返す。

　さらに、「おまえが本物のメタファーなら、縄抜けくらい簡単にできるんじゃないのか。要するに概念とか観念とかそういうものの一種なのだから、空間移動くらいできるだろう」という「私」の言葉に、「いいえ、それは買いかぶりであります。わたくしにはそんな立派な力は具わっておりません。概念とか観念とか呼べるのは、もっと上等なメタファーのことです」と切り返す〔2・52〕。

　「騎士団長」の言う「ただのイデア」の「ただ」とは異なり、「顔なが」の言う「ただのメタファー」というのは、「しがない下級のメタファー」や「見習いのようなもの」あるいは「もっと上等なメタファー」などの表現と照らし合わせれば、あきらかに価値観を示

している。つまり、イデアには優劣がないが、メタファーには優劣がある、ということである。

　また、イデアのほうはそれ自体としては目に見えないものなので、「騎士団長」という姿を借りたということになっているが、「顔なが」として姿を現わしたメタファーについては、その素性が問われることはない。

　なぜか。目に見える姿こそがメタファーだからである。ゆえに、その「顔なが」と名付けられた異形やみすぼらしい身なりがそのままメタファーとしての下級性を示す。そして、メタファーの上等と下級を分けるのは、何をたとえるかにあり、上等なメタファーは「概念とか観念とか」をたとえたものであるのに対して、下級のメタファーは、「起こったことを見届けて、記録するのがわたくしの職務のだ。」と言う通り、個々の事象をたとえたものである。この後者であっても、「偽りなく、正真正銘のメタファーであります」と「顔なが」が断言できるのは、それ単独としてではなく、「ものとものをつなげる」あるいは「事象と表現の関連性の命ずるがままに動」くという関係性において、その存在が認められるからである。

　後に登場する、「騎士団長殺し」の絵に描かれた１人「ドンナ・アンナ」が、メタファー世界について、「目に見えるすべては結局のところ関連性の産物です。ここにある光は影の比喩であり、ここにある影は光の比喩です」と語るのは、まさにメタファーがそのようにして成り立つものであることを示している。

## 10

　先の「私」と「顔なが」のやりとりを経たうえで、このテクスト

の、あるいはこのメタファー論の要とも言える「メタファー通路」や「二重メタファー」という語が出てくる。

「メタファー通路」について、「顔なが」は「個々人によって道筋は異なってきます。ひとつとして同じ通路はありません。ですからわたくしがあなた様の道案内をすることはできないのだ」と言い、「あなた様がメタファー通路に入ることはあまりにも危険であります。生身の人間がそこに入って、順路をひとつあやまてば、とんでもないところに行き着くことになる。そして二重メタファーがあちこちに身を潜めております」と言う。

「メタファー通路」が「メタファー世界」に通じるということは想像しやすいが、「個々人によって道筋は異な」り、「生身の人間がそこに入って、順路をひとつあやまてば、とんでもないところに行き着くことになる」とは、どういうことか。

前掲の西田谷洋『村上春樹のフィクション』は、「写像の一般性を見ずに個人性・独創性に価値を置く点で、『騎士団長殺し』のメタファー観は、ステレオタイプ的な芸術の独創性、芸術の天才性と親和性がある」と評する。もし「芸術の独創性、芸術の天才性」の顕れとしてのメタファーということならば、「生身の人間」つまり普通人がその方法を模倣しようとしても、ひどい失敗に終わるということを意味しているのかもしれない。

「ドンナ・アンナ」も唐突に、

> そして優れたメタファーはすべてのものごとの中に、隠された可能性の川筋を浮かび上がらせることができます。優れた詩人がひとつの光景の中に、もうひとつの別の新たな光景を鮮やかに浮かび上がらせるのと同じように、言うまでもないことです

が、最良のメタファーは最良の詩になります。あなたはその別の新たな光景から目を逸らさないようにしなくてはなりません」〔2・55〕

のように説明し、「私」も、

　　雨田具彦の描いた『騎士団長殺し』もその「もうひとつの別の光景」だったのかもしれないと私は思った。その絵画はおそらく、優れた詩人の言葉がそうするのと同じように、最良のメタファーとなって、この世界にもうひとつの別の新たな現実を立ち上げていったのだ。〔2・55〕

のように納得する。ここにも、たしかにメタファーにおける「芸術の独創性、芸術の天才性」についての「ステレオタイプ的」な見方が示されているように受け取られる。

　しかし、そもそもメタファー世界は、その優劣に関係なく設定されたはずであるから（そうでなければ「顔なが」は存在しえない）、優れた、上等のメタファーばかりに当てはまるものではない。メタファー世界が対極としての現実世界と異なるのは、「ドンナ・アンナ」が説明するごとく、どんな存在であれ、それ自体としてのみでは成り立たないという1点である。じつは、これはすなわち言語記号の世界のありようとそのまま重なる。

　それでは、「二重メタファー」とは何か。これに関しても、「ドンナ・アンナ」がこう説明する。

　　あなたの中にありながら、あなたにとっての正しい思いをつか

まえて、次々に貪り食べてしまうもの、そのようにして肥え太ってゆくもの。それが二重メタファー。それはあなたの内側にある深い暗闇に、昔からずっと住まっているものなの」〔2・55〕

　この説明そのものが「二重メタファー」のようであって、なぜメタファーなのか、なぜ二重なのかが判然としない。西田谷洋『村上春樹のフィクション』の、「メタファーが個人の主体的な写像設定によって成立するのに対し、二重メタファーとはメタファーの「正しい思い」、プラス方向へのベクトルとは正反対、マイナスの方向へと作用するベクトルを持つものである」という説明もまた判然としない。単にたとえ方如何の問題ならば、陳腐に過ぎよう。

　先の説明に先立つ、「心をしっかりと繋ぎとめなさい」「心を勝手に動かせてはだめ。心をふらふらさせたら、二重メタファーの餌食になってしまう」という「ドンナ・アンナ」の言葉から推測するならば、「二重メタファー」とは、何を、何のために、何にたとえるかという、メタファーの目的・意図に関わっていると考えられる。これらが「ふらふら」していると、その創作であれ受容であれ、メタファーはメタファーとしての役割つまり適切に関連付ける役割を果たさないということである。

　「二重」というのはしたがって、2つという意味ではなく、目的・意図が焦点化されず、曖昧ということである。すでに述べたように、メタファーはその関連付けのありようが理解されて、あるいは受け入れられてはじめて成り立つのであるから、それが曖昧としていたのでは、あくまでもその可能性のまま留保された状態にあって、「正真正銘」の「本物」のメタファー世界たりえないのであ

る。しかし、それを逆手に取って試みられたのが「比喩もどき」なのであった。

## 11

　さて、それではなぜ『騎士団長殺し』の第2編のタイトルとして、「遷ろうメタファー」という表現が選ばれたのか。「イデア」と「メタファー」は対置されているのであるから、ポイントは、「遷ろう」のほうにある。

　「遷ろう」は、空間的・瞬時的・意図的な移動ではなく、時間的・漸次的・自然的な変化を意味する語である。その点で、第2部において展開されるメタファー世界の冒険は、それを終えた後の「私」の「私はメタファーの世界から現実の世界に戻ってきた。言い換えるなら、まっとうな時間と気温を持つ世界に復帰したということだ」という確認から言えば、メタファー世界は「まっとうな時間」を持たないものであり、「遷ろう」はなじまない。なじむとすれば、メタファー世界をはさんだ前後における現実の世界においてであり、この前後の変化において、「騎士団長殺し」という絵のメタファーは、「私」にとって確実に「遷ろう」ものとなったのである。

　その遷ろいとは、メタファー世界の冒険を通して、謎として対象化されていたメタファーが、事後的に気付けば、体験化・血肉化されたということである。つまり、「遷ろうメタファー」という第2編のタイトルは、「騎士団長殺し」という物語における、このような「私」と「メタファー」との関わり方の変化を物語っているのである。

## 12

　「騎士団長殺し」という小説は、第1編に32章、第2編に32章の、計64章から成る。加えて、作品冒頭には「プロローグ」がある。また第1編最後の第32章は約1ページ分の引用文のみである。この64章の全部にタイトルが付されている。それらのタイトルについても、簡単に触れておこう。

　この作品における章タイトルには、際立った特徴が3点ある。

　第一に、単語のみから成るものはなく、すべて1句あるいは1文のタイトルであるという点、第二に、それらは当該章のテクストの中から、ほぼそのまま抜き出されているという点、そして第三に、第一・第二点から、章のタイトルは各テクストが出来上がってから付けられたことが明白であるという点である。

　問題は、抜き出す基準は何だったのか、である。形式ではなく、内容として、各章のテクストにおいて重要な意味を持つ、そして物語の展開や主題に関わる表現が選ばれそうであるが、この作品に関してはそのようにはなっていない。

　たとえば、各章の冒頭や結末という部分は当該テクストの中でそれなりに重要な位置にあるが、64章のタイトルのうち、結末部分から採られているのはわずか3例（第5・8・64章）で、冒頭部分からはまったく採られていない。

　このうち、第64章は最終章であるから、その結末部分からタイトルが抜き出されているのは、他の章とは違った特別の重きがあると言えなくもない。そのタイトルは「恩寵のひとつのかたちとして」であり、当該テクストは次のようになっている。

私はおそらく彼らと共に、これからの人生を生きていくことだろう。そしてむろは、その私の小さな娘は、彼らから私に手渡された贈りものなのだ。恩寵のひとつのかたちとして。そんな気がしてならない。
「騎士団長はほんとうにいたんだよ」と私はそばでぐっすり眠っているむろに向かって話しかけた。「きみはそれを信じた方がいい」〔2・64〕

　この「恩寵のひとつのかたちとして」の娘のことが出てくるのは第63章になってからであり、物語全体からすれば、また他の章タイトルに倣えば、文字通り最後の「きみはそれを信じた方がいい」の1文がタイトルでもよかったように思える。
　テクストにおける位置だけでなく、当該章のテクスト中での反復表現も内容的に重要な要素として注目されるが、タイトルに用いられている表現が反復されるのは9例（第8・10・14・15・16・29・45・54・61章）程度しかなく、全体に及ぶ基準とは言いがたい。

## 13

　手掛かりになりそうなのが、タイトルに用いられた指示語で、20タイトル、全体の3分の1近くに用いられている。
　指示語は、場を共有しないと理解されない。テクストに描かれた現場であれ、文脈であれ、観念であれ、テクストに先立つ章タイトルに、当該章のテクストに関わると見られる指示語が用いられた場合、読み手はその内容を特定しえないのである。つまり、テクストの事前情報としては不完全であり、さらに言えば、肝腎なところが欠けているということである。そういう指示語が章タイトルに多用

されているのは、あえて情報を欠如させることによって、当該章のテクストへの興味を喚起するためという理由以外には想定できない。

　このことは、指示語を用いていない章タイトルにもあてはまるのであって、たとえば、「みんな月に行ってしまうかもしれない」（第2章）、「好奇心が殺すのは猫だけじゃない」（第18章）、「フランツ・カフカは坂道を愛していた」（第28章）、「そういえば最近、空気圧を測ったことがなかった」（第34章）、「オレンジ色のとんがり帽をかぶった男」（第52章）、「火掻き棒だったのかもしれない」（第53章）などなど、「騎士団長殺し」という物語を読み進めてゆくにあたって、その物語の世界や展開とどのように関わるのかが分かりづらいタイトルをあえて付けた節が見られる。

　実際、当該テクストから抜き出したことは、読めば気付くのではあるが、それゆえにその章のタイトルとして、いかにもふさわしいと事後的に感じられるということにもならないはずである。

　つまり、「騎士団長殺し」における章タイトルは、各章のテクストから抜き出すことによってテクストに寄り添いつつも、その一方で、読み手の興味を喚起し続けるために、テクスト内容の中心を予想させないように意図して、任意に選ばれたのではないかということである。

　これは、「騎士団長殺し」という作品名、「顕れるイデア」と「遷ろうメタファー」という編名の、主題に密接につながるタイトルとは対極的な命名であって、それによって、各レベル相互のタイトルのありようのバランスを図ったとも考えられなくはない。

　このような章タイトルも、比喩としてみなすならば、作品名の「騎士団長殺し」が作品全体に対する隠喩、編名の「顕れるイデア」

と「遷ろうメタファー」がそれぞれの編の内容に対する提喩であるのに対して、各章全体のテクストに対するその一部という点で、換喩となろう。

## 14

　ふと思い浮かんだ「騎士団長殺し」という言葉をタイトルとした物語を創作しようとした時、村上がまず試みたのは、物語的に、その言葉＝タイトルが意味・指示するのは何かを考えることであったろう。このような創作過程は、すでに村上が何度も繰り返し体験してきたことであろうが、「騎士団長殺し」に至って、その過程そのものを問い直すことになった。

　つまりそれは必然的に、言葉とは何か、タイトルとは何か、そしてそれによる芸術とは何かという問題に及び、そういう問題意識を強く抱きながら、自らが小説という作品を書くならば、絵画に置き換えながらも、自己言及的にならざるをえない。その意味で、「タイトルをめぐる」というメタレベルの「冒険の物語」になったのである。

　「騎士団長殺し」における各レベルのタイトルにおいて、「騎士団長殺し」という作品名が所与的にテクスト前に設定されたのに対して、「顕れるイデア」「遷ろうメタファー」という編名および64の章名は、テクスト後に付けられたものであろう。また、「騎士団長殺し」という作品タイトルは、この作品内の物語を起動させるもっとも重要なモチーフを表わし、編の2タイトルは、その作品タイトルをめぐる物語の2本柱としての重要性を持つのに対して、章のタイトルは、対するテクスト側にあって、物語の展開をあえて予想させないエピソードの暗示になっている。

「騎士団長殺し」において、「タイトルがイデアとしてのテクストである」というのは、そのテクスト全体のイデアが作品タイトルとして「顕れる」ということであり、「タイトルがメタファーとしてのテクストである」というのは、作品タイトルとテクスト全体がメタファー関係としてあり、その関係が相互に作用して「遷ろう」ということである。

　このように、タイトルに対する、また比喩に対する、一貫した、強烈なこだわりによって生み出された「騎士団長殺し」という作品は、村上春樹文学においてはもとより、広く日本の近現代文学においても、きわめて稀有な存在であると言えよう。

「1973年のピンボール」

# 比喩を英訳するとどうなるか

## 1

● 考えるに付け加えることは何もない、というのが我々の如きランクにおける翻訳の優れた点である。左手に硬貨を持つ、パタンと右手にそれを重ねる。左手をどける、右手に硬貨が残る。それだけのことだ。

★ One of the great points about our level of translation was that there was no extra thinking involved. You'd have a coin in your left hand, slap your right hand down on your left, slide away your left hand, and the coin would remain on your right palm. That's about all there was to it.

●は、村上春樹の「1973年のピンボール」（講談社文庫、1983年による）の表現、★の英文は、その訳である（Alfred Birnhaum, *Pinball. 1973*、講談社英語文庫、1985年による）。

さて、この両者は、ここでの説明通りの関係になっているだろう

か。たとえば、比喩に関して。

　三宅鴻「翻訳者はなお、不可能に立ち向かう」は、英語の比喩の和訳について、次のように言う。

> どういう比喩はそのまま残せるか、どういう比喩は日本語で適宜置きかえるか、さらにどういう比喩は置きかえただけでは平凡だから少々原語のさまを残すか、訳としては原理的にこの三種しかない。

　これに即して言えば、冒頭の村上の比喩は、英語に翻訳しても、ほぼ「そのまま残せる」ケースだったように思われるのであるが。

## 2

　村上春樹の小説に見られる比喩の多くが特徴的であることについては、すでに多くの指摘がある。彼が日本よりもアメリカの現代小説を好み、そのいくつかの和訳もし、彼自身の小説の表現にその影響が顕著であることも知られている。デビュー作「風の歌を聴け」は、はじめは英語で書き、のちにそれを日本語に訳したのだとも言われる。

　このような作家ならば、その用いる比喩は英訳しやすい、つまりそのまま英語に置き換えられるものが多いのではないかという仮説が成り立つ。というより、もともとは英語の比喩を日本語に置き換えたということもありえそうである。

　翻訳家のジョン・ベスタの「何が比喩を生み育てるのか」は、次のような例を挙げる。

たとえば、"cool as a cucumber"（キュウリのごとく冷静に＝落ち着き払って）という表現がある。キュウリと落ち着きとは、奇妙な取りあわせと言って言えないこともない。だが、これはよく使われる比喩であって、少くとも私は、へんな譬えだと思ったことは一度もない。

　これはあくまでも英語の慣用表現としては、ということであって、それをそのまま「キュウリのごとく冷静だ」と和訳したら、違和が感じられるだろう。しかし、だから村上春樹の比喩が特徴的になるのだという話にはならない。かりに彼がそういうパターンになる比喩をたくさん知っていたとしても、それを使えばいいということでは済むまい。
　英語と日本語のどちらでも、慣用的あるいは独創的という比喩もありえようし、日本語では慣用的でも英語ではそうではないという比喩も考えられなくはない。
　はたして、実際にどうなっているか。「1973年のピンボール」のテクストの中から、いくつかの比喩を見てみよう。
　ちなみに、英訳者のアルフレッド・バーンハイムについて、村上は「非常に有能で、意欲あふれる翻訳者でした。もし彼が僕のところにそういう話を持ってこなかったら、自分の作品を英語に翻訳するなんて、その時点では思いつきもしなかったでしょう」（『職業としての小説家』）と語っている。また、村上作品の英訳者の一人であるR・ジェイも「村上作品の国際的な人気はアルフレッド・バーンハイムという翻訳者に負うところが大変大きい。初めて英語圏の読者の興味を引いたのが、バーンハイム氏の『羊をめぐる冒険』の生き生きした訳だったからだ」（『村上春樹と私』）と述べている。

# 3

- ●窓の外のゴルフ場の金網には名も知らぬ鳥が腰を下ろし、機銃掃射のように鳴きまくっていた。
- ★Outside the window, birds,which I coudn't identify either, preched on the chainlink fence of the golf course and chattered away rapid fire.

　英語の "rapid fire" は名詞としては、小火器の連射のうちの速射のこと、それが形容詞として、矢継ぎ早の、という意味で、とくに比喩的というほどではなく、ごく普通に用いられる言葉のようである。ここでは直喩としての「のように」という指標に対応する表現さえ用いられていない。

　それに対して、日本語の「機銃掃射のように」という表現は "rapid fire" と同様の意味で十分理解可能であり、慣用的というほどではないにせよ、次に引用する、利沢利夫『戦略としての隠喩』の説明ほどには、とりたてて独創的とも言いがたい。

> 主体である金網の上の鳥の鳴声と、比較体である機銃掃射とを、読者はそれまでに結びつけてみたことはなかったはずである。二つを相似関係で結びつけた文に出会うことによってはじめて、わたしたちはそこに共通性があることを知ることになる。

　それでも、この例は、英語表現に比べれば、日本語のほうが比喩性を持っていると思われる。

# 4

 しかし、英語では慣用的な比喩をそのまま日本語に置き換えれば独創的な比喩になるという例は、存外見当たらない。
 たとえば。

●ちょうどね、万力にかけられたような具合だったね。まるっきりのペシャンコさ。
★I mean, it looked as if it'd been mangled in a vise. Flat as a pancake.

 "as flat as a pancake" は英語の慣用的な比喩で、平べったいさまを表わすが、その表現をそのまま日本語に置き換えれば、それなりの斬新さはあるだろうが、「ペシャンコ」感が出せるかどうかは微妙である。

●実際に歩いてみると建物はひどく広い。
★It was a monster of a building when you actually started walking around the place.

 これも同様である。"monster" は怪物・化け物の原義から転じて、物事の度はずれたさまを表わし、ここでは建物の「ひどく広い」さまに対応するが、和訳して「怪物のような建物」という表現にしたなら、英語より比喩性は感じられるかもしれない。
 もちろん、このような見方はそもそも転倒している。なにせ問題にすべきは、日本語の原文を英語にどのように翻訳しているかで

あって、その逆ではないのだから。「ペシャンコ」という日本語オノマトペにそのまま対応する英語がないので、やむをえず慣用的な比喩を用いたということかもしれないが、いっぽうでは、「ひどく」に対応する英語の程度副詞よりも、"a monster of" のほうが「ペシャンコ」に見合う程度の修辞性は認められる。

## 5

　日本語と英語、ともに慣用的な比喩として対応する例も、ほとんど見出されない。次の2つの比喩表現はそのわずかな例。

- ●ガラスは氷のように冷ややかであり、僕の手の温もりは白くくもった十本の指のあとをそこに残した。
- ★But in any case, I laid my hand on the glass top. Cold as ice, it clouded over from the heat of my hand, leaving the white outline of ten fingers.

- ●三日ばかり風邪で休んだおかげで仕事は山のようにたまっていた。
- ★Down with a cold for three days, a backlog of work awaited me on my return to the office.

　「氷のように」に対する "as ice"、「山のように」に対する "a backlog of"、両方ともそれぞれの言語において慣用的な比喩である。後者には "a mountain of" という、「山」に対応する表現もあるが、"backlog" には、沢山溜まっているというニュアンスがあり、文脈的にはこのほうがよりふさわしい。

- ●工事人は呆然としたきり十五秒間口もきけなかったが。双子も黙っていた。だから仕方なく僕が沈黙を破った。
- ★Dumbstruck, the repairman just stood there with his mouth, open for fifteen seconds. For that matter, the twins weren't exactly bubbling with conversation either. I figured it was up to me to break the ice.

「沈黙を破る」という翻訳的な日本語表現は、かつては比喩性が感じられたかもしれないが、今はほとんど字義的であろう。「沈黙の氷を破る」ならともかく。英語の "break the ice" も言うまでもなく慣用句である。

## 6

以上のような例を除けば、「1973年のピンボール」に見られる比喩の大方は、ほぼそのまま英訳されているとなりそうである。とすれば、日本語としても英語としても、その表現は決して慣用的ではなく、それぞれにおいてそれなりに生きた比喩となっていることになる。

サンプルとして、その一部を挙げてみる。

- ●とにかく遠く離れた街の話を聞くのが好きだ。そういった街を、僕は冬眠前の熊のように幾つも貯めこんでいる。
- ★I had stocked up a whole store of these places, like a bear getting ready for hibernation.

- ●車内の空気はヒーターと煙草でムッとして、カー・ラジオは古

い艶歌をがなり立てていた。はね上げ式の方向指示器くらい古くさい歌だった。

★The taxi was stuffy inside from the heater and cigarette smoke, and an old *enka* ballad crooned out of the car radio. A real oldie from the days of pop-on turn signals.

●小学校の廊下みたいなフェアウェイがまっすぐ続いているだけだった。

★Only straight fairway like the corridor of an elementary school.

●眠りは浅く、いつも短かった。暖房がききすぎた歯医者の待合室のような眠りだった。誰かがドアを開ける度に目が覚める。時計を眺める。

★He slept lightly, and never for very long. It was like sleeping in a dentist's overheated waiting room. Whenever anybody opened the door, you'd wake up. He gazed at the clock.

●でも面白味のない台でしてね、『ビルボード』誌の評を借りるなら『ソビエト陸軍婦人部隊の官給ブラジャーの如きピンボール・マシーン』であったわけです。

★But not a particularly interesting machine. Or rather, as the article in *Billboard* put it, 'A pinball machine like a Soviet government issue woman's army brassiere.'

# 7

　しかし、である。表現上はほぼそのまま対応する比喩であっても、日本語と英語では、その理解のされ方に差があると考えられる例もなくはない。

- ●恐ろしい数のピンボール台だ。(略)僕は反射的に体を動かした。そうでもしなければ僕までもがそのガーゴイルの群れに組み込まれてしまいそうな気がしたからだ。
- ★The sheer number of machines was overwhelming. (略) My only reflex was to move. If didn't, I felt would have been counted in with these gargoyles.

「ガーゴイル」とは人や動物などの形をした怪物の彫刻のことであるが、これは日本においてすでに一般化している外来語とまでは言えまい。その意味を知らなければ、この比喩は理解できない。その点、原語そのままの英訳のほうが英語圏読者には理解されやすいだろう。
　次は、その逆のパターン。

- ●そしてその広大な敷地を見下してぜんまいのように曲った背の高い水銀灯が何本も立ち並び、不自然なほど白い光を隅々まで投げかけていた。
- ★A row or two of mecury-vapor lamps, peering down over the expanse, arched up like overgrown fiddle-heads, casting an unnatural white light into everycorner of the grounds.

「1973年のピンボール」：比喩を英訳するとどうなるか

日本語の「ぜんまい」はシダ科の植物のことであり、その茎の先端の若芽の形が想起できれば、水銀灯の様子の比喩として容易に理解できよう。それに対して、「ぜんまい」に対応する英語は"Japanese royal fern"のようであるが、英訳では"fiddle-head"という、元はバイオリン頭部の装飾模様のことを表わす語に置き換えられている（しかも適切な形容とは言いがたい"overgrown"という言葉まで添えて）。食用とするか否かを含め、その植物自体に対するなじみ具合という点からすれば、英訳はどちらの語にせよ、意味が分かったとしても、比喩としては理解しづらいと見られる。

## 8

　村上春樹の比喩には、よく固有名詞を用いたたとえが見られる。次の例もその1つ。

- ●直子は首を振って一人で笑った。成績表にずらりとAを並べた女子学生がよくやる笑い方だったが、それは奇妙に長い間僕の心に残った。まるで「不思議の国のアリス」に出てくるチェシャ猫のように、彼女が消えた後もその笑いだけが残っていた。
- ★Naoko shook her head and smiled to herself. It was a sort of straight-A coed smile, but it lingered in my mind an oddly long time. Long after she'd gone, her smile remained, like the grin of the Cheshire Cat in *Alice in Wonderland*.

　英訳もほぼそのとおりの比喩表現になっている。日英で、どちらが比喩としてユニークか、あるいは理解されやすいかということを

考えてみると、どちらとも言えない。言語圏に関係なく、「不思議の国のアリス」という作品を読んだことがあるか否かである。読んで覚えていれば、その印象はきわめて鮮明であるのに対して、そもそも知りさえしなければ、意味不明である。

同様に、それなりに知られていると思われる人名などの固有名詞をたとえとした例として、次のようなものもある（英訳も同じなので省略）。

● 「いったいどうやって暮してるの？ まるでロビンソン・クルーソーじゃない？」

● ピンボールの唸りは僕の生活からぴたりと消えた。そして行き場のない思いも消えた。もちろんそれで「アーサー王と円卓騎士」のように「大団円」が来るわけではない。

● 雨はひどく静かに降っていた。（略）クロード・ルルーシュの映画でよく降っている雨だ。

● 「スクラップです。『ゴールドフィンガー』にあったようなやつですよ。四角く押し潰して再生したり、港に沈めたりする」

9

ただし、同じく固有名詞を用いた比喩でありながら、英訳では別のたとえにしている例もある。

● 僕はその他に二人に靴下と、新しいスニーカーも買い与えた。

そしてまるで足長おじさんのような気持になった。
★ Beside that, I bought them socks and new sneakers. I felt like a regular sugar daddy.

「足長おじさん」と言えば、アメリカの作家ウェブスターの小説のタイトルであり、それが主人公の女の子ジルーシャの匿名のパトロンを指すことは、映画やアニメなども通じて、日本ではかなり広く知られ、普通名詞化しつつあるとも言える。ゆえに、この比喩は、大方のところ納得しやすいであろう。

それが英訳のほうでは、なぜか原題の "Daddy-Long-Legs" ではなく、"a regular sugar daddy" という表現に置き換えられているのである。もしかすると、英語では、"daddy-long-legs" という語が刈り取り人夫や蜘蛛の一種をも表わすので、誤解を避けるためという配慮があったのかもしれない。

次の例も、謎の置き換えが見られる。

●犬たちはみんな尻の穴までぐしょ濡れになり、あるものはバルザックの小説に出てくるカワウソのように見え、あるものは考えごとをしている僧侶のように見えた。
★The dogs were sopping wet, right down to their buttocks; some looked like waifs from a Barzac novel, others like pensive Buddhist priests.

日本語の「カワウソ」というたとえが、英訳では "waif" つまり放浪者や持主不明の動物を表わす語に変えられている。このほうが比喩としては理解しやすいと考えられたのであろうか。どちらであ

れ、バルザックの小説にそれが実際に登場するのか否かはともかくとして。

## 10

　他にも、日本語のたとえを、英訳で別の表現に置き換えている例が、わずかながら見られる。それらには、3つのパターンが認められる。

　第一に、文脈的なつながりを優先したと考えられる場合、第二に、英語にはそのまま翻訳しえない場合、そして第三に、翻訳者の誤読かもしれない場合、である。それぞれ1例ずつ示す。

　まずは、第一パターン。

●翻訳の仕事さ。／小説？／いや、と僕はいう。日々の泡のようなものばかりさ。ひとつのドブの水を別のドブに移す。それだけさ。
★Doing translation works.／Novel?／Nah. I said, your day-to-day sludge. Pouring it from one gutter into another. That's all.

　たとえの「泡」に相当する英語は "bubble" であるはずなのに、英訳では "sludge" つまり泥を当てている。なぜ変えたのか。

　この引用個所で、村上は「泡」と「ドブの水」の2つのたとえを別々に用いている。「泡」は仕事のはかなさを表わし、「ドブの水」のほうは仕事の単純さを表わしている。両者はまったく無関係とは言えないものの、どちらか1つのたとえでは済まされない。英訳では、この2つのたとえにつながりを持たせ、実際の仕事としてあり

えそうなことを示すために、「泡」でも「水」でもなく、"sludge"を用いたのであろう。ただし、この語に「泡」の持つニュアンスがあるとは思えない。

第二パターン。

- ●「耳あか」と彼女は簡潔に言った。しりとりのつづきみたいに聞えた。
- ★ "Earwax." she said succinctly. It sounded like the tail-end of a round of password.

「しりとり」という言葉遊びは、日本語の語音構造の単純さならではのものであり、英語ではそれほど一般的ではないため、あえて言葉遊びとしての訳語を当てずに、「耳あか」を、僕と彼女の2人だけの"password"とみなして、説明的に表現したと見られる。

最後に、第三パターン。

- ●僕たちは草の香りと鶏のフンの匂いを嗅ぎながら煙草を吸った。煙は狼煙のような形に低く流れた。
- ★ Our smoke drifted across the ground like fox-fire.

「狼煙（のろし）」は昔、緊急合図用に立てた煙のことで、英語なら"beacon fire"を対応させて問題ないと思われるのに、「狐火」に対応する"fox-fire"が用いられている。日本語でも英語でも、山野に自然発生する火を狐のしわざとみなす点は共通しているが、この文脈にはそぐわない。あるいは訳者が「狼」と「狐」の漢字を取り違えたのかもしれない。

# 11

　ここまで取り上げてきた、村上春樹の「1973年のピンボール」とその英訳との比喩表現の対応関係のあり方から、全体としてどういうことが指摘できるだろうか。

　著者と訳者という個人同士ではなく、日本語と英語という言語同士の関係として言えば、ほぼそのまま対応する比喩表現が大半であるという事実が示しているのは、少なくとも現代にあっては、言語およびその使用社会の違いよりも、むしろ読者個々人の文化一般に関する知識度の違いのほうが、比喩としての表現の理解度に強く関与しているのではないかということである。

　安井稔『言外の意味』は、次のように述べている。

> 　重要なことは、メタファーというものが、英語の場合も、日本語の場合も、言内の意味に、文字どおり、おんぶしているという点である。したがって、言内の意味の、いわば、オリエンテーションが、言語によって異なるなら、その言内の意味に基づくメタファーのオリエンテーションも、言語ごとに異なってくることになり、要するに、メタファーには、原理的に、言語的国境があるということになる。

　比喩に「言語的な国境」がある場合もあること、それ自体を否定するつもりはない。ただし、それはこの「言語的」が個別社会に共通する手段・存在としての、という意味においてである。しかし、個人の言語活動としての比喩の新たな創造あるいは理解という点からは、「比喩に言語的国境はない」と言ってみたい。

村上春樹作品が世界で広く読まれ、毎年のようにノーベル文学賞の候補に挙げられる理由の1つとして、その表現・文体、とりわけ比喩の個性と普遍性があると言えば、さすがに言い過ぎかもしれないが、それはほぼ対応する数々の言語の翻訳をとおしても、理解され評価されているのではあるまいか。

　とはいえ、そのことを自信をもって主張するには、彼の1作品のほんのわずかな例だけでは裏付けに乏しかろう。かくして、しめくくりはかくの如くなる。

●僕にとってのこのひと時のエピローグは雨ざらしの物干場のようにごくささやかなものでしかない。

★The only thing I can claim as an epilogue to this interlude in my life is an incident hardly more momentous than a clothesline in the rain.

# 『恋しくて』

# 比喩を和訳するとどうなるか

## 1

　外国語の原作が同一であっても、翻訳者が異なれば、その日本語としての翻訳文の文体に大なり小なり違いが生じることは、当然のように考えられている。それゆえに、すでに定評のある訳文があっても、次々と新訳を出す意味もあるのであろう。

　では、同一の翻訳者が、著者の異なる複数の原作を翻訳した場合、それぞれの文体はどうなるであろうか。

　両極的な可能性として、一方は原作者の違いに応じて翻訳の文体も変わる、もう一方は原作者の如何に関わらず文体は変わらない、ということが考えられる。もちろん、これは「文体」というものを、どのレベル、どの範囲で捉えるかということに関わるのであって、一概に言えないことは承知のうえでの仮定である。

　村上春樹はおもにアメリカの現代小説を数多く翻訳し、翻訳自体に関する言及も少なくないが、その中で、「翻訳をしているときには一つの仮面を被るというか、ペルソナを被るみたいなところが

あって」、「どんどんペルソナを交換していける翻訳というのは楽なんです」と述べている（村上春樹・柴田元幸『翻訳夜話』）。

　ここに言う「ペルソナ」とは、村上が翻訳する原作の著者のペルソナのことであり、それを「被る」というのは、その原作者になり代わって日本語に翻訳するということを意味しよう。ただし、それはあくまでも作者としてのペルソナであって、生身のそれではない。そして、原作者としてのペルソナとはその作品の文章そのものから帰納されたものでしかない。

　村上の言どおり、翻訳に際してそれぞれの「ペルソナを被る」文章ならば、そこに村上自身の文体が入り込む余地はないはずである。むしろ、翻訳を楽だと感じるのは、村上自身の文体の如何が問われずに済むからであろう。そもそも原作者と村上との、言語を越えても認められるかもしれない文体の類似性がどの程度なのかはともかくとして。

　とすれば、村上が翻訳する場合には、原作者の違いに応じて翻訳の文体も変わる、という可能性のほうが高いと予想される。

## 2

　『恋しくて』（中央公論新社、2013年）は、それぞれ原作者の異なる、英語版の短編小説9編を、村上自身が選択・翻訳・編集し、最後に自作1編を加えた、恋愛小説のアンソロジーである。

　収録順に、原作者名とともに、作品名を以下に挙げておく（各末尾カッコ内は以後に用いる略称）。

　「愛し合う二人に代わって」マイリー・メロイ〔愛〕
　「テレサ」デヴィド・クレーンズ〔テ〕
　「二人の少年と、一人の少女」トバイアス・ウルフ〔二〕

「甘い夢を」ペーター・シュタム〔甘〕

「L・デバードとアリエット――愛の物語」ローレン・グロフ〔L〕

「薄暗い運命」リュドミラ・ペトルシェフスカヤ〔薄〕

「ジャック・ランダ・ホテル」アリス・マンロー〔ジ〕

「恋と水素」ジム・シェパード〔恋〕

「モントリオールの恋人」リチャード・フォード〔モ〕

「恋するザムザ」村上春樹〔ザ〕

## 3

　作品の各タイトルは、固有名を含め、ほぼ原題の直訳になっているが、微妙に異なっているものもある。たとえば、「二人の少年と、一人の少女」の原題「Two Boys And Girl」には読点（カンマ）がなく、「甘い夢を」の原題「Sweet Dreams」には「を」という助詞に相当する語がない。また、「愛し合う二人に代わって」の原題「The Proxy Marriage」は代理人結婚の意であるのに対して、邦題はそれを分かりやすく意訳したと見られる。

　ただ１つ、大きく異なっているのは、「モントリオールの恋人」である。原題は「Dominion」（支配権の意）である。この点について、村上は「含みのあるタイトルだが、日本語としていささかなじみにくいので、ここではあっさりと「モントリオールの恋人」という訳題にした」と断りを入れている。「支配権」を「日本語としていささかなじみにくい」としているが、どちらかと言えば、恋愛小説の日本語タイトルとしてなじみにくいと判断したのだろう。この邦題は、恋人のうちの女性のほうを指している。

　なお、総タイトルの「恋しくて」については、とくに説明はな

く、「Ten Selected Love Stories」という英語のサブタイトルが付くのみである。

作品の分量を見ると、最多が「L・デパードとアリエット」の56ページ、これに、「モントリオールの恋人」の51ページ、「ジャック・ランド・ホテル」の49ページが続く。少ないほうでは、最少が「薄暗い運命」のわずか4ページ、「テレサ」が15ページであり、かなりのばらつきがある。全体平均は約34ページで、村上の自作はほぼ平均的な分量となる。

各作品で取り上げられた恋愛当事者同士の年代設定は様々であり、恋愛自体のありようも一様ではない。

恋愛当事者のうち視点人物と見られるほうの年代によって作品を分けると、次のようになろう。各作品には、その人物の性別と、村上がくだした、各作品における恋愛の〔甘さ／苦さ〕の評点が付されている。なお、「恋と水素」のみが男性の同性愛で、他はすべて異性愛である。

　少年：〔愛〕男（4／1）、〔テ〕男（2・5／2・5）、
　　　　〔二〕男（3／2）、〔ザ〕男（3／2）
　青年：〔甘〕女（4・5／0・5）、〔恋〕若い男（2／3）
　中年：〔薄〕女（1／4）、〔ジ〕女（1・5／3・5）、
　　　　〔モ〕男（2／3）
　青年〜老年：〔L〕男（3／2）

結果的にかもしれないが、視点人物の年代、性別、そして恋愛の甘苦度とも、ほぼバランスのとれた構成になっていると言えよう。巻末の「訳者あとがき」にも、わざわざ「いろんな種類の、いろんなレベルのラブ・ストーリー」という副題が添えられている。

# 4

　各作品には、その最後に1ページに収まる、村上の簡単なコメントが加えられている。その内容はおもに物語自体か原作者に関してであって、その表現や文体について触れてあるのは、「モントリオールの恋人」と村上自作の「恋するザムザ」の2編のみである。「モントリオールの恋人」については、「余計な装飾をさっぱりと削ぎ落とした直線的なカーヴァーの文体に比べると、フォードのそれは実に緻密で、曲がり角が多く、洗練された企みがある。そのニュアンスを翻訳するのはなかなかむずかしいときがある」と述べている。自作については「訳者あとがき」で「擬古小説」という、文体の評語によって表わしている。ただし、テクストを読む限り、この「擬古」は文体ではなく、カフカの「変身」の後日談としての、作品の時代設定に関してのようである。

　収録された10作品の、表現や文体に関わる、基本的な項目において、全体にほぼ共通する5点を、以下に示しておく。

　第一に、どの作品も3人称視点であり、1人称視点の作品はないという点である。ただし、3人称視点であっても、登場する人物のうちの誰か1人の視点に重点が置かれているのは、すでに示した通りである。

　第二に、2作品を除いて、空白行による章分けをしているという点である。章分けは作品の長さに応じて、少ないほうで4つからあり、例外的に多いのは「L・デバードとアリエット」で61にも細かく分けられている。章分けのない2作品は「テレサ」と「薄暗い運命」で、後者は極端に短いということもあろう。

　第三に、文末は基本的にダ体かつタ体という点である。これは村

上作品にも当てはまる。ただし、タ体に関しては、「テレサ」と「L・デバードとアリエット」の2作品は例外的にル体が基調であり、「ジャック・ランダ・ホテル」と「恋と水素」の2作品はタ体とル体の混用である。

第四に、どの作品にも、程度の差はあれ、会話文が含まれるという点である。そのほとんどはカギカッコで表示されるが、「二人の少年と、一人の少女」のみはそれを示す符号が用いられていない。

第五に、どの作品にも、比喩（直喩・隠喩）表現が見られるという点である。ただし、頻度には差があり、比喩性の度合いを問わずに凡その数値を示せば、1ページあたりの平均使用頻度が約0.7で、最多が「恋と水素」の1.3、最少が「甘い夢を」の0.4であり、村上自作の「恋するザムザ」は0.9で、「恋と水素」に次いで多い。

以上の5項目における全体的な結果は、最後の項目を除けば、村上作品も含め、現代短編小説の一般的な傾向とみなすことができそうであり、そのほとんどは原作通りであろう（ただ、第三点のダ体の選択については、村上の自作に合わせた判断がなされたと見られる）。その中にあって、2項目において突出している「テレサ」、「L・デバードとアリエット」、「恋と水素」の3作品は表現・文体としてやや異質であると言える。

問題は、5番めの比喩表現である。これは小説の表現として必須というわけではない。にもかかわらず、翻訳作品のすべてに用例が見られるのは、そもそもの作品選択にあたって、村上の表現上の嗜好が関与しているかもしれない。

4

小説表現としての比喩の必要性というのは、大きく2つに分けら

れる。1つは具体的な対象をより鮮明に描写するためであり、もう1つは抽象的な対象をより分明に説明するためである。前者は、おもに外界において知覚可能な対象を同様に具体的なたとえで表わすのに対して、後者は、内面も含め、そのまま言語化しにくい対象を平明なたとえで表わす。

　どちらの必要性による比喩を用いるかは、作品の各個所において表現上重きを置くべきものが何かによって決まり、それに応じて比喩の質と量も異なってくる。そして、その総体のありようが文体を左右する要因の1つともなる。

　今、便宜的に、『恋しくて』における比喩表現を、以上の意味での「描写」と「説明」に2分すると、全体では、「描写」が108例、「説明」が114例となり、ほぼ同じ程度である。これを作品別に見て、どちらが優勢かによって分けると、次の2種類になる（カッコ内は、描写／説明の用例数）。

〔描写優勢〕5作品

　〔L〕（28／10）、〔二〕（11／6）、〔恋〕（23／15）、
　〔ジ〕（15／12）、〔ザ〕（16／15）

〔説明優勢〕5作品

　〔薄〕（0／3）、〔甘〕（1／11）、〔モ〕（7／20）、
　〔愛〕（6／13）、〔テ〕（4／6）、

　奇しくも、描写のためと説明のための比喩表現のどちらかが優勢な作品が半分ずつという結果となった。前者は人の動きや様子あるいは情景の表現に中心があるのに対して、後者は視点人物の内面とくに感情・思考の表現に中心を置いているということになる。

　描写優勢の作品としては、「L・デバードとアリエット」が、説明優勢の作品としては、「甘い夢を」がそれぞれ際立っている。村

上自作の「恋するザムザ」における比喩表現は、描写と説明のバランスがとれた使用になっていて、それがむしろ特徴的である。

## 5

「恋するザムザ」における比喩表現の具体相を確認してみる。

まずは、描写としての比喩表現のおもな対象として、ザムザのいる屋内と錠前屋の娘の2つがある。

前者には、天井の色合いについての「歳月がもたらす埃だか汚れだかのせいで、今では腐りかけた牛乳を思わせる色合いになっている」、壁に掛かっている絵についての「どれも白い断崖のある海岸の絵だった。菓子のような形をした白い雲が濃紺の空に浮かんでいる」、ベッドについての「部屋のちょうど真ん中に、海流の中の孤立した島のようにぽつんと置かれている」、食後の食卓についての「食卓は見るも無残な有り様だった。まるで開いた窓からカラスの大群が入り込んできて、そこにあったものを争って食い散らかし、そのまま飛び去ったかのようだ」、そして「あたりは深い海の底のように静まりかえっている」などが見られる。

後者には、視覚的に、娘の顔付きについての「目が大きく、鼻が小さく、唇が痩せた月のようにいくらか片方に傾いていた」や「それから面白くなさそうに、唇を支那の刀のような冷徹なかたちに歪めた」、「娘はしばらくのあいだ一対のつぶてのような目でザムザの顔をじっと見ていた」、娘の体の動きについての「そして身体をもぞもぞと大きくねじった。激しい地震に襲われた大地が身もだえるみたいに」、「娘は身体を二つに折ったまま、右手に重そうな黒い鞄を持ち、まるで虫が這うような格好で階段をずるずると上がっていった」、「彼女が身体をねじると、両腕がまるで特殊な泳ぎ方をす

る人のようにぐるぐると立体的に回転した」、「まるでミズスマシがするすると水面を這っているみたいに見える」、また「そしていくつかの工具を選んで、順序よくその布の上に並べていった。手慣れた拷問係が、気の毒な犠牲者の前で、不吉な道具を念入りに用意するみたいに」などがある。

　どちらの対象であれ、ザムザの目をとおしての、視覚的な比喩表現がほとんどである。

　いっぽう、説明としての比喩表現のおもな対象は、視点人物のザムザの内部感覚である。たとえば、思考についての「それについて考え始めると、意識がどんよりと重くなった。そして頭の奥の方に暗い蚊柱のようなものが立ち上がった。それは次第に太く濃密になり、軽いうなりを上げながら、脳の柔らかな部分に向けて移動していった」や「ザムザは必死で思考を働かせた。しかし意識をひとつに集中すると、頭の奥の方でまた黒い蚊柱が立ち上がる感触があった」、「直接的な記憶ではない。あくまで間接的な、いくつかの段階をくぐり抜けてきた記憶だ。今こうして経験していることを、記憶として未来から覗いているような、そんな時間の二重性がそこにはあった。経験と記憶とが閉じたサイクルの中で循環し、行き来しているみたいだ」、身体についての「身体全体が痺れたようになっていて（比重の大きい、粘性のある液体に身体が潰されてしまったかのようだ）、末端部分に有効に力を伝えることができない」、「しかしそのあとを埋めるように――まるで潮の引いたあとに暗い不吉な岩が姿を現すみたいに――激しい苦痛が彼の身体をじわじわと苛み始めた」や「嗅覚の情報は一瞬にして脳に伝えられ、その結果、生々しい予感と激しい渇望が、手慣れた異端尋問官のように消化器を一寸刻みにねじりあげる」、そして「身体の中心に真空の洞（ほこら）（マ

マ）が生じてしまったみたいだ」や「岸辺に潮が満ちるように、ゆっくり充足感がやってきた。体内の空洞がじわじわと埋められ、真空の領域が狭められていく感触があった」などがある。

「恋するザムザ」における、このそれぞれの比喩表現と同一あるいは類似する例は、『恋しくて』に収録された翻訳作品のどれにも見当たらない。あるいは、村上が翻訳を終えたあとに、注意深く、それらにおける比喩表現との重複を避けた可能性もなくはないが。

たとえば、空腹状態を表わす比喩として、「テレサ」に「アンジェロのお腹が減ってくる。飲み物の空き缶の中のプルタブになったみたいな気持ちだ。大きな図体の中で、小さなものがからからと音を立てている」とあるが、たとえ方はまったく異なっている。

ただ唯一、意図的かどうかは不明であるが、「恋するザムザ」のラストに出て来る「その温もりを彼は、まるでたき火にあたるように一人で静かに味わっていた」という「たき火」の比喩が、他ならぬ「訳者あとがき」にも「そのような心持ちの記憶は、時として冷え冷えとする我々の人生を、暗がりの中のたき火のようにほんのりと温めてくれたりもする」のように見られるだけである。

## 6

以上のような、村上自作の「恋するザムザ」の比喩表現と、彼が翻訳した各作品のそれとを比較してみる。

村上作品における比喩表現には、直喩表現が圧倒的に多い。「恋するザムザ」にも、翻訳作品にも、それは当てはまる。そして、その直喩表現の指標としては、「ようだ」と「みたいだ」の2つがもっぱら用いられている。「恋するザムザ」では「ようだ」が19例、「みたいだ」が8例で、「ようだ」のほうが「みたいだ」の2倍

以上ある。

『恋しくて』における翻訳作品全体数では、「ようだ」が93例、「みたいだ」が51例で、「恋するザムザ」とほぼ同様の使用傾向を示すが、作品別に、「ようだ」の割合が高い順に並べると、次のとおり、ばらつきが認められる。

|  | L | 恋 | ジ | 愛 | 甘 | モ | 二 | テ | 薄 |
|---|---|---|---|---|---|---|---|---|---|
| よう | 27 | 21 | 14 | 8 | 6 | 9 | 6 | 2 | 0 |
| みたい | 4 | 7 | 5 | 4 | 4 | 10 | 7 | 8 | 2 |

「恋するザムザ」同様、「ようだ」優勢が「L・デパードとアリエット」「恋と水素」「ジャック・ランド・ホテル」「愛し合う二人に代わって」「甘い夢を」の5作品あるのに対して、「みたいだ」優勢が「薄暗い運命」「テレサ」「二人の少年と、一人の少女」「モントリオールの恋人」の4作品であり、これらは「恋するザムザ」と反対傾向にある。

日本語助動詞としての「ようだ」と「みたいだ」は、より文章的か、より談話的という文体差があるとされる。これらの助動詞に対応する英語は、likeあるいはas（if）になろうが、構文的にはともかく、日本語同様の文体差があるとは認めがたい。とすれば、翻訳作品における「ようだ」と「みたいだ」の使用差は、各作品の文体差をふまえた、村上の選択によるのではないかと考えられる。

ただし、この点について、3点ほど、補足する。

1つめは、原文も直喩表現形式になっているとは限らないであろうということである。これは逆に、訳文での隠喩が原文でも同じとは限らないということでもある。どちらにせよ、原文との比較検証

はしていないので、現時点では予想にすぎない。

2つめは、訳文における「ようだ」と「みたいだ」の使用差は、地の文が「ようだ」、会話文に「みたいだ」のような使い分けはされていないということである。そもそも、ほとんどの直喩表現は地の文に見られるからである。

そして3つめは、「ようだ」と「みたいだ」と同様の指標助動詞としての「ごとし」も用いられているということである。「L・デバードとアリエット」に「宮殿のごとき屋敷」と「電光のごとく素速い八ビート・キック」の2例、「ジャック・ランド・ホテル」に「嵐のごとき信念を有する彼女の若い仲間たち」の1例である。これらに「ごとし」を選んだのは村上に他ならず、慣用的な、あるいは古めかしい言い回しのニュアンスを表わすためと思われる。

直喩表現の指標としては、助動詞だけでなく、「まるで」や「あたかも」のような副詞もある。村上作品でもっぱら用いられるのは「まるで」であり、「恋するザムザ」でも「ようだ」とセットで7例、「みたいだ」とセットで2例の計9例あり、「ようだ」「みたいだ」全体の3分の1を占める。

翻訳作品全体でも指標副詞としては、「恋するザムザ」同様、「まるで」が用いられ、「ようだ」とセットで20例、「みたいだ」とセットで24例、計44例見られる。その割合は「恋するザムザ」とほぼ変わりない。ただし、「恋するザムザ」とは異なり、「みたいだ」のほうのセット率が高い。これについても、対応する英語の、たとえば'just'が原文に常に伴っているからとだけは考えにくい。

村上作品における直喩表現の形式上の特徴として、倒置的である点も挙げられる。たとえられることを示す1文の後に、「〜のように（みたいに）。」というたとえの表現が来るという形式である。

「恋するザムザ」では、「みたいだ」にのみ６例（全体の２割強）見られる。それに対して、翻訳作品全体では、「ようだ」11例、「みたいだ」に18例、の計29例（約２割）あり、全体の割合および「みたいだ」に偏るという点で、「恋するザムザ」に相似する。これも原文どおりの表現順序を反映しているというよりも、村上らしさが出ているのではないかと推測される。

　なお、直喩表現における指標副詞と倒置の用例数がともに抜きん出ているのは、「L・デバードとアリエット」であり、副詞付きが11例、倒置が５例見られる。

　以上に指摘してきた直喩の表現形式上の傾向、つまり「ようだ」と「みたいだ」の併用、「まるで」とのセット、倒置的なたとえなどは、翻訳作品の原文の表現上の差異という要因よりも、比喩表現に関する文体的な基盤となる村上作品の独自性という要因のほうが大きいのではないかと見られる。

　念のために付言すれば、その独自性とは村上自身もしばしば語っているように、翻訳する以前に、アメリカ現代小説を好んで多読した影響を受けた結果、生み出されたのであって、その文体的な基盤あるいは素地として、当該の翻訳作品全体と似通うことが前提になっていると考えるべきであろう。

## 7

　『恋しくて』の翻訳作品には、次のように示された比喩表現が見られる。

　　ロザリンドはアリエットより二、三歳年上なだけだが、まるでリトル・ポーピープ〔訳注・英国の童謡に出てくる羊飼いの女

の子〕みたいに元気で、無邪気に見える。〔L〕

太陽がそのアルミニウム塗料を光らせ、まるで光の中に浮かんでいるみたいに見えた。まさに地上から解き放たれ、宙を漂うジャガナート〔訳注・巨大な山車に載せられたインドの神像〕だ。〔恋〕

「僕があんたをゼウスのような気分にさせているとは思えないね」と彼は言った。いくぶん悲しげに。
「まあ、パン〔訳注・山羊の耳、角、足を持った牧人の神。性的なシンボルでもある〕みたいな気分にはさせてくれる」とマイネルトは上から声をかける。〔恋〕

　注目したいのは、たとえの後の「訳注」である。翻訳文では珍しくないが、翻訳者・村上としては、一般の日本語読者に対し、注の知識を必要とするたとえと判断した結果であろう。言うまでもなく、これらの表現は英語の原文のままだからこそであって、村上の創作ではありえない。また、訳注を避けるために、他のたとえに変えることもしなかったということであろう。
　ただし、次のような、日本人一般には馴染みの薄そうな、固有名などを含むたとえも見られなくはない。これらは訳注を付けるべきか否か、悩ましいところかもしれない（該当部分に下線を付す）。

「『ジャングル・ブック』を覚えている？　大蛇がモウグルを催眠術にかけたとき、モウグルの目は真っ白にくらんでしまって、そのまま相手のあとについていって、ぐるぐるまきにされ

てしまうの。それが私だった。私はモウグルだった。でも私はなんとかその縛りから逃れ出ることができた」〔愛〕

ギルバートは後部席にトルコのパシャのように優雅に寝そべって、(略)〔二〕

夜中にアリエットがＬの部屋に忍んでいくとき、彼女は石炭をぶらぶらと振りながらやってくる。まるで香炉を振る司祭のように。〔Ｌ〕

あなたがご夫婦以外の人間関係を必要としておられるとは、私にとっては実に驚きです。そのような「五月と十二月」的カップルについては、日頃新聞や様々なメディアで、多くの話が喧伝されております。〔ジ〕

その仕事は彼らを高揚感で満たし、擬似特権的なプライド——自らは不死ならざるツアーガイドが、オリュンポス山を案内しながら感じるであろう類いのものだ——で満たす。〔恋〕

彼女はギブソン・ガールのような端整な髪型をした、フォーマルで物静かな女性ではない。窮地に陥った一人の子供なのだ。〔モ〕

　さらに、「魚面」〔Ｌ〕や「イタチ野郎」〔モ〕などという隠喩語も同様であり、「飛行船の船体が、日本の提灯のように内側からあかあかと輝く野を目にする」〔恋〕のように、「日本の」という形容

を用いるのも、英語の原文ならではであって、村上があえて付け加えたとは考えられない。

## 8

以上のような日米の文化差に関係なく、現代的には共通のイメージがあると思われるたとえも、おそらくそのまま翻訳されたと見られる。たとえば、「子供」をたとえとした、次のような表現である。

「メアリ・アンが語る話に一切疑義を挟まず、まるで子供のようにすべてをそのまま受け入れてくれることに、彼が心を惹かれたのと同じように」〔二〕、「そして両手で子供のように、水面をぴしゃぴしゃと叩く」〔L〕、「肥満して、髪が薄くなりかけて、先行きのきわめてあやしい仕事に就いて、健康に問題のある四十二歳の子供みたいな大人——それがこの三十代の未婚の女性にとっての宝であり、自分のアパートに招いて愛の一夜を持とうとしている相手だった」〔薄〕など。

それに対して、和訳としては比喩語（表現）であっても、英語にはそれ相当の比喩表現がないであろう場合、そのように変換して翻訳することは、日本語読者にとって、こなれて分かりやすい表現にするという意味で、村上翻訳に限ったことではあるまい。たとえば、次のような、慣用的な表現例がそれに当たる。

「父親は娘を<u>目に入れても痛くない</u>ほど可愛がった」〔愛〕、「ブライディーの父親も僕のことをゲイだと思っているのだろうかと彼はいぶかった。それとも害のない<u>安全牌</u>と見なしているだけなのか」〔愛〕、「きっとすごくみっともないことになるだろう。<u>穴があったら入ってしまいたいような</u>」〔テ〕、「船の乗客たちは甲板に<u>鈴なり</u>になり、ハンカチを振っている」〔恋〕、「すべての食事の前には、

判で押したように生のスモークハムを前菜として食べた」〔恋〕、「あんなのは些細なお邪魔虫に過ぎない」〔恋〕など。

このような慣用的な表現ほどではなく、それなりの独自性が認められる比喩表現については、表現形式のパターンはともかくとして、たとえそのものを村上が改変することはなかったであろう。

にもかかわらず、『恋しくて』の翻訳作品には、たとえだけを見る限り、村上が創作したと言っても通りそうな比喩表現も散見される。たとえば、各作品の、次のような表現は、どうであろうか。

　　彼女の目を見ることができなかった。それは暗い水たまりのようだった。微かなきらめきがその底にうかがえるだけだ。〔二〕

　　彼はまだそのコルク抜きで遊んでいた。ハンドルを上下させ、女の子の両手をはたはたと波打たせていた。女の子がまるで喜んでいるみたいに。あるいは助けを呼んでいるみたいに。〔甘〕

　　Lの詩が、罠に閉じ込められたたくさんの雀のように、彼女の頭の中でばたばたと羽ばたく。〔L〕

　　ところが今の彼は頭に血が上って、自分を制御することができない。まるで犬小屋に繋がれ、頭が混乱しまくっている犬のように。〔恋〕

　　「彼が今どこにいるか、考えてみなくちゃ」、マデレインは振り向いて、電話機をじっと見つめた。まるで夫がその中に潜んでいて、今にも勢いよく飛び出してくるんじゃないかというよう

に。〔モ〕

　もしこのような受け止め方に妥当性があるとしたら、じつは事態は逆なのであろう。つまり、個別の原作あるいは原作家の差異を越えて、村上春樹独自とみなされる比喩がアメリカ現代文学のそれといかに親和的であるか、ということである。これ自体は一般論として、また村上自身によっても、すでに言い古されてきた感があるけれども、それを『恋しくて』における翻訳作品の実例において、改めて確認したことになる。

## 9

　結論として、出発点とした「村上が翻訳する場合には、原作者の違いに応じて翻訳の文体も変わる、という可能性のほうが高い」という予想は、その通りとなりそうであるが、事はそう単純ではない。それは、村上春樹が翻訳者である前に、小説家だからである。「どんどんペルソナを交換していける翻訳というのは楽なんです」とは言っても、それだけでは済まされない。そこに、村上なりの日本語の文体があり、比喩がある。

　たとえ、たとえる事物が原文と同じであったとしても、選択される語彙や構文をはじめとした、日本語としての比喩表現への置き換え方には、小説家・村上春樹が紛れもなく入り込んでいる。原作あるいは原作者の違いに応じて変わるのは内容なのであって、その内容に応じた幅はそれなりにあるとしても、村上春樹の比喩による文体は、本人が意識しているか否かにかかわらず、一貫して通底しているのではあるまいか。

「アンダーグラウンド」

# 比喩するとはどういうことか

## 1

「アンダーグラウンド」(講談社、1997年) という作品は、1995年に起きた地下鉄サリン事件の被害者やその関係者に対して、村上春樹自身がそのほとんどを行ったインタビューをまとめた、いわゆるノンフィクション作品である。

結果的に61名分のインタビュー記録が収められ、それが単行本で2段組み700ページ超の分量の7割ほどを占めるが、それ以外に、村上による「はじめに」と、あとがき相当の「目じるしのない悪夢」が添えられ、さらに、被害のあった路線ごとの冒頭に、事件の概要を記す文章と、各インタビューの初めに、その相手に関するイントロダクションがある。これらも村上の手によるものであろう。

「はじめに」によれば、インタビューを録音したテープを文字化し、それに沿って、「その内容を取捨選択し、前後を入れ替え、重複した部分を削り、文節をくっつけたり離したりして、ある程度読

みやすい文章として整理し、しかるべき長さの原稿にまとめた。「テープ起こし」を読んだだけでは細かいニュアンスが摑みにくい部分もあるので、しばしば録音テープを聞きなおし、細部の確認をした」うえで、「原稿化されたインタビューはまずインタビューイーのもとに送られ、チェックを受け」、「筆者はインタビューイーの指示通りに、指定された箇所を変更あるいは削除した」という。

その結果に対して、村上は次のように語る。

> この本に収められた人々の証言は、完全に自発的であり、前向きなものである。そこには文章的装飾もなければ、誘導もなく、やらせもない。私の文章力は（もしそういうものがいくらかでもあるとすればだが）、「人々の語った言葉をありのままの形で使って、それでいていかに読みやすくするか」という一点のみに集中された。

この引用の最後の１文によれば、文章を書く態度が小説の場合とは決定的に異なるということである。少なくともこの作品のインタビュー部分については、文章表現における村上らしさは意図的に、極力排除されていることになる、はずである。とすれば、インタビューの文章と、それ以外の文章とでは、当然、表現上の差異が見出されるであろう。たとえば、比喩表現の出現においても。

## 2

まずは、この作品における、インタビューではない、村上春樹自身の文章を見てみよう。

「はじめに」では、目立った比喩はほとんど用いられていない。

16ページのうち、それらしいのは、「その二種類の暴力をあっちとこっちに分別して考えることなんて、彼にとってはたぶん不可能だろう。考えれば考えるほど、それらは目に見えるかたちこそ違え、同じ地下の根っこから生えてきている同質のものであるように思えてくる」と「もちろんその投書の手紙だけが、本書を書いた唯一の理由ではない。それは現実的な点火プラグのようなものだった」くらいである。

　それに対して、巻末の40ページ以上に及ぶ「目じるしのない悪夢」には、それなりの量の比喩表現が見られる。その中で注目すべき点を、3つ挙げる。

　1つめは、次のような「メタファー」という語の使い方。

　　　それら〔＝阪神・淡路大震災と地下鉄サリン事件〕は、考えようによっては、ひとつの強大な暴力の裏と表であるということもできるかもしれない。あるいはそのひとつを、もうひとつの結果的なメタファーであると捉えることだってできるかもしれない。

　連続的に起きた2つの大事件を、「ひとつの強大な暴力の裏と表」とみなし、出来事自体ではなく、そのような「暴力」という観念的な対象に対する具体的な表象としての相互の関係を「メタファー」と捉えているわけである。メタファーと捉えることは、本来は無関係な両者を関係付けること、そしてそこに共通する価値を見出そうとすることを意味する。

　このような捉え方のもとにこの作品が成り立ったとすれば、それが事後的であれ、「人々の語った言葉をありのままの形で使って」

であれ、事実通りを伝えるという意味・レベルでのノンフィクションにはなりえない。

2つめは、反復されるたとえ。たとえば（該当部分に下線を付す）、

> そのようにして人々は多かれ少なかれ、「正義」「正気」「健常」という大きな<u>乗合馬車</u>に乗り込んだ。

> しかしこうした大きなコンセンサスの流れの果てに、事件発生以来二年の歳月を経て、「正気」の「こちら側」の私たちは、大きな<u>乗合馬車</u>に揺られていったいどのような場所にたどり着いたのだろう？

> しかしどれだけそれらの論が正面からぶつかりあっても、それによって〈<u>乗合馬車</u>的コンセンサス〉の呪縛を解くのはおそらくむずかしいのではないか。

などのように用いられる、たとえとしては旧時代的な素材の「乗合馬車」や、

> 「あちら側」が突き出してきた謎を解明するための<u>鍵</u>は（あるいは<u>鍵</u>の一部は）、ひょっとして「こちら側」のエリアの地面の下に隠されているのではあるまいか。

> 私たちの「こちら側」のエリアに埋められているその<u>鍵</u>を見つけないことには、すべては限りなく「対岸」化し、そこにある

はずの意味は肉眼では見えないところまでミクロ化していくのではあるまいか？

　　物語というものは、あなたがあなたを取り囲み限定する論理的制度（あるいは制度的論理）を超越し、他者と共時体験をおこなうための重要な<u>鍵</u>であり、安全弁なのだから。

　　いちばん奥にある<u>鍵</u>のついたドアをこじ開けてはならない。その向こうには「やみくろ」たちの果てしなく深い闇の物語が広がっているのだ。

などにおける、多様な意味合いをもつ「鍵」、そして、

　　その「ものごと」は、私たちが予想もしなかったスタイルをとって、私たち自身の歪められた像を身にまとうことによって、私たちの喉元に鋭く可能性の<u>ナイフ</u>を突きつけていたのではないか？

　　私は小説家であり、ご存じのように小説家とは「物語」を職業的に語る人種である。だからその命題は、私にとっては大きい以上のものである。まさに頭の上にぶら下げられた鋭利な<u>剣</u>みたいなものだ。

などのような、リスクを示す「ナイフ（剣）」である。
　これらの反復されるたとえの素材同士に、相互の関連性は認められない。

「アンダーグラウンド」：比喩するとはどういうことか

3つめは、村上らしい比喩のリズムを感じさせる表現。たとえば、

　　もちろん裁判によって多くの真実が明らかになっていくのは貴重なことである。しかしその審理の過程で明らかになった事実を統合し血肉化する綜合的な視座を私たちが自分の内に持たなければ、すべては無意味に細部化し、犯罪ゴシップ化して、そのまま歴史の闇に消えて行くしかないのではないか。<u>都市に降った雨が暗渠をつたって</u>、<u>大地を潤すことなく、まっすぐ海に流れていってしまうように。</u>

　　彼はその個人的欠損を、努力の末にひとつの閉鎖回路の中に閉じこめたのだ。<u>ちょうど瓶の中にアラビアン・ナイトの魔人が閉じこめられたように。</u>そして麻原はその瓶に〈宗教〉というラベルを貼り付けた。

などのような、倒置的な直喩表現や、

　　しかしあなたは（というか人は誰も）、固有の自我というものを持たずして、固有の物語を作り出すことはできない。<u>エンジンなしに車を作ることができないのと同じことだ。物理的実体のないところに影がないのと同じことだ。</u>

　　私はそこにある言葉の集積をそのまま飲み込み、しかるのちに私なりに身を粉にして「もうひとつの物語」を紡ぎ出していく<u>蜘蛛</u>になった。<u>薄暗い天井の片隅にいる無名の蜘蛛だ。</u>

だから与えられる物語は、ひとつの「記号」としての単純な物語で十分なのだ。戦争で兵士たちの受けとる勲章が純金製でなくてもいいのと同じことだ。勲章はそれが〈勲章である〉という共同認識に支えられてさえいれば十分なのであり、安物のブリキでできていたってちっともかまわないのだ。

オウム真理教に帰依した人々の多くは、麻原が授与する「自律的パワープロセス」を獲得するために、自我という貴重な個人資産を麻原彰晃という「精神銀行」の貸金庫に鍵ごと預けてしまっているように見える。(略)つまり「自律的パワープロセス対社会システム」という対立図式を、個人の力と戦略とで実行するのではなく、代理執行人としての麻原にそっくり全権委任するわけだ。おまかせ定食的に、「どうぞお願いします」と。

などのような、言い換え的あるいはダメ出し的な比喩表現である。

## 3

インタビューの中のコメントや、事情説明の中にも、村上自身によると思われる表現がある。そのうち、比喩が集中的に見られるのは2個所である。1つは、重い後遺症のある明石志津子、もう1つは、日比谷線での実行犯である豊田亨に関する個所である。

明石に対するインタビュー記録の異質性や、村上の他の作品との関連性は、これまでも指摘されてきた(たとえば、山根由美恵「〈地下鉄サリン事件〉というモチーフの可能性」)が、それは、次のような始まり方になっている。

季節は既に一二月に入り、まわりでは冬の色がだんだん深まっていた。秋は少しずつ後ずさりするように、忘却の中へと姿を消していった。神宮外苑の銀杏の枝は葉をすっかり落とし、行き交う人々の靴底がそれを細かく踏み砕き、冷ややかな風がその̇き̇な̇こ̇みたいな黄色い粉をどこへともなく運んでいった。年もそろそろ終わりに近づこうとしていた。

このような、比喩表現を含む、ややセンチメンタルな情景描写は、他のインタビューにはまったく見られない。インタビューそのものも相手に発語障害があるため、通常のやりとりにはならず、その分だけ、言語外的な要素、つまりは相手の表情や動作の読み取りに重点が置かれる。それは次のような、親和的な比喩表現としても現れている。

　私は彼女の小さな手の──<u>まるで子供のような小さな手だ</u>──手のひらの中に自分の四本の指の先を置いてみる。彼女の指が<u>まるで眠りにつく花の花びらのように</u>、静かに閉じられていく。温かい、ふっくらとした、若い女性の指だ。その指の力は予想していたよりずっと強いものだ。彼女は私の手を、しばらくのあいだぎゅっと握っている。<u>おつかいに行く子供が、「大事なもの」を握りしめるみたいに。</u>

その感触は、病院からの帰り道にも、家についてからも、私の手にずっと長く残っていた。<u>まるで冬の午後の、日溜まりの温かみの記憶みたいに。</u>

豊田については、他の実行犯とは違って、裁判の被告席で見かけた、その様子が詳しく描写されている。たとえば、「まるで真冬のように厳しい顔をした青年だ」、「ちょっと生身の刃物を思わせるところがある」、「豊田亨はまるで厳しい修行をしている人のように見えた——あるいは彼にとってそれは、現実に厳しい修行であったのかもしれない」などの比喩表現によって。

　また、犯行までの経緯に対しては、「帰依する「尊師」からの命令に異を唱えることはできなかった。それはまるで、急な坂道を激しいスピードで転がり落ちていく車に乗り込んでいるようなものだった。そこから飛び出して、来るべき破局を逃れるだけの勇気も、判断力も、彼にはもう残されていなかった。飛び出してから行くべき「逃げ場」もなかった」のように、実行については、「すべてはこともなく、予定通りに進んだ。まるで定規を使って白い紙にまっすぐな線をすっと引くみたいに」のように、どちらも通俗に近い比喩によって表現している。

## 4

　「アンダーグラウンド」の執筆態度としては、インタビューの「記録者」としての性格とそれを作品化する「表現者」としての性格の2面がある。ただし、どちらか一方の面のみが文章に現れるということはありえないとしても、インタビュー以外の文章は、「表現者」としての村上春樹が相対的に前景化すると考えられる。実際は、さすがに小説そのものとは異なり、比喩表現の使用は全体的に抑制的である。それは、取り上げたモチーフや作品全体の内容の重さとの関わりもあろう。

　それでもなお認められる比喩表現の中には、表現者・村上春樹に

とっては不可避的とみなされるものもある一方で、その比喩でしか表わしえないというほどの表現とは思えないものも見られる。

たとえば、「風の肌触りも、夏の光の輝きも、草の匂いも、すべてが僕の子供のころに経験したものによく似ていた。大げさかもしれないけれど、まるでタイムスリップしたみたいな感覚があった」や、「もちろんこれだけの大きな突発的事件であり、状況も複雑に入り組んでいるから、現場にさまざまな混乱や過失が生じるのは避けがたいことである。まさに「泡を食った」という表現が近いかもしれない」などは、かりに村上がその通りに感じたのだとしても、表現としてなくてはならないという印象はない。

「記録者」としての性格は、冒頭に引用したように、村上による「文章的装飾もな」く、「人々の語った言葉をありのままの形で使って」いるという方針に従っているならば、表現者としての村上が意図的には顔を出すことはなく、インタビューにおける表現に何らかの特徴が見出されるとすれば、それはそれぞれの相手の個性あるいは共通性に帰するはずである。

そのことを、以下に検証してみたい。

## 5

はじめに、インタビューに関する基礎的なデータを整理しておく。

収録されたインタビューは、61名分であり、男性が51名、女性が10名である。そのうち、インタビューのあり方が他と異なるのは、男性1名、アイルランド人のマイケル・ケネディーと、女性1名、先に触れた明石志津子である。マイケルに対しては、英語でやりとりしたとのことであるから、それを村上が日本語に翻訳して収

録したのであろう。

　インタビューにおける相手の語り口の傾向を知る手掛かりとして、1人称代名詞と文末表現を取り上げてみる。

　まず、1人称代名詞であるが、女性は、年代に関係なく、すべて「私」を用いている（おそらく「わたし」という語としてであろう）。

　それに対して、男性の場合、28名が「私」、23名が「僕」で、ほぼ2分される。年代別（事件当時）に見ると、次の通りである。

|  | 10代 | 20代 | 30代 | 40代 | 50代 | 60代 |
|---|---|---|---|---|---|---|
| 私 | 0 | 0 | 4 | 7 | 9 | 8 |
| 僕 | 1 | 3 | 8 | 5 | 5 | 1 |

「私」（こちらは「わたし」なのか「わたくし」なのか判然としない）のほうが「僕」よりも年代層が総じて高く、10代や20代での使用は見られない。なお、この結果について、3点の補足をする。

　1つめは、職業や出身地には関係がないということである。職業については、10代1名が高校生である以外は、社会人しかもホワイトカラーである。出身地はそれが記されている限りでは、各県に散らばっている。

　2つめは、複数の1人称代名詞を用いている人が4名いるということである。基調となる代名詞によって2分したが、「私」基調の中に「俺」が混じるのが1名、逆に「僕」基調に「私」が混じるのが3名（うち1名は「俺」も）いる。

　3つめは、外国人のマイケル・ケネディーの発話には「僕」が選ばれているということである。60代でただ一人「僕」を用いてい

るのがこの人なのであるが、村上が「私」ではなく、「僕」を訳語として当てた理由はとくに示されていない。

　このマイケル以外は、当人が実際に、インタビューの中で用いた自称詞（混用も含め）であることを疑うような点は見当たらない。

　「私」にせよ「僕」にせよ、初対面でのインタビューという、改まった場面でのコミュニケーションに用いる人称代名詞として不都合はない。「私」か「僕」かという選択については、一般に「私」のほうが改まり度が高く、それが年代層の差となって現れていると見られる。

## 6

　次に、文末表現がデスマス体になっているか否かで整理すると、女性はすべてデスマス体になっているのに対して、男性もほとんどがデスマス体であるものの、全体的に非デスマス体であるのが2名、デスマス体と非デスマス体の混用が3名いる。

　つまり、女性の場合は、「私－デスマス体」という文体で共通しているのに対して、男性の場合は、バラエティがあるということである。男女の人数差による、たまたまの結果かもしれないが、実際どおりの結果と受け取るしかない。

　混用の3名のうち、人称代名詞として「私」使用が1名、「僕」使用が1名、もう1名は「私」と「俺」の混用であって、文末表現との相関性は認められない。非デスマス体の2名は、どちらも「僕」使用なのであるが、そのうちの1名が先のマイケルである。その語り口がどのようなものか、インタビューの冒頭近くを引用してみる。

僕は引退するまで、故郷で三〇年間競馬の騎手をしていた。僕が騎手としての訓練を受けるようになったのは一四歳のときだった。それから六年半のあいだ、見習い騎手としてみっちりと鍛えられた。普通なら五年で見習いは終わるところなんだけれど、僕はとても成績が良くて、「お前、まだ若いし、見込みがあるから、もう少しここに残って真剣に勉強しろ」ってボスに言われたんだ。だから普通の人より長く見習いをやった。逆にね。でもこれは僕にとってすごく良いことだった。というのは、おかげで僕はより成熟した騎手としてプロフェッショナルになることができたわけだからね。

あえて翻訳臭を残したとも考えられるが、村上の小説文体との近さも看取されよう。

## 7

　各インタビューの前には、その相手の簡単なプロフィールの紹介とインタビューの際の印象が記されている。その印象の中には、語り口に関するものも含まれ、女性では3名、男性では31名について、それが見られる。
　女性については、「人前に出て進んではきはきと喋るというタイプではないようだ」（高月智子）に対し、「能弁にして情が溢れて」（和田早苗）、「明るくはっきり物を言う」あるいは「言葉をそのまま文章にすると、あるいは少し感じがきつくなるところがあるかもしれない」（和田嘉子）のように、対極的な印象が示されている。
　男性については、おおよそ次の4つの印象評価のタイプに分けられる。

第一に、きちんとタイプで、「自分の意見はきちんと口にする」（井筒光輝）、「きちんとしたしゃべり方をする」（尾形直之）、「饒舌なわけではないが、話し方はいかにもきちんとしていて、言葉に詰まることもない」（片山博視）、「しゃべり方はきっぱりしていて、うだうだしたところがない」（宮田実）、「しゃべり方ははっきり、きっぱりしている」（稲川宗一）、「話はきっぱりとしていて、たいへんわかりやすく、説得力をもつ」（斎藤徹）、「きっぱりとした話し方をする」（中嶋克之）の他、「しゃべり方にも無駄がない」（内海哲二）、「さばさばとして、話しが早い」（仲田靖）、「すごく流暢にすらすらとお話をなさる」（初島誠人）、「飾ったところもないし、もってまわったややっこしいことも言わない」（長浜弘）も含まれよう。印象評価としては、このタイプがもっとも目立つ。

　第二に、ソフトタイプで、「話ぶりはソフトでおだやか」（市場孝典）、「話し方もソフトだが」（中野幹三・石野貢三）、「口にされる言葉もソフトだが」（明石達夫）の他、「口が重いというほどではないのだが、あまり自分から進んで、個人的な事情を喋るタイプではない」（牧田晃一郎）、「どうやら積極的に喋る人ではないようだ」（三上雅之）、「質問されると、考えながらゆっくりと話をする」（寺島登）、「どちらかといえば物静か、言葉の少ない方だ」（和田吉良）、「決して口先が巧みとか、押し出しが強いとかいうのではなく」（片桐武夫）、「決して能弁というタイプではない。考え込むように、訥々と事件を語る」（大橋賢二）、「もともとの語り口なのかもしれないけれど、語尾にも心なしか元気がない」（大沼吉雄）などがある。

　第三は、方言タイプで、「関西弁というのではないのだが、会話のトーンなんかは基本的にしっかりと「関西」している」（石原

孝)、「しゃべり方もてきぱきしており、どことなく東京下町風というか、腹蔵なくはっきりとものを言う雰囲気がある」(平中敦)、「言葉にはまだ少し山形の訛がうかがえる」(豊田利明)などがある。これに、マイケル・ケネディーも加えられるよう。「彼は聞き取りやすいクリアな英語で喋ってくれているのだが、その部分〔＝地下鉄車両内部でのできごと〕にさしかかると、彼の言葉は急に早口になり、不明瞭になり、アイルランド訛りが強くなる」とある。

　第四は、人柄タイプで、「風貌も、物腰も、しゃべり方も、どちらかというと「体育会系」という感じだが」(早見利光)、「話し方には確信のようなものがうかがえる」(菅崎廣重)、「話ぶりはいつも前向きだった」(吉秋満)、「こちらが質問することにも、物怖じすることもなく、構えることもなく、正直にクールに、すらすらと返事を返してくれた」(武田雄介)、「物腰や受け答えにどこかひょうひょうとした、捉えどころのない部分がある」(松本利男)など、単に語り口だけに収まらない印象評価である。

　以上のような、語り口の印象評価が、それの記されていない、残り約半分のインタビューも含めて、それぞれのインタビューの相手の発話に、どのような表現上の差異となって具体的に現れているかを示すのはきわめて難しい。先に示した、1人称代名詞や文末表現の使用実態との対応関係も総体としては認めがたい。

　たとえば、判別しやすそうな、第三の方言タイプをとっても、関西弁であれ山形弁であれ、アイルランド訛りであれ、それがそのまま分かるように再現されてはいない。その印象が、あくまでも「細かいニュアンス」レベルのことだとするならば、かりに語り口そのものを忠実に写したとしても、それだけからではうかがえないであろう。

むしろ逆に考えるべきかもしれない。あるいはあったかもしれない、それぞれの語り口の差異を、記録の文章としての読みやすさを優先して（もしかするとプライバシー保護の意図もあって）、その文体の中立化を図るための調整を行ったのではないか。もとより、決して村上春樹的な文体としてではなく。

とすれば、ここで問われるのは、インタビューの相手相互の差異ではなくて、結果として、それらの人々と村上春樹との間の文体的差異が認められるか、である。それを確かめるために、インタビューの発話中に見られる比喩表現を取り上げてみる。

## 8

各インタビューを記録した文章の長さは一律ではなく、最少で3ページ、最多で20ページあり、平均は約8ページである。その中に、質はともかくとして、比喩表現と認められる例は、70例弱ある。

出現別では、まったく見られないのが24名、1例のみが20名、2例が10名、3例が2名、4例が3名、そして9例が1名である。最多9例は被害者の大橋賢二であり、インタビューが2回行われ、分量も13ページと多めであり、その中で頭痛の症状をたとえる類似の表現が繰り返されている（後述）。

全体的には、インタビューに答える発話において、比喩表現を用いることはきわめて少ない。その少ない比喩表現の中でも際立っているのは、次の2点に対してである。1つは、サリンガスの匂い、もう1つは、「縮瞳」という症状である。

片や嗅覚、片や視覚という感覚に関わる表現であるが、それまでに体験したことのない感覚を言語的に表わすには、比喩を用いざる

をえないし、あるいは比喩を用いたとしても、その感覚は体験した者にしか分からないであろう。もちろん、村上春樹も含めて。そのことは、次のような、サリンガスの匂いに関する証言に端的に現れている。

　これまで何度もいろんな人に訊かれたのですが、ことばで表現するのはむずかしいんです。「何みたい」とか、そういう風には言えないです。(大沼吉雄)

　においはあったんですが、そのにおいを僕はどうもうまく説明することができないんです。最初はシンナーみたいだったってみんなに説明してたんですが、考えてみればシンナーのにおいとは違うんです。ちょっと焦げたようなにおいも入っている。なんというか、説明もつかないような異臭ですね。訊かれても、どう表現すればいいのか、いつも迷ってしまうんです。「異臭」という以外に言いようがない。(西村住夫)

　でもそれがどんなにおいだったか、私には今でも説明することができないんです。事件のあとでよく「どんなにおいだった?」と訊かれたんですが、これは形容のしようがない。(内海哲二)

## 9

　サリンそのものは無臭のようであり、「においというのはまったく感じませんでした」(中嶋克之)をはじめ、被害者のうちの6名はこれと同様の証言をしているが、何らかの匂いを感じたほうが圧

倒的に多く、しかしその感じ方・表わし方はじつに多様である。それを大雑把に分けると、次の3つになる。

1つめは、「ツーンと」というオノマトペで表わされる、強い刺激臭としてである。それは、「喉に引っかかるようなにおいというか、ツーンとくるんですよ。なんだろうこのにおいは？と思いました。消毒剤みたいなにおいでしたね。よく覚えています。今でもそのにおいなら嗅ぎ分けられます」（金子晃久）、「そう思ったとたんに、つーんというにおいが鼻を刺しました。最初、誰かがシンナーでも流したのかなと私は思いました。でもそれはシンナーよりはずっときついんです。ペンキに使うシンナーなんかとは違って異様なくらい刺激的で、つーんとするにおいでした」（吉秋満）、「私も嫌なにおいだなという感じはしました。昔田舎の方で火葬に立ち会ったんですが、そのときのにおいみたいでもありました。あとネズミが死んだときのにおいみたいでもありました。そうです、かなり強烈です」（豊田利明）などの比喩によって表現されている。

これら以外でも、刺激の強さには言及がないものの、「マニキュアの除光液」や「溶剤」「薬品」「オイルライター」をたとえに用いた例も見られる。

2つめは、1つめとは正反対に感じられた、ソフトな匂いとしてである。「それは刺激的なにおいではなくて、ちょっと甘い感じのする、何かが腐ったみたいなにおいでした」（大橋賢二）、「どう言いますか、あまりきつくなくて柔らかい感じなんです。ちょっと甘い感じで、とにかく嫌なにおいというのではないのです。でも神経をやられていくような、そんな奇妙な雰囲気がありました」（内海哲二）、「急に甘い匂いがしてきました。ココナッツみたいな甘い匂いがしてきました。すごい甘い匂い。さあここから階段というあた

りで、その甘い匂いがぷーんと立ちこめてきたんですよ」（市場孝典）、「出発して間もなく、ぷーんとにおいがしました。サリンは無臭だと聞いていましたが、そんなことはない。なんとなく甘ったるい。香水のにおいかなと持ったくらいです。不快なにおいではありません」（駒田晋太郎）などである。

　なお、「甘い」は味覚形容詞の転用であるが、「そのうちに僕も、何か酸っぱいようなにおいがしてきたのです」（時田住夫）、「席に座ってすぐに酸のようなにおいを感じたんです」（有馬光男）のような、「酸っぱい・酸」というたとえも見られる。

　3つめは、「異臭」という受け止め方として、「なんというか、説明もつかないような異臭ですね。訊かれても、どう表現すればいいのか、いつも迷ってしまうんです。「異臭」という以外に言いようがない」（西村住夫）、「何かタマネギの腐ったみたいなにおいがしてきた。要するに異臭です。車内放送でガス爆発があったと聞いていましたから、ガスのにおいだと思いました。多分都市ガスのようなものなのだろうと」（光野充）、また「なんとなくにおいがしてきたんです。それはゴムの焼けたようなにおいだったです」（宮崎誠治）や「ちょうど油みたいなものが焼けたにおいですね」（初島誠人）のような、物が焼ける（た）匂いとする例などもある。

## 10

　次に、「縮瞳」に関してであるが、瞳孔が収縮して、光が入りにくくなって、周りが暗く見えたり視野が狭くなったりする症状である。地下鉄サリン事件の場合は、サリンガスによってほとんどの被害者にこの症状が生じたようであり、インタビューでも、それがどのような状態かを表わす表現が、やはりさまざまに見られる。

50例近くの、その表現の半分ほどは、屋内外での見え方が単に「暗い」あるいは「真っ暗」になったと表現しているが、残りには、何らかの比喩が用いられている。その主な表現を挙げると、次の3種類がある。

　1つめは、色としての表現。そのうち、「それまでは真っ暗な墨の中にいるみたいな感じだったんです。ものは見えるけれど、色はまったくないというようなね」（稲川宗一）のような、「墨」という黒色は暗さからの想定の範囲にあるが、他にも、「病院に行く道筋では、いろんなものがセピア色に染まって見えました」（島田三郎）、「どういうわけか空が暗いんです。白黒というか、茶色みたい。まるで古い写真みたいな」（飯塚陽子）のような茶色系、「電話ボックスを出て道路を見たら、普通は白く見える光景がピンクがかった薄い茶色というか、薄い煉瓦色という色に見えました」（石原孝）、「階段をあがって外に出たら、空がどす赤いんです。夕焼けの、日が沈んでまだ赤みが残っているという空があるじゃないですか。赤いのに暗い色がかかって、そういう空でした」（初島誠人）のような赤色系、さらには「目がぴくぴくとしてきて、筋肉痛のような状態です。痛くはないのですが。まわりはまあ黄色ですね。あまりクリアじゃないですが、黄色い風景が見えます。それがだんだんプラスチックで固められていって、なおかつだんだん縮んでいくような……。言葉にするとそんな感じになります」（中山郁子）のような黄色系まで見られる。

　2つめは、状況としての表現。たとえば、「目もおかしい。あたりはすっかり暗くなっていました。まるで夕方みたいな感じの暗さなんです。しかし空はちゃんと晴れている。曇っているのでもない。雲ひとつない」（伊藤正）や「目も急に見えなくなってしまっ

た。まるで突然夜になったみたいな状態です」（園秀樹）のような、夕方や夜という時間帯による状況や、それと類似する「目を開けたらもう真っ暗なんです。まるで映画館に入ったときみたいな感じです」（駒田晋太郎）や「電車を降りたときにあたりがいやに暗いんですね。照明が切れているのかなと思うくらい暗いんです」（有馬光男）という状況、また「それから目の前がサングラスでもかけたような状態になってきたんです。暗くなってきて」（坂田功一）、「あの日は天気が良かったのになぜか薄暗い。ちょうど薄いサングラスをかけたときのような感じだったですね」（大沼吉雄）のような、サングラスをかけているという状況、それと類似する「ときどき目の前がすうっと白く濁ってしまうんです。膜がかかったというか、たとえば煙草の煙が充満した部屋に入ったときみたいな感じです」（橋中安治）、「まるで子供がぷくぷくとシャボン玉を吹いているような感じなんです。目が。石鹸の泡が目にくっついたみたいに、ものが二重三重に見えちゃう」（光野充）という状況などがある。

　3つめは、眼そのものに関する表現。「その駅員さんは、目の焦点がまったくあっていないという感じでした。目がふらふら宙をさまよっているような状態でした」（和泉きよか）、「吐き気がして目が回ってきた。視力が低下するというか、眼鏡をとってもつけても同じに見えるんですよ。焦点が合わないんです」（寺島登）、「ただ目が点みたいになってしまって、なかなかもとに戻りませんでしたが」（宮崎誠治）などがある。

## 11

　参考までに、上記の例以外で、先に比喩の最多使用者として挙げ

た大橋賢二について触れておく。

その比喩はもっぱら頭痛の症状に関してで、「入院しているあいだ、一日二四時間、頭痛は波が寄せたり引いたりするみたいに、重くなったり軽くなったりしながら続きました」や「頭痛はやはり一日じゅう続いていました。波みたいに寄せたり引いたりという感じです」、また「とくに六月の梅雨時は、それはひどいものでした。毎日頭の上に何かがずっしりとのっかっているような感じです」や「頭に何かをどっしりとのっけられたみたいな、覆い被さっているみたいな、そんな感じです」、「毎日毎日頭の上に、常に石か重いヘルメットがずっとかぶさっている状態を想像してみてください」、さらに「瞳孔は少しずつもとに戻ってきたんですが、今度はそのかわり何かと焦点があうと、まるで電気にあてられたみたいにぴりぴりと目の奥に激痛が走るようになりました。錐で刺されるように痛いんです」や「それも不思議で、左なら左、右なら右だけ目の奥に激痛が走るんです。まるで串刺しにされたみたいな痛さです」などである。

村上はその語り口の印象を「決して能弁というタイプではない。考え込むように、訥々と事件を語る」と評していたが、このようにたとえを代えて繰り返される痛みの表現がそのような評の要因の1つになったのかもしれない。

## 12

同一の対象感覚に関する、これだけ多様なたとえによる嗅覚や視覚さらには痛覚に関する表現は、その比喩性の度合いの違いはともかくとして、被害者それぞれの体験記憶にもとづくのであるから、どれも真実なのであり、その比喩は表現技巧としてではなく、それ

を表わすのに適切かつ唯一的なものとして、それぞれ選び出されたものであろう。結果的にはパターンとして同一あるいは類似の表現になったとしても。

　村上は、「証言者によって語られた話は、もちろん明らかな思い違いや事実誤認と思われるものは訂正したが、可能な限り語られたままの裸の姿で、ここに紹介するようにつとめた」(目じるしのない悪夢)と述べているが、これらの比喩はその「明らかな思い違いや事実誤認」には含まれなかったにちがいない。

　ここで、サリンガス体験の感覚を、村上が創作として表現したとしたらどうなるか、被害者と同じような比喩を用いえたかという問題設定は意味をもつまい。その前に、そもそもこれらの比喩を比喩として、インタビュアーの村上も含めて、被災者ではない受け手が想像・理解・受容しうるかというアポリアがある。つまるところ、比喩表現によるリアリティが何によって担保されるかである。

　「私は人々の語る話をそのままそっくり自分の中に受け入れよう、血肉として取り込もうとした」(目じるしのない悪夢)と、村上自身は述懐しているが、それは表現理解とはまた別次元のことではないだろうか。

　ただ、こういうことは言えそうである。インタビューに応じた被害者たちは、それを求められることによって、自らの体験を言葉によって外在化しようとした、つまりためらいながらも、依怙地な体験主義に陥ることなく、比喩によってそれを開かれたものにしようと試みたということである。そして、それは、村上が初期作品において、分かるか分からないかの境界線に位置する比喩もどきによって読み手とのコミュニケーションを模索したことにも通じるのではあるまいか。

「アンダーグラウンド」：比喩するとはどういうことか　263

やや強引にまとめてみれば、先に提出した、インタビューの対象となった人々と村上春樹との間に差異があるかという問いに対して、その表現自体の質としてではなく、表現することの切実さという質においては、否定の答えが導かれえよう。

# 『村上春樹　読める比喩事典』

# 比喩に何を用いるか

## 1

　芳川泰久・西脇雅彦『村上春樹　読める比喩事典』は、その「はじめに」に、「村上春樹の比喩は、個々の作品を離れても、独自の世界を構築している。ユーモアさえつくりだしている。だから、最小の文脈で比喩じたいを読める本があってもいいのじゃないか。そうした思いが、本書の発想のきっかけとなった」とあり、メインとなるその「第Ⅰ部　比喩　奇想への誘い」において、「比喩だけを読むにしても、文脈が思い浮かぶものが望ましいということにな」った結果、「長篇のみを対象とし」、その中に見られる比喩に対し、「村上春樹の小世界を形成しうる」項目に分類し、「編者が興味のあるものを選ぶことにした」とある。

　村上作品だけでなく、この事典を小著であえて取り上げる理由は、3つある。

　第一に、村上春樹作品における比喩表現をほぼ網羅的に示す唯一の資料だからである。第二に、「村上春樹の小世界を形成しうる」

項目に分類することにより、村上春樹の比喩の全体的な傾向をうかがうことができるからである。そして第三に、第二点と表裏の関係で、「編者が興味のあるものを選」んだことから、その認定や取捨の仕方をとおして、村上春樹の比喩の受容のありようを知ることができそうだからである。

## 2

当事典が対象とした、村上春樹の長編小説は、事典出版年までに刊行された、以下の13作品である（出版年順。カッコ内の1字は以後に用いる略称）。

『風の歌を聴け』（1979年、〔風〕）、『1973年のピンボール』（1980年、〔ピ〕）、『羊をめぐる冒険』（1982年、〔羊〕）、『世界の終りとハードボイルド・ワンダーランド』（1985年、〔世〕）、『ノルウェイの森』（1987年、〔森〕）、『ダンス・ダンス・ダンス』（1988年、〔ダ〕）、『国境の南、太陽の西』（1992年、〔国〕）、『ねじまき鳥クロニクル』（1994～1995年、〔ね〕）、『スプートニクの恋人』（1999年、〔恋〕）、『海辺のカフカ』（2002年、〔海〕）、『アフターダーク』（2004年、〔ア〕）、『1Q84』（2009～2010年、〔Q〕）、『色彩を持たない多崎つくると、彼の巡礼の年』（2013年、〔色〕）

比喩表現に施す分類は、「凡例」によれば、各表現においてたとえるものを基準として（ただし、以下に示す中の「「僕」をめぐる考察」と「世界の成り立ち」の2項目は、たとえられるものによる）、それを、「1 知る」「2 作る」「3 生きる」「4 有る」「5 遊ぶ」という5つに大きく分けたうえで、それぞれをさらに、次のようなタイトルを付し、全64項目に小分けしている（各項目には

後の便宜のために、アルファベットを付す)。

1　知る〔9項目〕a：影の広場／b：サイエンス・リポート／c：思索のとき／d：死のトポス／e：宗教の教え／f：時は流れて／g：ふしぎな世界／h：「僕」をめぐる考察／i：歴史をふりかえる
2　作る〔14項目〕a：井戸巡礼／b：音楽はお好き？／c：機械仕掛け／d：鋼鉄の夢／e：シネマ・ピープル／f：職業いろいろ　人それぞれ／g：建物探訪／h：乗りものクロニクル／i：ハウジング空間／j：美術館で会いましょう／k：ファッション！／l：文学夜話／m：文体練習／n：文房具と雑貨の話
3　生きる〔11項目〕a：隠喩としての病い？／b：子どもとおばさんの話／c：さかな祭り／d：植物図鑑／e：身体ジャーナル／f：青果通信／g：生物奇譚／h：食べものクラブ／i：動物日和／j：のどが渇いたら／k：虫のいどころ
4　有る〔6項目〕a：お天気しだい／b：カタストロフの様相／c：季節はめぐる／d：自然の歌を聴け／e：世界の成り立ち／f：天体観測
5　遊ぶ〔6項目〕a：クリスマスの日／b：スポーツ・スポーツ・スポーツ／c：戦争の記録／d：デザートのある風景／e：ピクニックの光景／f：料理の時間

このような分類およびそれぞれのタイトルは、たとえる語そのも

のに基づくわけではなく、また、いわゆるシソーラスとしての全体性あるいは整合性も認めがたい。当事典には、各項目の分類基準に関する説明も見られない。

　ただ、大分類のタイトルをすべて動詞にしていることから推測すれば、それぞれには、その動作の対象あるいは主体となるものが含まれているようである。

　たとえば、「1　知る」には、観念的・抽象的な事柄、「2　作る」には、人間による具体的な創作物、「3　生きる」には人間も含めた生物、「4　有る」には、無生物の自然物・現象、そして「5　遊ぶ」には、人間の特定の営為、となろう。これをさらに、人事と自然に2分すれば、「1　知る」「2　作る」「5　遊ぶ」が人事、「3　生きる」「4　有る」が自然に相当する。

　そのうえで、各分類の項目数を見ると、最多が「2　作る」の14項目、次いで「3　生きる」の11項目と「1　知る」の9項目、最少が「4　有る」と「5　遊ぶ」の6項目となっていて、均一ではない。人事と自然に分ければ、前者が47項目、後者が17項目であり、前者に圧倒的に傾く。

　このような分類ごとの項目数の多寡は、実例から帰納された結果として、当てはめかたに多少の恣意はあるとしても、村上作品における比喩表現の分布の偏り具合、さらには比喩に対する村上春樹の関心のありよう、あるいは作品のおける表現上の必然性のありようの凡そを反映していると見られる。

## 3

　当事典に収められている、村上春樹作品における比喩表現の実例は計618例である（該当表現を太字にした部分に限り、同一個所の

複数例をそれぞれカウント）。5大分類ごとの用例数を示すと、次の通りである（丸カッコ内は1項目あたりの平均用例数）。

1　知る　：102例〔16.5％〕（11.3）
2　作る　：230例〔37.2％〕（16.4）
3　生きる：129例〔20.9％〕（11.7）
4　有る　： 97例〔15.7％〕（16.2）
5　遊ぶ　： 60例〔 9.7％〕（10.0）

この結果から、次の3点が指摘できよう。

第一に、全体として、項目数の多寡にほぼ応じた用例数になっているという点である。

第二に、その中にあって、「2　作る」は全体の3分の1以上を占め、各項目における平均用例数も多いという点である。

第三に、それに対して、「4　有る」は、項目数は少ないながらも、用例数が多く、平均用例数も「2　作る」に準じるという点である。

## 4

当事典において、どのような表現を比喩と認定するか、また、どのような種類の比喩として認定するかに関する説明もとくに見られない。ただし、「凡例」末尾の用例表記の説明からは、太字で示された、「よう」や「みたい」などの比喩指標を有する、いわゆる直喩を中心に取り上げたと見受けられる。

実際、全618例のうち、比喩指標をやや広く捉えて直喩と認定しうるのは544例、全体の9割近くにのぼる。残りの74例、つまり1割強には比喩指標が見出せないので、一般には隠喩と呼ばれる比喩となる。

たとえば、「1　知る」に見られる、次のような例が隠喩に当たる（(略)は当事典での引用範囲における省略）。

（略）私はここにいるが、同時にここにはいない。私は同時に二つの場所にいる。アインシュタインの定理には反しているが、しかたない。それが**殺人者の禅**なのだ。〔Q〕

　然るべき時が来るまでは、誰も私の眠りをさまたげることはできない。私は**トラブルの衣**にくるまれた**絶望の王子**なのだ。（略）〔世〕

この前誰かを愛したのはいつのことだったろう？
　ずっと昔だ。**いつかの氷河期**と**いつかの氷河期**との間。とにかくずっと昔だ。〔ダ〕

これらは、「Aハ（ガ）Bダ」型の隠喩であり、AをBがたとえるという関係にある。当事典で引用されている隠喩表現の大方は、Aの省略された1文も含め、このタイプである。

ただし、たとえるものとたとえられるものが1文において対比・明示される、このようなタイプの隠喩は、じつは直喩として認める立場もある（詳細は、半沢幹一編『直喩とは何か』参照）。

それに対して、

　僕は待合室に残ってコカ・コーラを飲みながら読みかけていた本のページを開いたが、十分試みてからあきらめて本をポケットに戻した。頭には何も入らなかった。**僕の頭の中には**

十二滝町の羊たちがいて、僕がそこに送り込む活字を**かたかた**と音をたてながらかたっぱしから食べていった。〔羊〕

　ここにある森は結局のところ、僕自身の一部なんじゃないか——僕はあるときからそういう見かたをするようになる。僕は**自分自身の内側を旅している**のだ。血液が血管をたどって旅するのと同じように。〔海〕

などのような例は、構文的にはそれ自体として成り立ち、たとえられるものは言外にある、つまりたとえるものがたとえられるものに表現上、置き換えられた、隠喩としての典型である。とはいえ、村上春樹の場合、そのたとえられるものが前後の文脈からある程度、補えるような表現になっている。上に示した隠喩表現は、「羊をめぐる冒険」でも「海辺のカフカ」でも、直前の表現がたとえるもの相当を表わしているのである。
　この２例のうち、「海辺のカフカ」のほうはやや複雑で、「僕は自分自身の内側を旅している」という隠喩の１文が後続の「血液が血管をたどって旅するのと同じように」という直喩表現と倒置の関係にあり、屋上屋の感のある比喩表現である。この直喩としての対応関係では、「僕」を「血液」にたとえていることになり、それが適切かどうか、隠喩の方より、むしろ問題になりそうである。

## 5

　直喩と隠喩の区別について、説明が前後するが、以下のような例は、当事典の用例採択の方針に従って、直喩ではなく隠喩のほうに含めた。

（略）そう、僕は眠っている。**固い固い鉄球**の中で僕は体をくるりと丸めてリスのように深く眠っている。ビルを壊す時に使うような鉄球。中がくりぬいてある。その中で僕は眠っている。（略）〔ダ〕

　上の例で太字になっている「固い固い鉄球」が、「鋼鉄の夢」と称された項目で取り上げられた比喩であり、これ自体は隠喩である。それを含む表現全体としては、「僕」を「リスのように」という直喩で表わした1文であり、その後に続く「ビルを壊す時に使うような鉄球。中がくりぬいてある。」という表現は「固い固い鉄球」という隠喩をさらに補足説明している。

　（略）昨日と今日の、今日と明日の区別がうまくつかなくなってくる。時間は**碇をうしなった船**みたいにあてもなく**広い海をさまよいだす**。〔海〕

　この例も同様で、表現構造としては、「時間」を「碇をうしなった船みたいに」という直喩によりたとえた表現であるが、それを含んで「広い海をさまよいだす」が「時間」の様態に関する隠喩になっているケースである。

　君が毎朝鳥の世話をしたり畑仕事をしたりするように、僕も**毎朝僕自身のねじを巻いています**。ベッドから出て歯を磨いて、髭を剃って、朝食を食べて、服を着がえて、寮の玄関を出て大学につくまでに僕はだいたい三十六回くらいコリコリとねじを巻きます。〔森〕

太字の「僕自身のねじを巻いています」の「ねじを巻く」が「僕」の何らかの行動の隠喩になっている。それが「君が毎朝鳥の世話をしたり畑仕事をしたりするように」という、「君」の具体的な行動を表わす、例示的な直喩によって形容されているが、後続文によれば、共通するのは毎朝のルーティンという点だけであり、たとえられているのは、おそらく内面的な行為であろう。

　　父親は地方の開業医としてはまずまず優秀な部類だったが、胸が痛くなるくらい退屈な人間だった。手にするものすべてが黄金に変わってしまう伝説の王のように、彼の口にする言葉は**すべて味気ない砂粒になった。**〔Q〕

この例も同様に、太字の「味気ない砂粒」が「彼の口にする言葉」の隠喩になっているが、それを「手にするものすべてが黄金に変わってしまう伝説の王のように」という、逆説的な直喩が形容している。

　　つくるは東京で規則正しく、もの静かに生活を送った。**国を追われた亡命者**が異郷で、周囲に波風を立てないように、面倒を起さないように、滞在許可証を取り上げられないように、**注意深く暮らすみたいに。**彼はいわば**自らの人生からの亡命者**としてそこに生きていた。〔色〕

この例では、文末が「みたいに」になっている直喩の1文と、それをまとめて言い直した、続く「自らの人生からの亡命者」という隠喩が当事典ではターゲットにされている。ただし、隠喩とみなし

た「亡命者」についても、それに関わる「いわば」や「として」という表現を比喩指標とみなせないこともない。

> 私は秋の朝の光の中で棚に並んだ鍋や鉢や調味料の列をぼんやりと眺めていた。台所は世界そのもののようだった。まるでウィリアム・シェイクスピアの科白みたいだ。世界は**台所**だ。
> 〔世〕

太字表記を含む「世界は台所だ。」の1文は「AハBダ」型の隠喩構文であり、それに先立つ、当事典ではターゲットにされていない「台所は世界そのもののようだった。」は、逆関係の直喩である。その両文にはさまれた「まるでウィリアム・シェイクスピアの科白みたいだ。」という直喩の1文は、その前後の比喩を「科白」とみなした、メタレベルの直喩になっている。

以上のように、村上作品に見出される隠喩は、その前後で、直喩によって補われたり言い換えられたりする表現が目立つ。ただし、一般的には、隠喩より直喩の方が分かりやすいとされるが、それは比喩的な対比関係がより明らかというだけであって、何を意味・意図するかが「読める」ことまでは必ずしも担保されるわけではない。

## 6

当事典に収録された比喩表現全618例のうち、比喩指標をやや広く捉えて直喩と認定したのは、その9割近くの544例であったが、それを指標によって大分類すると、次の通りである。

  よう　：266例（48.9％）

みたい： 187例（34.4％）
　　同じ　：  32例（ 5.9％）
　　その他：  57例（10.5％）
「よう」と「みたい」という、2つの代表的な比喩指標で、全体の8割以上を占め、「よう」が半分近くに及ぶ。第3位の「同じ」には、「同じよう」や「同じくらい」などの表現も含まれる。

「その他」に属する、おもな表現が次の通りであり、「比喩指標をやや広く捉え」たものは、ここに含まれる。どれも1桁台の用例数である。

　　助動詞系：ごとし・そうだ・らしい
　　動詞系：似ている／思わせる・思い出させる・思い起こさせる／連想させる・想起させる・想像させる・彷彿とさせる／言う（感じ・類い）・呼ぶ
　　助詞・接辞系：くらい・ほど・より・並みに・的(てき)
　　副詞系：まるで

このうち、比喩指標たりうるか否かがとくに問題になるのは「助詞・接辞系」であろう。以下に、1例ずつ挙げておく（該当語に下線を付す）。


（略）
「すごく可愛いよ、ミドリ」と僕は言いなおした。
「すごくってどれくらい？」
「**山が崩れて海が干上がるくらい可愛い**」〔森〕


（略）彼の生涯については誰も知らない。**深い井戸の底のみずすましほどにしか知らない。**〔ピ〕

立ち上がると、女がマリに比べてずっと大きいことがわかる。マリは小柄な娘だし、相手の女は**農具を入れる納屋並み**に頑丈にできている。〔ア〕

（略）そのときなら生死を隔てる敷居をまたぐのは、**生卵をひとつ呑むより**簡単なことだったのに。〔色〕

世の中には何種類かの人間がいて、ある人にとっては人生や世界は**茶碗蒸し的**に一貫したものであって、またべつの人にとってはそれは**マカロニ・グラタン的**に行きあたりばったりのものなのでしょうか。私にはよくわからない。（略）〔ね〕

これらの語が比喩指標とみなせるのは、それぞれが構文的に比喩的な対比関係にあることを示す機能を有するからである。

## 7

比喩指標の大勢を占める「よう」と「みたい」について、活用形ごとに整理してみると、次のような結果となる。

|  | 連用形（〜ニ） | 終止形（〜ダ） | 連体形（〜ナ） |
| --- | --- | --- | --- |
| よう | 160 | 3 | 103 |
| みたい | 120 | 26 | 43 |
| 計 | 280 | 29 | 146 |

この表から、次の2点が指摘できる。
第一に、連用形が全体の6割以上に及び、連体形の2倍以上ある

点である。これは連用修飾型の直喩が連体修飾型のそれの倍以上であることを示していて、「よう」と「みたい」ではほぼ差がない。なお、このような結果は、一般的な直喩の表現形式の使用傾向とも合致している。

　第二に、終止形は全体の６％程度しかないが、目を引くのは、「よう」が３例のみなのに対して、「みたい」には26例も見られるという点である（文末において「みたいだ」以外に、「みたい」「みたいで」も含まれる）。これは、「みたい」のほうが「ＡはＢみたいだ」という、「ＡハＢダ」という隠喩文に近い表現になっているということである。

　なお２点、補足する。

　１つは、連用修飾型の直喩表現に関して、全280例のうちの56例（「ように」20例、「みたいに」36例）、全体の２割の連用形が文末に位置する、つまり倒置的になっているという点である。これに、文末が「同じように」（６例）と「くらい」（１例）で終わる、同様の例も加えると、かなり特徴的な表現形式であると言える。

　以下に、該当例を、地の文と会話文のそれぞれで、いくつか挙げてみる。

　　午前四時の街はひどくうらぶれて汚らしく見えた。そのいたるところに**腐敗**と**崩壊**の**影**がうかがえた。そしてそこには僕自身の存在も含まれていた。まるで**壁**に**焼きつけられた影のように**。〔国〕

　　（略）橇の鈴のような明るく軽いコール音はいつまでも鳴り続けていた。まるで**クリスマスの朝みたいに**。〔ね〕

(略)
「どうだろう。それほど愉快な話ではないと思うね。逆説的なおかしみならいくらかあるかもしれないが」
「**チェーホフの短編小説のように**」
「そのとおり」と小松は言った。〔Q〕

「あなたといると気づまりだとかそういうんじゃないのよ。ただ一緒にいるとね、時々空気がすうっと薄くなってくるような気がするのよ。**まるで月にいるみたいに**」〔ダ〕

「でもたぶんそのときの父にとって、それは信じる信じないという問題ではなかったのでしょう。彼はその不思議な話を、不思議な話としてそのまますっぽり呑み込んだのだと思います。**蛇が捕らえた動物を咀嚼もせずいったん体内に呑み込み、それから時間をかけて消化していくのと同じように**」〔色〕

 もう1つは、連体修飾型の直喩表現に関して、146例のうちの32例(「よう」22例、「みたい」10例)、全体の2割程度は「もの」を下接しているという点である。これは、「AはBのような(みたいな)ものだ」という措定文形式になっているということであり、「AはBの〔よう(みたい)〕だ」という、終止形による主述型に準じる表現として位置付けられる。

## 8

 当事典に掲載された比喩表現を、地の文と会話文に分けて、その出現数を見ると、618例のうち、地の文に478例、会話文に140例

あり、地の文のほうに8割近く見出される。もとより、村上作品における双方全体の分量比や、当事典における用例の採択基準も勘案されなければならないので、単純に地の文のほうの出現率が高いとは言いがたい。

　地の文と会話文の位相・文体差を測る尺度の1つとして、「よう」と「みたい」を比べてみる。「みたい」は「よう」よりも口語的とされるが、当事典の用例のうち、会話文に用いられているのは、「よう」が31例、「みたい」が58例であり、各全体数の比率からも、「よう」が13.2％、「みたい」が30.7％であって、有意差がある。つまり、「みたい」の口語性が反映した結果ということである。

　ただし、位相差に還元するには留保すべき点もある。たとえば、「ごとし」は、当事典で3例採られているが、次のように、すべて会話文における使用なのである。

「もうひとつの問題は人間のその深層心理が常に変化しておることです。たとえて言うならば、**毎日改訂版の出ておる百科事典のごとき**ものですな」〔世〕

「〔ギルバート・＆・サンズ社の〕ピンボールの一号機は一九五二年に完成しました。悪くはなかった。実に頑丈だし、安価でもあった。でも面白味のない台でしてね。『ビルボード』誌の評を借りるなら『**ソビエト陸軍婦人部隊の官給ブラジャーの如きピンボール・マシーン**』であったわけです」〔ピ〕

　大島さんは言葉を切って、唇をまっすぐに結ぶ。「そして、田村カフカくん、そこに君が現われた。**キュウリのごとくクー**

ルに、カフカのごとくミステリアスに」〔海〕

「ごとし」は、「みたい」や「よう」よりも文語的つまりは書き言葉的であるにもかかわらず会話文にのみ用いられているのは、地の文か会話文かという位相差によるものではなく、それぞれの登場人物のキャラクターに合わせた、役割語的な使用であろう。

## 9

当事典には、先に挙げた村上春樹の長編小説13作が対象となっているが、それぞれの作品における比喩表現がどのくらい採録されているかをまとめると、次のようになる。

| 作品 | 風 | ピ | 羊 | 世 | 森 | ダ | 国 |
|---|---|---|---|---|---|---|---|
| 用例数 | 10 | 31 | 77 | 79 | 31 | 61 | 23 |
| 項目数 | 10 | 21 | 35 | 36 | 22 | 33 | 19 |
| 項／用 | 1.0 | 0.7 | 0.5 | 0.5 | 0.7 | 0.5 | 0.8 |

| 作品 | ね | 恋 | 海 | ア | Q | 色 |
|---|---|---|---|---|---|---|
| 用例数 | 59 | 45 | 35 | 12 | 115 | 31 |
| 項目数 | 29 | 26 | 25 | 11 | 38 | 19 |
| 項／用 | 0.5 | 0.6 | 0.7 | 0.9 | 0.3 | 0.6 |

用例数としては、「1Q84」が115例と、きわだって多く、「世界の終りとハードボイルド・ワンダーランド」の80例、「羊をめぐる冒険」の77例が続く。最少は「風の歌を聴け」の10例で、「アフターダーク」の12例が続く。1作品平均の用例数は約48例であり、それ以下は13作中8作品もあるので、多寡の落差が大きい。

各作品の比喩表現が当事典における小区分である64項目のうちの何項目に該当するかを見ると、ほぼ用例数に見合っている。用例数最多の「1Q84」の38項目、続く「世界の終りとハードボイルド・ワンダーランド」の36項目、「羊をめぐる冒険」の35項目が上位を占める。これに、「ダンス・ダンス・ダンス」の33項目を加えた4作品が全項目の半分以上に用例が認められる。逆に、用例数最少の「風の歌を聴け」の10項目と「アフターダーク」の11項目が最下位に位置する。

　該当項目における用例の広がり具合としては、用例数も項目数も少ない「風の歌を聴け」や「アフターダーク」がほぼ1例1項目、つまりそれぞれの項目に分散しているのに対して、用例数も項目数も多い「1Q84」や「世界の終りとハードボイルド・ワンダーランド」「羊をめぐる冒険」などは、その半分以下になっている。

　これをより詳細に、項目の大区分ごとに示すと、次の通りである（各欄は該当項目数／該当用例数）。

|  | 風 | ピ | 羊 | 世 | 森 | ダ |
|---|---|---|---|---|---|---|
| 1：9項目 | 0／0 | 2／2 | 6／17 | 7／14 | 3／4 | 9／12 |
| 2：14項目 | 2／2 | 9／15 | 11／25 | 11／26 | 10／14 | 11／26 |
| 3：11項目 | 4／4 | 5／7 | 9／18 | 10／19 | 3／3 | 5／10 |
| 4：6項目 | 2／2 | 2／2 | 4／8 | 4／11 | 4／8 | 5／8 |
| 5：6項目 | 2／2 | 3／5 | 5／9 | 4／9 | 2／2 | 3／5 |
| 用例総数 | 10 | 31 | 77 | 79 | 31 | 61 |

|  | 国 | ね | 恋 | 海 | ア | Q | 色 |
|---|---|---|---|---|---|---|---|
| 1：9項目 | 3／5 | 6／11 | 2／4 | 3／5 | 2／3 | 6／20 | 4／5 |
| 2：14項目 | 8／8 | 9／21 | 10／21 | 7／12 | 4／4 | 12／39 | 6／12 |
| 3：11項目 | 3／4 | 6／10 | 7／11 | 8／9 | 1／1 | 11／27 | 4／5 |
| 4：6項目 | 4／5 | 3／6 | 5／7 | 4／6 | 3／3 | 6／20 | 4／8 |
| 5：6項目 | 1／1 | 5／11 | 2／2 | 3／3 | 1／1 | 4／9 | 1／1 |
| 用例総数 | 23 | 59 | 45 | 35 | 12 | 115 | 31 |

　この表から、次の4点が明らかである。

　第一に、「風の歌を聴け」が「1　知る」に該当例がない以外は、すべての大区分にどの作品の用例も見出されるという点である。この点においては、作品による偏りがない。

　第二に、「風の歌を聴け」と「海辺のカフカ」の2作品を除き、他の作品は、最多項目数の「2　作る」の該当項目数および用例数がもっとも多いという点である。その中でも、「ノルウェイの森」は、他区分の該当項目数に比べ、突出している。

　第三に、各区分内の項目すべてに用例が見られるのは、「1　知る」の「ダンス・ダンス・ダンス」、「3　生きる」と「4　有る」の「1Q84」の2作品のみである。

　第四に、各作品の用例総数に対する割合が相対的に高いのは、「2　作る」における「1973年のピンボール」と「ノルウェイの森」そして「スプートニクの恋人」の3作品で、どれも4割を越えるという点である。

　このうち、第一点と第二点は、対象とした村上春樹作品全体にわたる比喩表現の特徴であり、第三点と第四点は、その中でも目立った個別作品の比喩表現の特徴ということになる。

　念の為に補足すれば、以上の指摘は、あくまでも当事典が採録し

た用例に限ってのことであって、その全数の実態についてではない。しかし、全数の中には、村上春樹独自の比喩表現として取り立てるまでもないものが少なからず含まれていることは十分に推測されるのであって、その意味では、当を失しているとは言えまい。

## 10

今度は、より詳細に、各区分の項目ごとの分布を見てみる。

まずは、「1　知る」の9項目のそれぞれに該当する作品数と用例数は、次の通りである。

| 項目 | a | b | c | d | e | f | g | h | i |
| --- | --- | --- | --- | --- | --- | --- | --- | --- | --- |
| 作品 | 7 | 6 | 3 | 6 | 6 | 5 | 8 | 5 | 5 |
| 用例 | 9 | 13 | 6 | 11 | 13 | 9 | 18 | 11 | 12 |

作品数も用例数ももっとも多いのは、「g: ふしぎな世界」で、13作中の8作から18例が採られている。対するに、どちらももっとも少ないのは「c: 思索のとき」で、3作品から6例である。

「ふしぎな世界」という項目について、当事典には「イマジナティヴな世界にかかわる比喩をこの項目に集めました。だから共通性はありません」という説明がある。「共通性」がないというのは、そのイメージ自体はそれぞれ異なるということであろうが、その中でも目立つのは、「3　生きる」にも挙げられている、次に示すような、通常とは異なった動物イメージである。

　　（略）僕の頭の中には十二滝町の羊たちがいて、僕はそこに送り込む活字をかたかたと音を立てながらかたっぱしから食べて

いった。〔羊〕

「怖いのよ」と彼女は言った。「なんだかこのごろ、ときどき殻のないかたつむりになったみたいな気持がするの」
「僕だって怖い」と僕は言った。「なんだかときどき水掻きのない蛙になったみたいな気持がする」〔ね〕

（略）彼女の耳には質問の適正・不適正を感じ取る特別な弁がついていて、それが半魚人の鰓蓋(えらぶた)みたいに、必要に応じて開いたり閉じたりするのかもしれない。〔Q〕

作品による集中度という点で際立つのは、「e: 宗教の教え」という項目で、13例中の6例が「1Q84」からのものである。その内容・テーマから言えば、当然かもしれない。

次に、「2 作る」の14項目については、次の通りである。

| 項目 | a | b | c | d | e | f | g |
|---|---|---|---|---|---|---|---|
| 作品数 | 8 | 8 | 5 | 7 | 10 | 9 | 8 |
| 用例数 | 11 | 29 | 11 | 10 | 31 | 24 | 15 |
| 項目 | h | i | j | k | l | m | n |
| 作品数 | 6 | 8 | 6 | 10 | 10 | 6 | 9 |
| 用例数 | 9 | 13 | 9 | 16 | 29 | 13 | 10 |

作品数・用例数とも最多は、「e: シネマ・ピープル」で、「k: 文学夜話」がこれに準じ、ともに10作に30例前後、見られる。いっぽう、作品数の最少は「c: 機械仕掛け」の5作品、用例数の最少は

「h: 乗りものクリニクル」と「j: 美術館で会いましょう」の2項目で、9例である。

「シネマ・ピープル」に分類された比喩の見られる10作の中でも、「世界の終りとハードボイルドランド」からは6例、「羊をめぐる冒険」からは5例、「ダンス・ダンス・ダンス」と「海辺のカフカ」からは4例ずつも採録されている。

この項目に関して、当事典には次のような説明がある。

> 言えることは、比喩以外で出てくるより、比喩に使われる映画が断然多いこと。つまり、すでに持っている映画の意味や傾向を比喩の使われる文脈に利用してるってこと。これらの映画に共通しているのは、どれもものすごい数の観客を動員していること。だから、映画のタイトルは、一種の共通語。一つのタイトルで、数語を費やす必要のある意味を表現してしまいます。

ただし、同項目の31例のうち、映画のタイトルそのものが表現に出て来るのは19例であり、残り12例は、監督や俳優の名前だったり、たとえば、次のような、映画一般に関してだったりする。2例とも「羊をめぐる冒険」である。

> とにかく、それだけの建物が**予告編つきの三本立て映画**みたいに丘の上に収まっている風景はちょっとした見ものだった。〔羊〕

> 僕は文房具屋で磁石を買った。磁石を手に歩きまわっている

と、街はどんどん非現実的な存在へと化していった。建物は**撮影所のかき割り**のように見え始め、道を行く人々はボール紙をくりぬいたように平面的に見え始めた。(略)〔羊〕

## 11

「3　生きる」の各項目は、次のとおりである。

| 項目 | a | b | c | d | e | f |
|------|---|---|---|---|---|---|
| 作品数 | 6 | 5 | 8 | 7 | 8 | 7 |
| 用例数 | 11 | 9 | 13 | 10 | 14 | 11 |
| 項目 | g | h | i | j | k | |
| 作品数 | 7 | 5 | 8 | 5 | 9 | |
| 用例数 | 10 | 5 | 25 | 6 | 15 | |

　作品数最多は9作の「k:虫のいどころ」であるが、8作に用例のある「c:さかな祭り」や「e:身体ジャーナル」とは、用例数とともに、ほぼ変わりなく、同じ8作では「i:動物日和」の用例数が突出して多い。

　作品による偏りとして注目されるのは、「動物日和」の25例中の9例が「1Q84」にあるという点である。しかも、同じ動物の範疇でも、「夕暮れどきのコウモリの群れみたいに」、「森を横切っていく賢い雌狐のように」、「鯨が水面に浮上し、巨大な肺の空気をそっくり入れ換えるときのように」、「瞑想に耽る異国の小さな動物のように」、「無骨なサイの群れに紛れ込んでしまったレイヨウのように」、「コゲラのような」、「立ったまま寝ている馬みたいな」、「迷路のすべての出口をふさがれてチーズの匂いだけを与えられた気の毒

なネズミのように」、「氷河期に死滅した大型動物の骨格のように」のように、種類も表現も多様である。

続く「4　有る」の各項目の分布は、次のとおりである。

| 項目 | a | b | c | d | e | f |
|---|---|---|---|---|---|---|
| 作品数 | 8 | 9 | 9 | 13 | 6 | 5 |
| 用例数 | 14 | 16 | 14 | 31 | 10 | 12 |

この中で特記すべきは、「d: 自然の歌を聴け」の13作31例である。13作とは対象作品すべてということであり、31例という数値は「2　作る」の「シネマ・ピープル」とともに、全体で最多数である。

「自然の歌を聴け」というタイトルだけからでは、どういう素材か見当を付けにくいが、当事典では次のように注釈している。

> 自然と言っても、村上春樹が比喩に主に使うのは二つ。〈川・海底・湖・氷山・海辺の洞窟・潮騒・波打ち際・源泉〉に見られるように、一方には「水」にちなむ風景があります。そして他方には、〈砂漠・砂・ぬかるみ・泥〉といったように「土砂」にちなむ景観。「水」と「土砂」は対極的ですが、自然と言ってもこれ以外はほとんど出てきません。

これらのたとえも、「1Q84」に8例と集中する以外は、それぞれの作品に1〜4例ある。

今、当事典の分類にしたがって、各作品の用例が「水」と「土砂」のどちらに属すかを便宜的に分けてみる。たとえば、「砂漠に

水を撒くような」〔風〕や「海底に積もる泥のように」〔海〕などは、双方の要素が含まれているが、ともに後出の要素を採って、それぞれ「水」と「土砂」のほうに振り分けた。その結果は、次のとおりである。

|   | 風 | ピ | 羊 | 世 | 森 | ダ | 国 | ね | 恋 | 海 | ア | Q | 色 | 計 |
|---|---|---|---|---|---|---|---|---|---|---|---|---|---|---|
| 水 | 1 | 1 | 4 | 1 | 1 | 1 | 2 | 2 | 1 | 0 | 1 | 4 | 1 | 20 |
| 土 | 0 | 1 | 0 | 1 | 2 | 0 | 0 | 1 | 0 | 2 | 0 | 4 | 0 | 11 |

用例数全体としては「水」のほうが「土砂」のほぼ倍であり、それを基準とすれば、「水」の方では「羊をめぐる冒険」「国境の南、太陽の西」、「土砂」の方では「ノルウエイの森」「海辺のカフカ」「1Q84」が、それぞれ相対的に偏っていると言える。

最後に、「5 遊ぶ」の6項目である。

| 項目 | a | b | c | d | e | f |
|---|---|---|---|---|---|---|
| 作品数 | 3 | 8 | 7 | 7 | 5 | 6 |
| 用例数 | 4 | 14 | 11 | 14 | 5 | 12 |

どの項目に関しても、作品数・用例数とも著しい点は認められない。しいて作品の偏りとして挙げるとしたら、「f: 料理の時間」の12例の半数が「ねじまき鳥クロニクル」から採られているという点である。

料理をたとえに用いた表現の中で、村上春樹の比喩(もどき)らしさがもっとも色濃く現れている、つまり「わかりますか?」と聞かれても返答に困るような表現は、先に、比喩指標の例としても挙

げた「ねじまき鳥クロニクル」の次の例であろう。

> 世の中には何種類かの人間がいて、ある人にとっては人生や世界は**茶碗むし的**に一貫したものであって、またべつの人にとってはそれは**マカロニ・グラタン的**に行きあたりばったりのものなのでしょうか。私にはよくわからない。でも私は想像するのだけれど、私の雨蛙みたいな両親は、もし「茶碗むしのもと」を入れてチンしてマカロニ・グラタンが出てきたとしても、たぶん「自分はきっとまちがえてマカロニ・グラタンのもとを入れたんだな」と自分に言いきかせたりするんじゃないかな。あるいはマカロニ・グラタンを手に取って、「いやいや、これは一見マカロニ・グラタンに見えるけれど実は茶碗むしだ」と一生けんめい言いきかせたりするかもしれない。そしてそういう人は私がもし「茶碗むしのもとを入れてチンして、それがマカロニ・グラタンに変わることもたまにはあるよね」と親切に説明してあげてもぜったいに信じないだろうし、逆にかんかんに怒ったりもするんだと思う。ねじまき鳥さんはそういうのってわかりますか？〔ね〕

もう1つ補足しておきたい点がある。それは「ピクニックの光景」の5例中4例が会話文に見られるという点である。全64項目中、会話文の用例が地の文を上回るのはこの項目のみであり、もっぱら会話のやりとりの中の比喩として、「ピクニック」が用いられているのである。

## 12

　以上、『村上春樹　読める比喩事典』に挙げられた、村上春樹作品の比喩表現の様相に関して、形式と内容の双方における傾向・特徴を、概括的に確認してきた。今、その要点のみを示せば、次のようになろう。

　まず、表現形式としては圧倒的に直喩であり、「よう」「みたい」という典型的な指標を用いた形式になっている。その中でも特徴的なのは、構文的には、前文に対する倒置表現になっていたり、主述表現になっていたりするものが目立つ点と、位相という点では、地の文と会話文で「よう」と「みたい」の使用に偏りがある点などである。なお、少数見られる隠喩は、直喩表現とあいまって用いられることが多い。

　表現内容としては、おもにたとえの素材分野に関して、当事典で施された分類の大小に応じた用例が対象作品のほぼ全体に認められる。中でも、「2　作る」という分類における、人間の様々な具体的な創作物をたとえとする比喩の用例が目立つ。ただし、項目による偏りはあり、映画や文学が多いのに対して、乗物や美術作品は少ない。

　作品単位で見れば、ごく近年の「1Q84」に用例が多く、デビュー作の「風の歌を聴け」に少なく、たとえの分類・項目数もそれにほぼ対応している。ただし、経年的に、比喩表現が増加あるいは多様化しているとは言えない。各分野・各項目に関しては、個々の作品による顕著性が量的にあるいは質的に目立つものとそうでないものとが認められる。

　本論冒頭で、当事典を取り上げる理由を3つ挙げたが、その第

一・第二点については、ここまでの整理を通して、大方は理由としての正当性を確認しえたと言えよう。問題は、第三の「その認定や取捨の仕方をとおして、村上春樹の比喩の受容のありようを知ることができ」たかということである。

　第三点が第二点の単なる裏返しであるならば、それは村上作品の標準的な読み手の受容を示したにすぎず、書き手と読み手との間のズレ、具体的には比喩をどのようなものとして捉えるかの違いが問われることはない。そのズレの如何は、同事典の「はじめに」および「第Ⅱ部　比喩と小説をめぐる冒険」に見出されそうである。それについて、本論の主旨からは少々離れるが、触れておきたい。

## 13

　まず、「はじめに」に、次のようなくだりがある。

　　比喩とはほんらい、リアルに（直叙としては）書きにくいもの（その代表が異界や冥府）を描く際に、比喩というズレ（ありのままに語ることからのズレ）を利用することにほかならない。そして村上春樹は、じつにありのまま語ること、あるいは私小説のように語ること、自然主義の獲得した小説言語で語ることを忌避することで、自らの小説を書いてきた小説家にほかならない。だからそこには、日本の小説言語との闘いの痕跡のようなものが刻まれている、と考えられる。村上春樹は、最初の作品『風の歌を聴け』から最新作『色彩を持たない多崎つくると、彼の巡礼の年』に至るまで、ほとんどの作品で比喩を維持している。ときには、多用している。しかも、明治以降の日本の近代・現代文学のなかで、その使用頻度は突出している

し、自然主義がつくりあげた当時の小説らしさとは別の、小説言語を構築してきている。そうしたことじたい、じつに大変な作業で、もっと注目されてもよいだろう。明治期の〝言文一致〟の創出、新たな小説言語の創出ではないかとさえ考えられる。

このような評価に対する疑問として、3点挙げておく。

第一に、比喩の使用目的の1つに、リアルに（直叙としては）書きにくいものを描くことにあるというのは、一般に指摘されてきたことであり、そのような対象をあえて描こうとする場合は、表現上の不可避でさえある。しかし、それは対象をリアルに描くことと決して矛盾するわけではなく、むしろ対象イメージを喚起する点において、それをそのまま概念的に表わす語を用いる「直叙」よりリアルな表現になるのでないか。

第二に、村上春樹作品が「異界や冥府」を代表とする非現実的な世界を描くために比喩を用いたとするならば、それはその必然的な結果なのであって、「ありのまま語ること、あるいは私小説のように語ること、自然主義の獲得した小説言語で語ることを忌避する」ことをめざしたからではない。もし忌避することがあったとすれば、それはそもそも自然主義の作品が描く世界そのものではあるまいか。

第三に、村上作品における比喩使用の顕著性は、新たな作品世界の全体構造を示すという目的のためだとするならば、明らかに過剰であり逸脱しているということである。それは他ならぬ、当事典がサンプルとして列挙した村上比喩の多様性あるいは偏向性そのものが如実に表わしているのではないか。

## 14

　当事典の「第Ⅱ部　比喩と小説をめぐる冒険」には５つの「レクチャー」が設けられ、村上作品のそれぞれについて、作品構造と比喩との関わりが論じられている。その中で、小著にいう「比喩もどき」との関連で、「レクチャー１　比喩と直叙の反転―『1973年のピンボール』」のみを取り上げる。

　　村上春樹において比喩を考えるとき、最初に気づく変化がある。処女作『風の歌を聴け』に出てくる比喩の数に比べて、二作目の『1973年のピンボール』で、急激に比喩の数が増加するのだ。その増加ぶりは異常なくらいで、作品としてはいささか致命的になるくらい多い。比喩が作品をぶち壊しかねないのだ。（略）ほとんどの比喩に共通しているのは、喩えられているもの以上に比喩表現じたいが目立つということだ。そしてその目立ち方には、一定の方針のようなものが感じられる。それは何か？　と問われれば、距離の遠さ、つまり比喩表現が喩えられるものから限りなく遠い点である。（略）距離の遠さとは、喩えられるものと喩えるもの（比喩表現）の関係のなさ、と言い換えてもよい。そして、そのことについて一言ふれるなら、それはシュールレアリスムの表現方法でもあることだ。

　この引用の前半部分において、「風の歌を聴け」から「1973年のピンボール」にかけて「異常なくらい」や「致命的になるくらい」という形容付きで、「急激に比喩が増加する」という指摘がある。
　本論で確認した当事典収録の、この２作品の比喩表現の用例数

は、前者が10例、後者が31例であり、後者が3倍であるから、比喩が増加したことに間違いはない。ただし、後の他の作品における用例数と比べれば、「1973年のピンボール」でさえ、少ない方の部類であって、その限りでは「異常」とも「致命的」とも言いがたい。ここには、対象作品全体の中での位置付けという点、あるいは採録数と実数という点で、ズレがあるのかもしれない。

引用の後半部分においては、「1973年のピンボール」における比喩の「距離の遠さ」が問題にされている。その点については、まさに「比喩もどき」に通じる。ただし、すでに説いた理由から、それを「シュールレアリスムの表現手法」と結び付ける点、さらにその表現手法を「直叙で表現しにくい場所」としての「冥界・冥府」を描くために用いたとみなす点には、同意しがたい。

## 15

さらなる付け足しとして、同じく比喩に関する辞典である、中村明『もの・こと・ことばのイメージから引ける比喩の辞典』を取り上げる。

『村上春樹　読める比喩事典』と同様、比喩表現をたとえによって分類したものであるが、村上春樹に限らず、240名もの近現代作家の小説作品からの用例を採っている。

その中で、村上春樹作品から選ばれた比喩表現は17例である。夏目漱石の90例、川端康成の70例あたりと比べて少ないのは当然としても、現代作家の江國香織の53例や池井戸潤の38例よりも村上のほうが少ないとなると、意外の感が拭えない。

ただ、村上の比喩表現が採られた作品は、「風の歌を聴け」と「回転木馬のデッド・ヒート」の2作のみのようであるから、その

範囲内でとなると、順当なところかもしれない。

　当該辞典では、たとえを、3段階に分類し、全体を「Ⅰ　自然」「Ⅱ　人間」「Ⅲ　文化」の3つに大分類したうえで、中分類として、Ⅰは「天象・気象」「物象」「土地」「自然物」「植物」「動物」の6つに、Ⅱは「人体」「生理」「関係」「属性」「感性」「活動」の6つに、Ⅲは「社会」「生活」「学芸」「産物・製品」「抽象」の5つに分け、さらに小分類として、Ⅰには34項目、Ⅱには37項目、Ⅲには21項目を設けている。

　『村上春樹　読める比喩事典』における分類と照合すれば、「1　知る」と「2　作る」が「Ⅲ　文化」に、「3　生きる」と「4　有る」が「Ⅰ　自然」に、「5　遊ぶ」が「Ⅱ　人間」に相当しそうである。

　当該辞典に収録された村上比喩は、「Ⅰ　自然」が11例ともっとも多く、「Ⅱ　人間」には2例、「Ⅲ　文化」には4例となっている。『村上春樹　読める比喩事典』では、Ⅰ相当の「3　生きる」と「4　有る」の用例を合わせて226例、Ⅱ相当の「5　遊ぶ」が60例、Ⅲ相当の「1　知る」と「2　作る」の2つで332例となり、分布の仕方に、かなりの異なりが見られる。

　当該辞典における村上比喩を、中分類レベルで見ると、Ⅰの「動物」が5例と突出していて、他は、Ⅰの「天象・気象」、「土地」、Ⅲの「産物・製品」が各2例のように、分散している。

　『村上春樹　読める比喩事典』では対象作品としていない『回転木馬のデッド・ヒート』からの引用は6例あり、以下に示す（分類対象になった表現部分を四角で囲む）。

　　腹のまわりにはまるで 土星 の輪のように脂肪が付着し（自

然：天象・地象）

うっすらと 雪 がつもったように見えるこの柔らかい肉のヴェール（自然：天象・地象）

髪のはえぎわが、まるで競馬場の 芝生 みたいにきれいな直線に揃っていた。（自然：土地）

（車椅子の）車輪のスポークは異様に進化した 獣 の歯のように、闇の中に不吉な光を放っていた。（自然：動物）

淡い闇が風に吹かれる 膜 のように都市の上をさまよい流れていた。（人間：人体）

僕の意識は冷えた 陶器 にも似て覚醒していた。（文化：学芸）

　6例中の4例が「Ⅰ　自然」の例であるが、最多の「動物」分野は1例しかなく、それも、村上比喩としては、とくに目立つたとえではないが、他は対比の意外性という点で、らしさを示していると言えよう。

# 参照文献一覧

『愛知教育大学研究報告』3、1982 年、子安増生「メタファの心理学的研究」

『生きた隠喩』P・リクール、久米博訳、岩波書店、1984 年

『隠喩としての建築』柄谷行人、講談社、1983 年

『ウォーク・ドント・ラン』村上龍 vs 村上春樹、講談社、1980 年

『女の子を殺さないために』川田宇一郎、講談社、2012 年

『言外の意味』安井稔、研究社出版、1978 年

『言語の社会性と習得』秋山、山口、F・C・パン編、文化評論社、1982 年、平賀正子「メタファーにみられる言語の遊戯性について」

『現代思想』青土社、1984 年 5 月、G・ベイトソン、佐伯泰樹訳「遊びとファンタジーの理論」

『国文学』43・3、学燈社、1998 年、平野芳信「「貧乏な叔母さんの話」物語のかたちをした里程標」

『國文學論輯』38、国士舘大学国文学会、2017 年、中村一夫「村上春樹の翻訳と役割語」

『五人十色』橋本治他、フィクション・インク、1984 年

『自家製文章読本』井上ひさし、新潮社、1981 年

『職業としての小説家』村上春樹、スイッチ・パブリッシング、2015 年

『新修辞学原論』I・A・リチャーズ、石橋幸太郎訳、南雲堂、1961 年

『戦略としての隠喩』利沢利夫、中教出版、1985 年

『存在と時間』M・ハイデガー、桑木努訳、岩波文庫、1960 年

『直喩とは何か』半沢幹一編、ひつじ書房、2023 年

『日本語語感の辞典』中村明、岩波書店、2010 年

『日本詩歌の象徴精神』岡崎義恵、羽田書店、1950 年

『バクの飼い主めざして』庄司薫、講談社、1973 年

『HAPPY JACK　鼠の心』北宋社、1984 年、ねじめ正一「かくれ抒情が濡れる時」

『パロディ志願』井上ひさし、中央公論社、1979 年

『表現研究』81、表現学会、2005年、深津謙一郎「村上春樹『神の子どもたちはみな踊る』の比喩表現」

『文章読本』三島由紀夫、中央公論社、1959年

『文体とは何か』後藤明生・坂上弘・高井有一・古井由吉、平凡社、1978年

『翻訳の世界』バベル社、1982年8月、三宅鴻「翻訳者はなお、不可能に立ち向かう」、J・ベスタ、片岡しのぶ訳「何が比喩を生み育てるのか」

『翻訳夜話』村上春樹・柴田元幸、文藝春秋、2000年

『みみずくは黄昏に飛びたつ』川上未映子・村上春樹、新潮社、2017年

『村上朝日堂の逆襲』村上春樹、朝日新聞社、1986年

『村上春樹全作品 1979〜1989 ③ 短編集Ⅰ』村上春樹、講談社、1990年、（付録）「「自作を語る」短篇小説への試み」

『村上春樹と私』R・ジェイ、東洋経済新報社、2016年

『村上春樹のフィクション』西田谷洋、ひつじ書房、2011年

『村上春樹〈物語〉の行方』山根由美恵、ひつじ書房、2022年

『村上春樹　読める比喩事典』芳川泰久・西脇雅彦、ミネルヴァ書房、2013年

『村上春樹論——サブカルチャーと倫理』大塚英志、若草書房、2006年

『もの・こと・ことばのイメージから引ける比喩の辞典』中村明、東京堂出版、2023年

『ユリイカ』21・8、青土社、1989年、畑中佳樹「村上春樹の名前をめぐる冒険」

『夢で会いましょう』糸井重里・村上春樹、冬樹社、1981年

『夢を見るために毎朝僕は目覚めるのです　村上春樹インタビュー集 1997-2009』村上春樹、文藝春秋、2010年

『よくわかるメタファー』瀬戸賢一、ちくま学芸文庫、2017年

『レトリック感覚』佐藤信夫、講談社、1978年

『レトリックと人生』G・レイコフ、M・ジョンソン、渡辺昇一他訳、大修館書店、1984年

『若い読者のための短編小説案内』村上春樹、文春文庫、2004年

# おわりに

　村上作品とは、デビュー作からの付き合いであるから、もう40年以上になる。何よりも惹かれたのは、彼の用いる比喩である。そのような作家・作品への惹かれ方は、高校時代に経験した三島由紀夫以来のことである。

　表現研究の道に入ってから、折々に村上の比喩に関する論文を発表してきた。小著には、その大方が入っている。ただし、旧稿はどれも、村上比喩を糸口にして、比喩あるいは表現とは何かを論じることを旨としてきた。そのせいか、村上春樹プロパーの研究において取り上げられることはほとんどと言っていいくらい、なかった。

　今回、小著をまとめるにあたり、村上春樹あるいは村上作品にとって比喩とは何かということに、つまりは村上春樹の比喩表現そのものに焦点を当て直してみることにした。そのため、データ自体に大きな違いはないものの、論じ方を全面的に変えたり論を分けたりして、かなり手を入れ、さらに全体の統一や整合も図った。その過程で、以前には気付けなかったことの発見がいくつもあった。

　元になった旧稿を収めた著書は、それぞれ以下のとおりである（さらに初出の雑誌論文は、各著を参照されたい）。それ以外は、今回あらたに書き下ろした。

　　初期作品1・初期作品2（『表現の喩楽』明治書院、2015年）
　　「羊をめぐる冒険」・「1973年のピンボール」（『言語表現喩像
　　　論』おうふう、2020年）
　　「スプートニクの恋人」・「赤頭巾ちゃん、気をつけて」（『文体

再見』新典社、2020年)

『神の子どもたちはみな踊る』(『語りの喩楽』明治書院、2022年)

『中国行きのスロウ・ボート』・「騎士団長殺し」(『題名の喩楽』明治書院、2018年)

　小著によって、村上春樹の比喩表現の全貌が明らかになったなどとは、もとより考えていない。ただ、村上比喩に関して、自分なりに思い付く限りの観点は提示しえたのではないかと思う。そのどれか１つでも、村上作品に関する文学的な研究と言語的な研究の、せめて橋渡しのヒントくらいにはなることを願っている。

　村上作品の愛読者の中には、著者同様に、彼の比喩を好む方が結構いるに違いない。また、それゆえに嫌う方も。近年は、村上作品を知らないという若者も増えているらしい。

　どちらにせよ、小著が村上比喩(もどき)の魅力と意義を、さらに、あるいは、あらためて知ってもらうきっかけになれば幸いである。

【著者紹介】

# はんざわかんいち（半沢幹一）

1954年、岩手県生まれ。東北大学大学院文学研究科博士課程修了。博士（文学）。共立女子大学名誉教授。表現学会顧問。専門は日本語表現学。主な著書：『方言のレトリック』（ひつじ書房、2023年）、『直喩とは何か』（編著、ひつじ書房、2023年）、『語りの喩楽』『題名の喩楽』『表現の喩楽』（明治書院、2022、2018、2015年）、『文体再見』（新典社、2020年）、『言語表現喩像論』（おうふう、2016年）など。

村上春樹にとって比喩とは何か

What is a Metaphor for Haruki Murakami's Novels?
Hanzawa kan'ichi

| | |
|---|---|
| 発行 | 2025年1月10日　初版1刷 |
| 定価 | 3400円＋税 |
| 著者 | Ⓒ はんざわかんいち |
| 発行者 | 松本功 |
| 印刷・製本所 | 亜細亜印刷株式会社 |
| 発行所 | 株式会社 ひつじ書房 |

〒112-0011 東京都文京区千石2-1-2 大和ビル2F
Tel.03-5319-4916　Fax.03-5319-4917
郵便振替 00120-8-142852
toiawase@hituzi.co.jp　https://www.hituzi.co.jp/

ISBN978-4-8234-1264-6

造本には充分注意しておりますが、落丁・乱丁などがございましたら、小社かお買上げ書店にておとりかえいたします。ご意見、ご感想など、小社までお寄せ下されば幸いです。

## 刊行のご案内

**直喩とは何か** 理論検証と実例分析
半沢幹一編　定価 3500 円＋税

**方言のレトリック**
半沢幹一著　定価 7000 円＋税

レトリックの世界 1　レトリック探究
瀬戸賢一著　定価 3200 円＋税

**物語の言語学**　語りに潜むことばの不思議
甲田直美著　定価 2400 円＋税